키스(The Kiss)

작가	구스타프 클림트(Gustav Klimt)
종류	캔버스에 유화
크기	180x178㎝
제작년도	1908년
소장	오스트리아 빈 미술관

키스

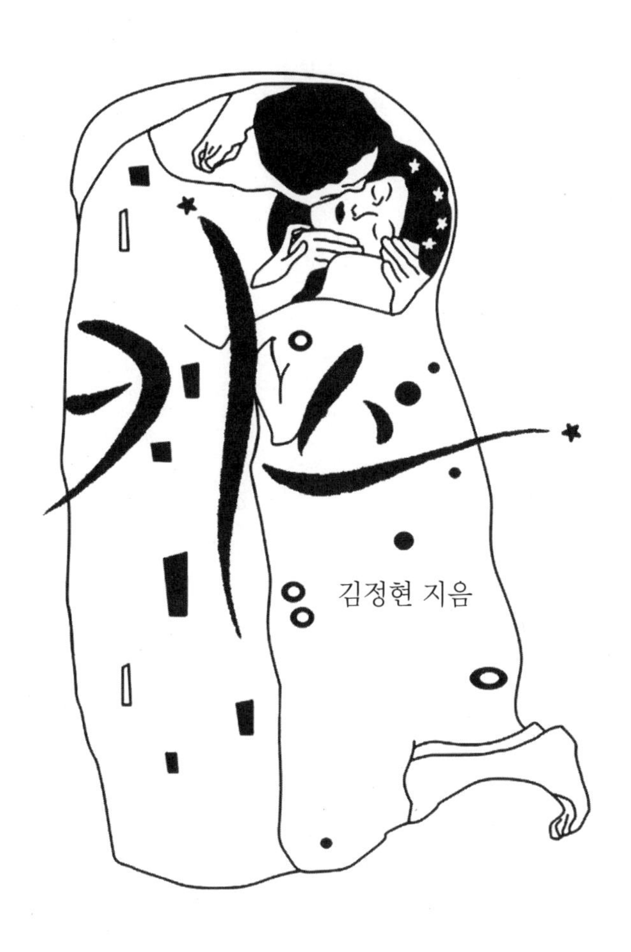

황금물고기

작가의 말

희망이라는 이름이 다른 누군가의 꿈을 가로막은 시대가 있었습니다. 두루 나눌 수 없는 사정이었다고는 하지만 희망은 아들이었고, 막힌 꿈은 딸이기 십상이었습니다. 그늘진 곳에도 볕이 들며 숨통은 터졌지만 그새 이데올로기라도 되었는지 불안한 눈빛이 번득이고 노골적인 거부를 드러내기까지 합니다.

꿈에게 빚을 진 희망. 그 희망이 빛까지 바랬다면 좀 염치없지 않은가요. 그래도 갚으라는 것은 아니니 얼마나 다행인가요.

생각하면 희망도 딱한 구석은 있습니다. 무작정 어깨 위에 얹혀 내몰린 희망, 무슨 꿈을 품을 여유가 있었을까요. 변명으로 구차하지만 애초 없었거나, 가로막혀 잃어버린 꿈. 오랫동안 꿈을 품지 못했으니 양쪽 모두 헛헛하고 그래서 허둥거리는 불협화음이 큰 것인지 싶기도 합니다.

어릴 적 누나나 여동생이 있는 친구들이 부러웠습니다. 이제는 하마터면 큰 빚을 졌겠다 싶어 차라리 다행이라 여기지만 그래도 있었다면, '네 꿈을 내게 없어' 하지 않고 함께 걸었을 것 같습니다.

서로의 다른 꿈을 존중하며 위해주는 사랑이라면 이까짓 수선스러움은 아무것도 아닐 텐데. 그런 사랑이라면 언제라도 잘 살고 있다, 행복했다 할 수 있을 것 같은데. 그게 그리도 어려울까? 오래 생각하다 소설로 만들었습니다, 꿈인 듯.

절절하고 뜨겁던 2018년을 보내며

김 정 현

차례

1. 둥지

7608022*

텅 빈 복도의 침묵을 깨며 울리는 익숙한 전자음 소리와 함께 도어 록이 풀렸다. 수명은 입술 끝을 쓴웃음인 듯 살짝 비틀며 낮게 중얼거린다.

"여전히……."

문을 열자 오피스텔 작은 현관 천장의 전등이 자동으로 켜졌다. 한동안 사람의 기운이 없었던 듯 빈 공간의 공기가 메마른 냄새로 다가왔다. 신발을 벗고 한 발짝 들어서며 오른쪽 벽의 전등 스위치를 한꺼번에 누르자 싱크대와 방 한가운데, 창문 쪽 등까지 모두 켜졌다. 수명은 언제나 그랬듯 그 작은 공간을 차분하고 꼼꼼한 눈길로 둘러봤다.

오른쪽 벽 가운데 눈높이에 걸린 〈진주귀걸이 소녀〉. 17세기 네덜란드 화가 요하네스 베르메르의 작품을 모사한 것으로 명수의 손에 이끌려 이곳저곳의 벽에 걸린 지 10년쯤이다. 아래에는 50센티미터쯤 되는 높이에 길이 1미터 50센티미터 정도의 흰색 거실장. 그 위 한가운데에는 스탠드,

창 쪽으로 머리를 둔 침대 방향 끄트머리에는 요사이 읽었거나 읽는 중일 책 몇 권, 여전하다.

수명이 거실장 앞으로 가 전원 스위치를 켜자 스탠드 갓 위로 여린 황색 빛이 피어오른다. 천장의 밝은 백색 빛과 다른 은은함이 피어오르자 그림 속 그리트가 가는 숨을 쉰다. 그리트는 화가 베르메르 집안의 하녀로 작품의 모델로 알려진 소녀다.

그 오른쪽, 창문 반대편은 다른 오피스텔과 마찬가지로 수납장 달린 싱크대 세트와 드럼세탁기, 가스레인지, 전자레인지, 커피머신……. 모든 것이 사용한 지 제법 되는 듯 물기 없이 말라 있다. 아니다, 세탁기 안에 수건 한 장이 들어 있는 것이 보이니 아주 오래 비우지는 않은 모양이다. 어쩌면 사나흘 전쯤 세탁기를 돌리고 건조된 옷들을 정리한 뒤 샤워를 하고 다시 나간 것일지 모른다. 현관 쪽 벽 모서리에 있는 온도 조절기의 빨간 등이 들어왔다. 섭씨 22도에 맞춰져 자동으로 보일러가 가동되는 것이다. 한두 시간 안에 돌아오지 않을 것이면 켜두지 않는 명수였으니 자신이 들를 것을 짐작한 모양이다. 수명은 또 쓴웃음인 듯 입술을 살짝 비틀었다.

냉장고의 위쪽 문을 열었다. 맨 위 칸에 고추장 병, 된장 병, 탈취 용도의 커피가루를 담은 뚜껑 없는 플라스틱 통, 그 아래 칸에 가지런히 뉘어 있는 같은 상표의 레드와인 6병, 중간 칸에는 배추김치가 든 투명한 밀폐용기 하나, 서랍식 신선칸 위 조금 높은 공간에는 줄을 맞춰 세워 놓은 소주, 캔 맥주, 생수병이 가득하다. 신선칸에는 백화점 식품매장에서 사다

놓은 바로 먹을 수 있는 샐러드 한 팩과 씻어놓은 포도 두 송이가 아직 신선하다. 수명은 냉장실 문을 닫고 아래쪽 냉동실 문을 열었다. 역시, 랩으로 나눠 싸놓은 훈제연어와 삶아서 한 번 먹을 양으로 나눠 놓은 문어, 냉동 딤섬 몇 개가 각각의 칸에 들어 있다.

냉동실 문을 닫고 냉장고에 등을 기대고 선 수명은 물끄러미 맞은편 〈진주귀걸이 소녀〉에 눈길을 주었다. 천장 백색 빛에 스탠드 빛이 눌려 그리트의 숨결이 가늘었다. 수명은 입구 벽에 있는 전원 스위치 중간을 반대로 눌러 천장 가운데 등을 껐다. 스탠드의 은은한 황색 빛이 온전히 살아나자 비로소 그리트도 제대로 숨을 쉬었다.

왈칵, 설움이 치밀었다. 수명은 어깨에 메고 있던 가죽가방을 바닥에 내려놓고 옷장을 열었다. 오른쪽 맨 아래 수납칸에 흰색 샤워가운과 간편복 한 벌이 가지런히 개어져 있다. 금방 눈에 띄지 않는 안쪽에는 보라색 바탕의 꽃무늬 브래지어와 팬티.

따스한 물줄기가 머리 위에 떨어져 등줄기를 타고 흘러내리자 잔뜩 움츠렸던 몸이 풀어지면서 눈물이 흘러내렸다. 수명은 샤워기 물줄기에 눈물을 맡겼다. 마음의 아픔은 눈물로 씻어진다. 살아오는 동안 아픔과 모멸, 분노를 그렇게 씻어왔다. 한때는 잊지 않아야 다시 겪지 않는다고 생각했다. 그러나 기억은 망각을 이기지 못했다. 문득문득 불거지듯 떠오르는 기억의 조각들은 다 아문 줄 알았던 상처를 후벼 파 바쁜 걸음을 머뭇거리게 했다. 그래서 차라리 씻어 지우는 편이 나음을 알게 되었다.

눈물이 멈추자 수명은 샤워타월에 샤워크림을 듬뿍 묻혀 온몸을 꼼꼼히 씻었다. 언제나 명수의 공간에 오면 그렇게 씻었다. 이유는 생각해 보지 않았지만 그저 그래야 할 것 같았다, 그가 없는 때에도. 오늘 명수는 돌아오지 않을 것이다. 어디서 무얼 하는지 모르지만 냉장고가 말해주고 있다.

스탠드만 남기고 다른 전등을 모두 껐다. 〈진주귀걸이 소녀〉의 살짝 열린 입술 사이에서 가벼운 숨결이라도 새어나올 것 같다. 침대 머리가 향한 창의 커튼을 활짝 열어 밤바다가 보이게 했다. 수명에게 밤바다는 두려움 너머의 위로다. 어둠 속 바다 저 멀리서 반짝이는 불빛은 아직은 좇아갈 수 있는 희망의 신호 같아서 언제나 위안이 되었다. 구름 사이를 뚫고 나온 달빛인지 해안도로를 달리는 자동차의 불빛인지, 일렁거리는 파도에 부딪혀 끊어지면서도 이어지는 흐린 빛줄기는 먼 희망의 빛으로 다가갈 수 있는 마지막 통로 같기도 했다. 다른 쪽 먼 바다에 보이는 환하게 밝힌 백색의 집어등 떼는 아스라한 희망을 환상이라 깨우치는 것 같아 슬며시 외면했다.

냉장고 옆 작은 테이블 위에는 실내구조와 어울리지 않는 와인셀러가 놓여 있다. 셀러를 채운 여덟 병의 와인 중 네 병은 수명이 즐기는 화이트와인으로 그리 값싸지 않은 것들이다. 그중 두 병은 독일을 다녀온 누군가에게 선물로 받았다고 했지만 아마 부탁했을 것이다. 나머지 네 병은 레드와인으로 제법 알려진 고급와인과 국내에 수입되지 않은 고가의 부르고뉴산 와인도 한 병 있다. 부르고뉴산 와인을 구했을 때, 전화로 "난 와인 모르잖아. 꽤 좋은 거라니 뭐가 달라도 다르겠지. 좋은 일 있을 때 와서 마셔. 오기 어려우면 전화하고, 부쳐줄 테니까." 했다.

명수는 소주가 가장 편하다고 했다. 맥주는 밖에서 덜 취해 들어와 잠들기 전 한두 캔 마시거나, 빨리 취해서 잠들고 싶을 때 소주와 섞어 폭탄주로나 마셨다. 수명과 함께할 때는 가끔 와인을 마시기도 했는데 2년 전부터는 혼자서도 와인을 마신다고 했다. 그렇지만 아무래도 맛은 잘 모르겠다며 입에 맞고 가성비 좋은 와인을 찾게 되면 박스째 사다가 냉장고에 넣어두기도 했다. 냉장고는 온도가 너무 낮다고 하면 열이 많은 체질이라 차가운 게 좋다며 멋쩍은 웃음을 지었다. 수명은 냉장고에서 그 차가운 레드와인 한 병과 샐러드를 꺼냈다.

맨몸에 샤워가운만 걸치고 바다를 향해 침대 옆 의자에 앉았다. 글라스에 와인을 따라 향도 맡지 않고 한 모금 삼키자 차가운 기운이 목구멍을 타고 뱃속을 향해 전류처럼 흘렀다. 알코올기보다 먼저 느껴지는 그 차가움이 따끈한 샤워와 덥혀진 실내온도로 몽롱해지던 의식을 깨웠다. 그대로 쓰러져 잠들고 싶었는데 의식이 깨어나니 다시 생각이 돌아왔다. 고통스러울 줄 알았는데 눈물이 다 씻어냈는지 뜻밖에 담담했다. 와인의 차가움이 무뎌지기를 기다리며 수명은 두 발을 의자 위에 올리고 양팔로 무릎을 감싸 웅크렸다. 상처가 욱신거리기 전에 다독일 수 있는 가장 좋은 자세다.

위작, 여전히 이해되지 않고 의심을 떨쳐낼 수 없다.

화랑 황연희 대표의 지시로 찾아간 박 작가의 경기도 가평 작업실은 좀 외지기는 했어도 멀찍이 북한강이 내려다보이는 수려한 곳이었다. 그가 그림을 그린다는 20평쯤 되어 보이는 탁 트인 공간 여기저기에는 작업 중인 작품들이 놓여 있었다. 직사광선이 닿지 않는 안쪽에 완성되었다는 크고 작은 작품 20여 점이 작가의 마지막 사인만 남겨둔 채 기름 냄새를 말려가고 있었다. 그중 100호(130센티미터×162센티미터) 크기를 넘는 대작 네 점은 단연 눈에 띄었다.

"여기 작품들인가요?" 수명이 물었을 때 박 작가는 "파주 쪽 예술인 마을로 작업실을 옮기려고 땅을 계약했어요. 건축까지 하려면 목돈이 필요한데 마침 황 대표가 나서주네요." 묻지 않은 대답을 했고 수명이 다시 말했다. "여기 대작들은 더욱 탐이 나네요." 진심이었다. 박 작가는 "손을 조금 더 대 볼까 어쩔까 생각 중이오." 하며 고개를 갸웃거렸다. "대표님은 열다섯 점 정도라고 말씀하시던데……?" 물으니 "이번에 내놓는 작품들은 도록을 만들지 않기로 황 대표와 이야기되었으니 화랑에 도착하면 보세요. 세금 문제도 있고 하다니……." 겸연쩍은 웃음을 흘렸다. 수명은 더 이상 묻지 않았다.

세금은 화랑과 컬렉터 모두에게 부담스럽고 민감한 문제이기에 대부분 불투명하게 처리되는 편이다. 박 작가 역시 다르지 않은 입장인 데다 공식적인 전시회를 열지 않는 경우였으니 화랑 입장에서도 적지 않은 비용이 소요되는 도록을 굳이 만들 필요는 없었다.

박 작가는 지방대학 출신에 아직 40대임에도 3년 전 홍콩 크리스티

경매에서 100호 크기의 작품이 5억 원 이상의 낙찰가를 기록하며 미술계의 블루칩으로 주목받고 있다. 그의 작품 모두가 고가로 거래되는 것은 아니지만 이미 떠오른, 더구나 해외시장에서 인정받은 작가의 작품이라면 미술작품을 투자 대상으로 여기는 컬렉터들에게는 약속된 황금인 셈이다.

수명이 돌아오자 황 대표는 10여 명의 컬렉터 명단을 내주며 일부는 전화로, 또 다른 일부는 직접 방문해 작가와 작품에 대해 설명하라고 했다. 전화 대상은 수명도 알고 있는 컬렉터들이었지만 방문하라는 명단은 이름만으로는 모르는 이들이었다. 화랑은 저마다 특별히 관리하는, 단순히 작품을 소개하고 거래를 주선하는 정도를 넘어 투자와 이익을 공유하는 관계의 컬렉터들이 있다. 직접 방문해 설명하라는 이들이 그런 컬렉터들이었고, 박 작가 정도의 명성이면 따로 설명이 필요한 것은 아니었지만 그들에 대한 예우 차원이었다.

일일이 약속을 잡아 방문하는 일은 컬렉터들의 일정에 따라야 해서 며칠이 걸렸다. 마지막 방문을 끝내고 돌아오자 작품이 도착해 있었다. 100호를 넘는 네 점의 대작을 제외하고는 모두 포장이 벗겨져 있었는데 박 작가의 작업실을 방문했을 때 본 작품들이었다.

먼저 수명이 방문했던 컬렉터들이 한 사람씩 찾아와 작품을 선택하고 가격을 결정하면 곧바로 배송이 이루어졌다. 포장을 풀지 않은 네 점의 작품만 남았을 때 처음 보는 중년의 남자가 대표를 찾아왔다. 대표는 수명을 불러 아주 귀한 분이라며 소개했고 그는 작품 값이라며 들고 온 가방을 내밀었다. 남은 네 점의 작품 중 두 점의 값이었고 모두 5만 원권 현찰이었다.

"황 대표가 세금계산서는 끊지 말자고 해서 아예 현찰로 가져왔지."

그의 말에 대표는 눈을 흘기며 소리 없는 웃음을 지었다.

"고마워요."

"그래도 영수증은 받아야지."

수명이 영수증을 작성해 오려고 자리에서 일어서자 대표는 한 손을 저으며 "내가 할게." 했다. 그가 곽상필 회장이었다.

화랑의 컬렉터 대부분은 실제와 상관없이 여자들이었고 간혹 함께 얼굴을 비치는 남자들은 기품이 있다. 그런데 곽 회장은 그림과는 도무지 어울리지 않는 풍모였다. 뒤늦게 비하의 감정까지 담아 말하자면 이발소에 걸린 싸구려 복제품 같다고나 할까.

나머지 두 점의 대작도 다음 날 여의도 신 여사가 대표실에서 잠깐 차 한 잔을 마시고 돌아간 것으로 모든 거래는 조용히 끝났다. 신 여사의 작품 배송까지 끝나자 황 대표는 모두 수명의 탁월한 능력인 것처럼 낯간지러운 칭찬과 함께 봉투를 내놓았다. 이전에도 전시회의 작품이 모두 주인을 찾으면 특별보너스라며 봉투를 내놓기는 했지만 '특별'이라는 이름이 무색할 정도의 액수였다. 그런데 봉투를 열어 본 수명은 두 눈이 휘둥그레졌다. 중견기업 신입사원 정도의 연봉을 받으면서도 미술시장에 '한수명'이라는 이름 석 자를 알리는 것을 목표로 삼았는데 이제 그 문이 열리는 것인가 하는 생각까지 들었다.

채 열흘이 지나지 않아 화랑에 이상한 분위기가 감돌았다. 몇 되지 않지만 직원들은 무언가를 아는 눈치인데 수명에게만 전해지지 않았다. 그리고 며칠 뒤, 수명을 자신의 방으로 부른 황 대표의 눈빛이 싸늘했다. 곽 회장이 구매해 간 작품 두 점이 모두 위작 같다는 이의가 들어왔다는 것이다.

허둥지둥 곽 회장의 사무실을 찾아가 그림을 확인했다. 화가의 작업실에서 본 작품인 듯했지만 뭔가 느낌이 달랐다. 수명은 곧바로 가평 박 작가의 작업실로 자동차를 몰았다. 그런데 어이없게도 곽 회장이 구매한 것으로 알았던 작품 두 점이 그날 그 자리에 여전히 서명되지 않은 채 버젓이 있었다. 박 작가는 그날도 말했듯이 손을 더 댈지 어쩔지 여전히 생각 중이라 작업 중이던 다른 작품을 완성해 보냈다는 것이다. 수명이 핸드폰으로 찍어간 곽 회장의 그림을 보여주자 두 눈이 휘둥그레지며 자신의 작품이 아니라고 했다. 새로 완성했다는 작품의 사진이라도 보자고 했지만 급히 보내느라 아무것도 남기지 않았다는 대답에는 눈앞이 캄캄해졌다.

배송업체에 바꿔치기의 혐의를 두기는 어려웠고 화랑에 도착한 뒤부터는 사각지역 없이 설치된 시시 티브이가 아무런 문제가 없음을 증명하고 있었다. 곽 회장도 대표의 권유로 미술품에는 이번에 입문하는 부동산업자임이 알려지면서 의심으로부터 멀어졌다. 귀신이 곡할 노릇이었지만 일일이 작품을 확인하지 않은 수명의 과실이 제일 큰 것으로 귀결되어 갔다. 결국 황 대표는 화랑의 신용을 지키기 위해 전액 환불과 그림

회수를 결정했다며 수명에게도 개별적 책임은 묻지 않을 테니 밖으로 알려지지 않도록 조용히 덮으라고 했다. 다만 사기죄 운운하며 작품 반환을 거부하고 있는 곽 회장을 설득하는 것은 수명의 몫이라 했다.

곽 회장의 노기는 쉽게 풀리지 않았다. 수명이 무릎을 꿇고 나서야 누그러지기 시작해 둘만의 저녁 식사와 술자리로 이어졌다. 분명한 대답 없이 길어지기만 하는 술자리에서 수명은 술에 치욕을 묻었다. 다음 날 아침 곽 회장은 호텔방을 나서며 그림은 오전 중에 보내주겠노라 했다.

어느새 병이 비어 있다. 수명은 휘청거리는 걸음으로 걸어가 냉장실 문을 열고 와인 한 병을 더 꺼냈다. 차가운 기운에 고개를 흔들다가 스탠드 조명 위의 〈진주귀걸이 소녀〉에 눈길이 갔다. 소녀의 아랫입술이 따스한 조명으로 번들거리는 느낌이다. '천박해…….' 수명은 홱 고개를 돌려 창밖으로 눈길을 주었다. 먼 바다의 빛은 여전히 반짝거렸다. '저게 희망이 맞을까, 있기는 한 것일까…….'

햇살이 맨살을 간질였다. 따스하고 기분 좋은, 위안을 주는 손길의 느낌이었다. 숙취의 두통이 조금 있기는 하지만 숙면이었음을 알 수 있게 몸은 개운했다. 손바닥으로 눈자위를 비비고 눈을 떴다. 커튼이 열린 창문으로 밀려든 햇살에 눈이 부셨다. 샤워가운은 바닥에 떨어져 있었고 푸른색 면 커버의 이불이 뒤엉켜 가슴과 아랫배를 겨우 가리고 있었다. 취하지 않아도 명수의 공간에서는 언제나 맨몸이었고, 눈을 뜨면 그렇게 늘어져 있었다.

실소가 새 나왔다. 티슈상자 크기의 클림트 <키스> 복제화 때문이었다. 언젠가 중국 베이징의 길거리에서 사 왔다는데 10위안을 주었다는 금액에 걸맞게 조잡했지만 명수는 머리맡 벽에 걸어두었다.

몸을 일으켜 앉으니 침대 옆이 어수선했다. 테이블 위에는 먹다 남은 샐러드가 너저분하게 흐트러져 있었고, 엎어진 와인글라스는 포크에 걸려 바닥에 떨어지지는 않았지만 쏟아진 와인이 말라 얼룩져 있었다. 방바닥에는 빈 병이 구르고 있었고, 와인이 반쯤 남은 병은 벽에 기대어 있었다.

침대에서 내려와 아무것도 걸치지 않은 맨몸 그대로 바다를 향해 돌아섰다. 쏟아지는 햇살이 눈부셨지만 햇빛 아래의 바다에는 아무런 감흥도 없었다. 쪽창을 열어 바람과 파도소리를 들여오면 다르겠지만 이미 몸과 함께 기분도 어지간히 개운해졌기에 그럴 필요는 없었다. 핸드폰의 시간을 보니 11시가 가까웠다.

싱크대 서랍에서 비닐봉투를 꺼내 와 샐러드 찌꺼기를 주섬주섬 담아 쓰레기통에 넣고 욕실로 들어갔다. 양치질과 세수를 하고 헝클어진 머리를 손으로 매만져 밴드로 묶었다. 수건걸이에 어젯밤에 빨아둔 검은색 팬티와 브래지어가 걸려 있었지만 그대로 두었다. 명수가 있었으면 벌써 창가에 널어 아침 햇볕을 받게 했을 것이다. 공연히 좁은 욕실을 훑어봤다. 욕조 안에 남아 있는 긴 머리카락 몇 올을 그대로 두고 욕실을 나왔다.

옷장을 열어 보라색 바탕에 꽃무늬 팬티와 브래지어를 꺼내 입었다.

샐러드를 담았던 접시와 와인글라스를 싱크대로 가져가 닦으려고 물을 틀었다가 그대로 두었다. 옷을 입고 스탠드의 전원을 끈 뒤 다시 실내를 둘러봤다. 몸만 빠져나온 침대와 테이블 바닥이 어지러웠지만 역시 그냥 두기로 했다. 핸드폰을 꺼내 명수의 번호에 메시지를 입력했다. '오피스텔에서 잤어, 좀 지저분해. 그냥 가.' '보내기' 버튼을 누르려다 문자를 지웠다. 가죽가방을 어깨에 메고 다시 둘러보려던 수명은 그대로 현관으로 가 신발을 신고 문을 열었다.

2. 진주귀걸이 소녀

먼저 도착한 충남은 문가 빈 테이블에 자리를 잡자마자 '고추장구이 곰장어' 3인분과 소주 한 병을 주문했다. 이제는 자갈치시장에서도 연탄불에 석쇠로 곰장어구이를 하는 집은 많지 않다. 게다가 고추장구이는 채 익기도 전에 시커멓게 타기 일쑤여서 여간 신경을 써야 하는 것이 아닌데도 명수는 꼭 연탄불 고추장구이로 시작했다, 부산에서는.

만 원짜리 한 장을 차비로 건네받은 아주머니의 도움으로 탄 흔적 없이 곰장어가 구워지자 충남은 잔에 소주를 따라 한 모금에 넘기고 몸통 한 점을 집어 입안에 넣었다. 목구멍을 타고 내려가는 차갑고 짜릿한 소주의 기운과 순식간에 입안 가득히 퍼지는 맵고 달콤한 양념 향, 쫄깃한 육질의 식감은 완벽한 조화였다.

절제되지 않는 '캬!'가 연속될 때 희뿌연 유리창 밖으로 명수의 모습이 보였다. '타이밍 죽이고.' 혼잣말을 중얼거리며 다시 잔을 비우자 명수가 맞은편 의자에 앉으며 잔부터 들어 내밀었다. 충남이 술을 채워주자 명수도 한 모금에 잔을 비웠다.

"차 가져왔어?"

"아니, 케이티엑스."

대답하며 명수는 감청색 캐시미어코트와 진회색 체크무늬 재킷을 한꺼번에 벗어 옆 의자에 내려놓았다.

"그놈은 김해공항에서 출국 직전에 경찰이 체포했어. 잔금은 내일 입금한다더라."

"얘기했잖아. 고생했어."

다시 내미는 잔에 충남이 소주를 따라주자 명수는 또 한 모금에 비웠다.

"야, 입으로만 고생이고 날름 혼자 비우냐."

"아, 미안."

건성으로 대답하고 곰장어 한 점을 집어 입에 넣는 명수의 눈에 길이 안 보였다.

'어쩐지 자갈치에서 보자는 게 그렇지 싶더라니…….' 충남은 속으로 생각하며 비어 있는 두 잔에 소주를 따랐다.

명수와 충남은 가야산 자락 해인사와 그리 멀지 않은 산중 마을 초등학교에서 고등학교까지 12년을, 그것도 9년은 같은 반 동창으로 자랐다. 충남이 고등학교를 졸업하고 육군 부사관을 지원해 특전사에서 십여 년을 복무하고 전역했을 때 명수는 대구 시내에서 '에스엠기획'이라는 상호로 심부름센터를 하고 있었다. 처음에는 직장을 구하는 동안 연락처

겸해서 드나들다가 '부장'이라는 직책으로 눌러앉은 것이 벌써 10년이 되었다.

오늘 두 사람이 부산에 온 것은 보름 전쯤 대구의 한 중견기업으로부터 5억 원이 넘는 공금을 횡령하고 사라진 경리과장을 잡아달라는 의뢰 때문이었다. 경리과장이 김해공항을 통해 출국하려는 것을 명수가 알아냈고, 밀양 연고지에서 소재를 파악하던 충남이 연락을 받고 공항으로 달려가 출국수속 중이던 그를 찾아냈다. 처음부터 경찰에 정식 고소를 했다면 출국금지를 하는 것은 어렵지 않았겠지만 일손 부족한 경찰의 적극적인 추적수사는 기대하기 어려웠고, 무엇보다 경리과장이 쥐고 있는 회사의 약점이 께름칙한 데다 하루라도 빨리 붙잡아 횡령한 돈을 조금이라도 더 회수하는 것이 중요했기 때문에 들어온 의뢰였다. 공항에서 그를 찾았을 때 의뢰인은 충남이 직접 붙잡고 자신들이 도착할 때까지 기다려 주기를 원했지만 명수는 공항경찰에 신고해 신병을 확보하도록 조처했다. 적법한 권한도 없이 강제로 사람을 억류하다가는 해결사 폭력배가 되기 십상이었기에 가능한 한 법의 테두리를 지키자는 것이 명수의 원칙이었다.

"그래도 잔금은 약속한 대로 입금하겠지?"

은근히 걱정된 충남이 묻자 명수는 단박에 고개를 가로저었다.

"절반이라도 주면 고맙지. 아마 입 닦을 거야."

"그런 게 어디 있어! 약속한 녹음도 있는데 그게 계약이지!"

"경찰 협조를 받는다는 내용은 없었잖아."

충남의 볼멘소리에도 명수는 미련을 보이지 않았다. 한두 번 겪는 일이 아니었다. 아무런 법적 권한 없는, 그야말로 심부름을 해주는 대행업체가 공식적으로 할 수 있는 일은 그리 많지 않았다. 특히 법을 잘 아는 기업의 일을 수임하면 그들은 법의 테두리를 넘어 해결사 역할을 해주기 바라다가 그게 여의치 않으면 계약을 뒤집기 일쑤였다. 당할 때마다 복장이 터졌지만 법으로 보장받기는 어려웠기에 대부분 적당한 선에서 타협했다. 그래서 불륜 같은 개인적 의뢰가 수입도 짭짤하고 일거리도 많아 다른 업체들은 주업으로 삼지만 명수는 그런 불륜 꽁무니를 쫓는 일도 불법이라며 의뢰를 거절했다.

"젠장, 부산까지 온 김에 술이나 한잔 제대로 할까 했더니 그것도 틀렸군."

"그럼 모텔 잡아서 자. 내일 제대로 마시게 해줄 테니까."

투덜거리는 충남에게 명수는 건성으로 대꾸했다.

"지랄, 하룻밤 치성 드려 마시는 술도 있냐. 그리고 어디 다른 데 가자는 거냐. 부산에 왔으면 제대로 된 횟집이라도 가야지, 만날 오면 이놈의 곰장어!"

"그래도 잘만 먹네. 어차피 늦었는데 하루 묵어. 내일 낮에는 바닷가 횟집으로 모시고, 저녁에는 양주 대접할 테니까."

"관둬라. 우리 마누라 내 몸에 묻은 다른 여자 냄새 맡는 데는 귀신이다."

"그 귀신 마누라 고마운 줄 알아라."

명수는 밝은 웃음을 지으며 잔을 들었다.

"그래서 난 이거 먹고 곧바로 올라 갈란다."

"곰장어 구워서 포장 좀 해 가라. 제수씨 좋아하잖아."

"그렇잖아도 그럴 생각이었다. 넌?"

"내일……."

명수의 낯빛에 쓸쓸함이 번졌다. 충남은 비로소 명수가 부산에 내려온 이유를 알 수 있었다. 김해공항에서 일을 끝내고 곧장 사무실로 가겠다고 하자 명수는 부산에서 저녁이나 같이 먹자고 했다. 부산에서 의뢰가 들어온 것으로 생각했는데 아닌 것이다.

"넌, 오피스텔?"

"술 마셨으니 케이티엑스 타. 차는 내일 내가 가져갈 테니."

눈길을 영도 쪽으로 향하며 명수는 소주잔을 들어 또 비웠다. 오늘은 취하도록 마시는 날이구나, 안타까우면서도 충남은 모르는 척 목청을 높였다.

"아줌마, 이번에는 소금구이로 2인분요!"

택시에서 내리자 차가운 바닷바람에 정신이 들었다. 어쩌면 오피스텔 현관의 시린 형광등 빛이 술기운을 걷어가고 있는 것인지도 몰랐다. 알코올에 젖은 몸은 휘청거렸지만 정신은 맑고 가슴은 설렜다.

이상하게도 문득 수명이 다녀갈 것 같은 예감이 드는 날이 있다. 만나자는 말이 없으면 기다려서도, 불쑥 들어가 마주쳐서도 안 되지만 다녀간 뒤의 흔적이나마 느끼고 싶어 들려보곤 한다. 벌써 며칠 전에 그 예감이 밀려들어 서둘러 내려와 청소를 하고 실내온도를 조절해두었다. 냉장고에는 샐러드 한 팩과 포도 두 송이만 넣어두었다, 혼자 다녀갈 때 수명이 먹는 건 대부분 그 정도였으니.

다녀갔을까, 아직 아닐까. 며칠을 예감의 촉을 세워 기다린 뒤였다. 술을 제법 마신 것은 혹시 다녀가지 않아 여운조차 느낄 수 없을 때 허전한 감정을 무디게 하기 위해서였다. 번호를 누르자 잠금이 풀렸다. 명수는 심호흡을 하고 살며시 문을 열었다. 등 뒤로 문이 닫히자 커튼 열린 창문으로 바다의 빛들이 눈에 들어오기도 전에 수명의 향이 훅 밀려왔다. 자동으로 켜진 현관 등 아래에서 그 체취를 느끼는 사이 꺼졌던 등은 명수가 신발을 벗느라 움직이자 다시 켜졌다. 벽에 붙은 스위치를 눌러 천장의 전등을 모두 켰다.

한눈에 들어왔다. 침대 옆 창문 가까이 테이블의 얼룩, 바닥의 샤워가운, 누워 있는 빈 병, 벽에 기댄 와인 병, 구겨진 베개, 흐트러진 이불. 명수는 욕실 문을 열고 얼굴을 들이밀었다. 수건걸이에 걸린 레이스 달린 검정색 브래지어와 팬티, 욕조와 욕실 바닥의 머리카락, 유리컵에 꽂혀 있는 칫솔…….

"고마워!"

싱크대 안의 접시와 글라스를 닦으며 명수는 소리 내어 말했다. 일부러 두고 간 흔적들이었다. 오래전, 함께 있다가 시작된 사소한 말다툼이 서로의 감정을 할퀴어 상처를 낸 적이 있었다. 다음 날 수명이 자신의 옷

가지를 모두 챙겨 떠난 것을 알고 난 뒤 그 가슴 철렁하고 눈앞 아득하던 상실의 아픔이란…….

테이블과 바닥을 정리하고, 수건걸이에 걸려 있던 수명의 속옷을 다시 손으로 빨아 창가에 널었다. 샤워를 하고 스탠드만 남기고 실내등을 모두 끈 뒤, 절반쯤 남아 있는 와인 병을 손에 들고 맨몸으로 수명의 흔적이 그대로인 이불 속으로 들어갔다. 베개를 등받이로 침대 머리에 기댄 채 아무런 맛도 느껴지지 않는 와인을 홀짝거리며 진주귀걸이 소녀에게 눈길을 주었다.

고등학교 3학년 가을이었다. 토요일 오후 학교를 나서며 수명은 명수에게 사복으로 갈아입고 버스정류장으로 나오라고 했다. 영문도 모른 채 정류장으로 나가자 시외버스에 태웠고 대구를 거쳐 부산으로 갔다. 생전 처음인 부산이었다. 그래도 수명은 길을 아나 보다 했는데 저도 사람들에게 물어 지하철을 탔고, 그 시절 마지막 역이었던 중앙역에서 내렸다. 거기서 영도다리까지는 몇 번이나 길을 물으며 걸었다. 거리는 그리 멀지 않았고, 자갈치시장 가까운 영도다리 아래에 이르자 수명은 비로소 걸음을 멈췄다.

"여가 어딘데?"

명수가 묻자 수명은 어이없다는 표정으로 대답했다.

"영도다리잖아."

"오면서 니가 몇 번이나 사람들한테 영도다리를 물었는데 그걸 모르겠나. 여길 왜 왔노 말이다.”

“니는 금순이 노래도 안 들어 봤나. 영도다리는 그리운 사람들이 만나는 데 아이가, 약속 없이도 기다리는 데고.”

명수는 기가 막혔다.

“가시나, 미칫나. 지금이 육이오 전쟁 때가!”

수명은 더는 대답 없이 한참 동안 바닷가 난간에 가슴을 기댄 채 물끄러미 영도다리를 지켜봤고, 이내 노을이 바다를 물들이기 시작했다. 명수는 점점 집에 돌아갈 일이 걱정이라 더는 기다릴 수 없었다.

“고마 가자.”

그러나 수명의 대답은 뜬금없었다.

“내는 진주귀걸이 소녀가 될 기다.”

“뭐, 진주귀걸이? 그거야 나중에 어른 되가 사면 되지 뭐 한다꼬 영도까지. 영도에서 진주가 나나?”

“저번 여름방학 때 서울서 미대 다닌다는 명숙이 사촌언니 왔던 거 알제? 그때 그 언니 집에서 화집을 봤는데 〈진주귀걸이 소녀〉라 카는 그림이 있더라. 네덜란드의 베르메르라 카는 화가가 그린 건데 와, 얼마나 빛이 나던지……. 그래가 나는 이제 그 소녀가 되기로 했다.”

명수는 무슨 소리인지 알아들을 수 없었다.

“뭐 그런 게 있다 치고, 니는 우예 그 소녀가 될 긴데?”

“내, 서울에 있는 미대 들어갈란다.”

“미대? 그림 그릴라꼬?”

"일단은."

수명은 미술반이었고 선생님은 소질이 있다고 어깨를 도닥여줬다. 그렇지만 들은 이야기로는 명숙 언니 미대 뒷바라지에 그 부모님의 허리가 휜다고 했다. 수명의 집도 이전에는 인근에서 빠지지 않는 규모의 농사를 지었지만 아버지의 짧지 않은 병수발에 이제는 명숙이네의 절반 규모나 될 정도였다.

"우쨌든지 이제 고마 돌아가자. 대구나 합천에서 막차 끊기면 우옐라꼬."

"하마 늦었다. 통행금지가 있는 것도 아이고, 여서 고마 밤바다나 실컷 구경하자. 아침에 해 뜨는 것도 보고."

"여서? 바닷가서 밤을 새자꼬?"

"우리 산골은 벌써 바람이 차도 여 바닷가는 아즉 따숩네. 그리고 내는 엄마한테 오늘 명숙이네서 밤새 공부한다 그카고 나왔다."

"그럼 내는?"

"니는 머스만데 뭐 어떻노. 낼 집에 가 적당히 둘러대고 때리면 몇 대 맞으면 안 되나."

명수는 말문이 막혔지만 아주 난감하거나 기분이 나쁘지는 않았다.

"저녁은 내 사주꾸마. 영도다리에 오면 뭘 묵어야 하나 알아 봤다. 밤이 되면 자갈치시장 뒤 바닷가에 포장마차가 들어서고, 거서 꼼장어를 구워 파는데 쥑인다 카드라."

"꼼장어? 그게 뭔데?"

"바닷고기."

"니는 무 봤나?"

"촌놈. 좀 있다가 직접 무 봐라."

그렇게 명수는 생애 처음으로 곰장어라는 것을 먹었다, 방파제 근처의 두껍고 알록달록한 비닐로 지붕을 덮은 전등 빛 흐린 포장마차에서. 곰장어를 굽는 길바닥 화로 쪽에는 아예 빛이 비치지도 않는 데다 연탄불 위로 피어오르는 자욱한 연기 탓에 익은 것인지 아닌지 구분조차 할 수 없어 그저 주인이 익었다면 그런 줄 알면서…….

다음 날 수족관 안에 든 뱀 같이 생긴 먹장어가 곰장어라는 것을 알고 기함하던 수명을 보고 명수는 그녀도 부산이 처음이었다는 것을 알았다.

눈을 뜨니 늦은 아침이고 와인 병은 손에 잡힌 채 가슴팍에 기대져 있었다. 〈진주귀걸이 소녀〉에게 눈길을 두었다가 잠이 들어 그 자세로 숙면을 취한 모양이었다. 명수는 병을 바닥에 내려놓고 이불을 머리끝까지 덮어 수명의 체취를 느껴보려 했지만 이미 떠나고 없었다. 벌떡 일어나 팬티 차림으로 이불보와 시트, 샤워가운을 세탁기에 넣었다. 청소를 하고 샤워를 한 뒤 세탁된 것들을 건조대를 꺼내 널었다. 창밖은 구름이 짙게 드리웠지만 어젯밤 창가에 널어둔 수명의 속옷은 뽀송뽀송 말라 있었다. 그것들을 곱게 개어 옷장 안 수명의 칸에 넣어두고 커피를 내렸다.

서울올림픽을 치르고도 몇 년이 지난 뒤였지만 산중 마을 고등학생 사내아이가 〈진주귀걸이 소녀〉를 어찌 알았겠는가. 영도에서 돌아와 학교 도서관을 뒤져 겨우 찾아보게 된 소녀는 정말 빛나고 신비로웠다. 그렇지만 명수에게 더욱 빛난 것은 수명이었다. 수학여행을 제외하면 화려한 빛이라고는 텔레비전 드라마를 통해서나 겨우 보는 처지에 책 속 그림 한 장을 보고 단박에 빛나는 꿈을 꾸다니!

학교를 졸업하면 대학을 가야 하나, 취직을 해야 하나, 아니면 고향에 머물러 농사를 짓거나 장사를 해야 하나. 대학을 가더라도 대부분 가까운 대구 쪽이었고, 서울로 갈 실력이나 형편이어도 낯선 도시에 대한 막막함이 있었다. 고등학교 졸업장으로 취직이라고 해 봐야 뻔한 노릇이니 교통 편리한 대구쯤이라야 집안의 농산물 도움이라도 받을 테고, 그렇게 하여 안정을 찾는다 해도 흔한 소시민의 삶일 테니 꿈이라고 아무나 꾸는 것은 아니었다. 그런데 수명은 진주와 소녀라는 빛나는 꿈을 꾼 것이다. 얼마나 멋지던지, 명수는 제가 꾼 꿈처럼 벅차던 가슴을 아직도 또렷이 기억하고 있다.

우두커니 바다를 내려다보며 커피 잔을 비운 명수는 커피를 더 내리려고 돌아서는데 테이블 위에 올려둔 빈 와인 병에 새삼 눈길이 갔다. 술이라면 와인 몇 잔 마시는 정도의 수명이었다. 한 병 반. 평소에 비해서 두 배도 더 마신 것이었고 이불과 시트도 잔뜩 흐트러져 있지 않았던가. 일부러 알리려고 그런 것은 아니었겠지만 아침에도 눈물이 가시지 않았기에 그대로 둔 것일 테다. 마음에 눈물이 고여 둥지를 찾아 서울에서 부산으로 왔고, 아침에도 여전히 그렁그렁했다면……. 명수는 커피 잔을 내려놓고 핸드폰을 꺼내 충남의 번호를 눌렀다.

“지금 출발하는 거야?”

전화 너머의 음성은 유쾌했다.

“응, 너 화랑가 정보 들을 데 있지?”

“화랑? 응, 한 군데.”

“최근에 무슨 특별한 일이 있었는지 한번 알아 봐.”

“어디…… 수명이……?”

“아, 뭐 꼭 그런 건 아니고…….”

“알았다.”

충남은 전화를 끊었다. 수명과의 관계를 아는 유일한 사람이지만 그 이름은 좀체 입에 담지 않았고, 무심코 입에 올리게 되더라도 더 잇거나 눈을 마주치지 않았다. 명수는 커피 잔을 정리하고 보일러 전원을 끄고 현관을 나섰다.

3. 위작

"잘 쉬었어? 좀 들어 와."

출근하는 황 대표는 아무런 일도 없었던 것처럼 덤덤한 눈빛이었다.

방문을 열고 들어가자 소파에 등을 기댄 대표는 고갯짓으로 맞은편 자리를 가리켰다. 수명은 결재판을 테이블 위에 내려놓고 마주 앉았다.

"그만한 일로 사표를 내거나 다른 데로 옮길 생각인 건 아니지? 어딜 가나 크게 다를 건 없어."

그 일까지 다 안다는 것인지 말의 뉘앙스가 거슬렸지만 수명은 묻지 않았다.

"그렇지만 손실이 너무 커서……."

"괜찮아. 딱히 한 실장 책임이라고 할 것도 아니잖아, 이 바닥에서는 가끔 있는 일이기도 하고. 부담 갖지 말고, 앞으로 더 열심히 하면 돼."

곽 회장이 작품 두 점 값으로 내놓은 금액은 10억 원이었다. 화가가 자신의 책임 없는 사고에 손해를 떠안을 리는 없고, 화랑과의 분배구조에 따라도 황 대표가 안아야 할 손해는 수억 원이 넘었다. 그럼에도 대표는 그야말로 아무런 일도 없었던 것처럼 차분했다.

"곽 회장에게나 신경 좀 더 써줘."

"그 사람한테 왜요?"

드러나게 까칠한 자신의 말투에 수명은 아차 했지만 그 순간 대표의 입가를 스치는 옅은 웃음기는 놓치지 않았다, 멸시 혹은 조롱 같은…….

"사기죄 고소는 안 하기로 약속했어. 그래도 기분은 큰 손해를 본 것 같으니 괜찮은 작품 소개하는 걸로 갚아달라더군."

"어떻게 아시는 분이세요? 미술에 관심이나 조예가 있는 것 같지는 않던데."

"부동산 사업 하는 사람이야. 전에는 무관심하더니 최근에 그러네. 왜, 내키지 않아?"

"그 사람은 좀……."

"컬렉터라면 누구라도 마다하지 않더니 곽 회장한테는 왜 그래? 둘이 무슨 일이라도 있었어?"

수명은 치욕스러움에 자리를 박차고 싶었지만 손으로 허벅지를 눌렀다.

"일은 무슨 일요. 첫 거래부터 그렇게 되니 께름칙해서 그렇죠."

"큰돈이 오가는 데는 별일이 다 있어. 그때마다 께름칙해서 포기하면 어떻게 꿈을 이룰 수 있겠어. 한 실장 꿈 있잖아, 화려하고 큰."

속을 들키지 않으려고 조심하고 또 조심했는데도 읽힌 모양이다.

마음을 다잡고 하나둘 되짚어 보니 의혹은 더욱 깊어졌다. 이제는 사라진 것이 되어버린 박 작가의 작품은 그가 배송한 목록에 모두 〈무제〉로 표기되어 있었다. 도록도 사진도 없는 데다 제목조차 '무제'이니. 게다가 곽 회장에게 갔다가 반환된 위작 두 점도 수명이 부산을 다녀온 사이 대표가 가져가 없애버렸다니 그야말로 오리무중이 되었다. 자신의 손해가 막심한데도 놀란 마음을 달래라며 굳이 휴가를 권한 대표의 저의도 새삼 미심쩍었다. 그사이 지불과 반환이 완료되었다는 박 작가와 곽 회장 사이에서 손해를 본 사람은 오직 대표 한 사람이었다. 전체적으로 보자면 크고 작은 15점의 작품을 거래했으니 온전히 손해를 보지는 않았겠지만 이익의 감소도 손해였고, 무엇보다 황 대표는 이재(理財)에 밝은 여자였다. 겉으로는 화랑의 이름을 지킨 것으로 위안을 삼는다고 하지만 여느 곳 못지않게 말 빠른 바닥임을 잘 아는 사람이었다. 뭔가 숨겨져 있을 것 같았다. 수명은 결재판 안에 넣어 갔던 사직서를 꺼내 찢었다.

"위작 장난은 그쪽 바닥에서는 가끔 있는 일이기는 한데 이번에는 좀 특별해서 들은 사람들 모두 고개를 갸웃거린대. 유명작가의 여러 작품 중에서 한 사람이 구매한 두 점만 위작이라는 것도 이상하고 진품이 사라진 경위에 대해서 아무런 정보가 돌지 않는다는 거야, 흔적도 없고."

충남의 설명을 들으면서 자료를 훑어보던 명수가 고개를 들었다.

"손해는 누가 본 거야?"

"당연히 화랑 대표지. 뭐, 손해를 안는 거야 그 바닥 룰이라지만 회수한 위작을 마치 아무도 보지 못하게 하려는 것처럼 재빨리 폐기해버렸다니 아무래도 수상쩍은 구석이 있어."

"이익을 본 사람은?"

"먼저는 화가. 어쨌든 자신의 작품 값은 모두 받았으니까. 다음은 위작을 구매했던 사람."

"추가로 무슨 손해배상이라도 받은 거야?"

"아니, 돈은 지불한 것만 돌려받았는데 다른 법적 조치를 하지 않아 점잖은 컬렉터로 인식되었다는 거지. 그것도 그림 구입은 처음이라는데."

"그게 무슨 이익이 된다고."

시큰둥한 반응에 충남도 일단 고개를 끄덕였다.

"하긴……, 그렇지만 다음 거래에서는 확실히 우대를 받을 거래. 다른 화랑들도 그 컬렉터에게 관심을 보이고."

그래도 명수는 선뜻 이해되지 않았다.

"어쨌거나 거래의 직접 당사자 셋 중 화랑 대표는 손해만 본 쪽이고, 다른 두 사람은 실제 추가된 이익은 없으니 범인은 제삼자라는 건가?"

"그럴 수도 있고 아닐 수도 있고."

심드렁한 대꾸에 명수의 눈살이 찌푸려지자 충남은 정색을 했다.

"아무런 관계없는 완전한 제삼자가 벌였다고 보기에는 너무 억지스럽지 않아? 열다섯 작품 중에서 한 사람에게 간 두 점만 감쪽같이 위작으로 바뀐다는 게."

"위작 사고가 나면 언제나 화랑 대표가 책임지고 모든 손해를 안아야 하는 거야?"

"케이스 바이 케이스겠지. 그런데…… 그 화랑 대표, 아주 이재에 밝은 사람인데 표정관리 하는 것 같다는 말도 있어."

"뭐? 손해 본 금액이 수억 원이라면서."

"그게 우리 같은 형편에서는 엄청난 금액이지만 그쪽에서는 두터워진 신뢰에 비하면 감수할 만한 금액이라는 거야. 그렇지만 실상은……."

머뭇거리는 충남을 지켜보는 명수의 눈빛이 초조했다.

"조심스럽지만…… 정말 손해를 본 것인지도 알 수 없다는 거야."

"그게 무슨 말이야?"

명수의 메마른 목소리가 버스럭거렸다.

"너무 감쪽같고 조용하다는 거지. 사라진 진품을 찾겠다거나, 위작의 진상을 밝히려는 시도도 없는 것 같고. 이를테면, 엄청난 것 같은데 묻자고 들면 굳이 파헤칠 필요 없는 허술한 각본의 연극……?"

"그게 무슨 개소리야. 실제 이익도 없이 왜? 그럼 결국 피해자도 없다는 거네?"

충남은 바로 고개를 가로저었지만 내키지 않는 표정으로 우물거렸다.

"딱 한 사람이 있기는 한데……."

"누구?"

충남은 힐끔 명수의 눈치를 살폈다. 화랑가 사람에게 정보를 받으면서 곧바로 추측할 수 있었지만 목구멍 밖으로 꺼내기에는 조심스러운 일이었다.

"누구냐니까?"

목소리가 높았다. 이미 짐작했기 때문일 것이다.

"거래를 총괄한 큐레이터, 배상을 요구받지는 않았지만 대표에게 단단히 목덜미를 잡힌 셈이지. 위작 구매자에게 무릎을 꿇었다는 이야기도 있고."

명수의 표정이 일그러지자 충남은 슬며시 일어나 창밖을 향해 등을 돌렸다.

빛은 아무리 감추어도 화려한 만큼 드러나는 법이다. 수명의 진주귀걸이는 너무 화려했다. 아름다운 화려함보다 더 빛나는, 한 번 빠지면 헤어날 수 없는 중독의 화려함. 수명이 아슬아슬하고 위험한 것은 그래서였고, 그럼에도 멈추라 할 수 없는 까닭이기도 했다.

아직 짧은 겨울 해가 남아 있는데 명수는 주섬주섬 책상을 정리했다.

"벌써 나가게?"

오후 내내 외면한 명수의 눈치를 살피던 충남이 슬며시 말을 붙였다.

"나 내일 아침에 서울 올라가야겠다."

눈길은 피한 채 말투에는 날이 서 있다.

"서울?"

"며칠 걸릴지도 몰라."

"왜?"

명수가 대꾸 없이 일어서려는데 책상 위 전화기의 벨이 울렸다. 충남이 경리 일을 보는 미스 권보다 먼저 수화기를 들자 명수도 주춤 멈췄다.

"에스엠기획입니다. 예, 아…… 잠깐만요."

1분, 혹은 2분. 그 짧은 순간에도 명수는 일어설 듯 말 듯 연신 움찔거렸다. 고민을 하고, 기어이 작심하고 나니 마음이 다급한 것이었다. 충남은 그런 명수가 아슬아슬해 보였다.

"부인이 바람을 피우는 것 같다며 조사를 부탁하는데?"

한 손으로 송화구를 막은 충남이 장난기를 묻혀서 말하자 명수는 여지없이 눈을 흘기며 의자에서 일어났다. 충남은 얼른 한 손을 들어 기다리라는 손짓을 하고 전화 너머 의뢰인에게 양해를 구했다.

"이러다가 또 통장잔고 바닥난다."

전화를 끊은 충남이 정색을 했다.

"걱정 마, 의뢰는 또 들어와."

"술 한잔하자."

"내일 서울 간다고 했잖아. 다음에 해."

다시 눈길도 주지 않고 문을 여는 명수의 등에 대고 충남은 목청을 높였다.

"그래도 해!"

명수는 주춤 섰고 미스 권은 눈치를 살폈다.

돼지국밥 한 그릇씩을 놓고 각각 소주 한 병을 비우는 동안 충남은 아무런 말이 없었다. 명수도 그런 충남을 따라 같이 술잔을 비우며 입이 열리기를 기다렸다. 소주 두 병을 더 가져와 각자의 앞에 한 병씩 내려놓은 충남이 맥없는 웃음을 흘렸다.

"너 대학은 왜 안 갔냐? 나야 성적이 그랬지만 넌 서울 어지간한 대학은 들어갔을 텐데."

뜬금없기는 했지만 수명을 비껴간 이야기라 명수는 누그러진 말투로 대꾸했다.

"돈 벌려고."

"그래서?"

"부산으로 갔지."

"왜 하필?"

"외항선 타면 목돈을 벌 수 있다기에."

"타지는 않았잖아."

"군대를 갔다 와야 탈 수 있다니 못 탄 거지."

"그런데도 부산에 있었다면서?"

"뭐, 간 거니까."

"그전에 부산에 가본 적은 없었고?"

"뭐……."

명수가 얼버무리자 충남은 어깨를 으쓱해 보였다. 명수가 직접 털어놓은 적은 없지만 10여 년을 함께 일하면서 이런저런 인연을 통해 대충은 들은 바였다.

외항선을 타지 못한 명수는 자갈치시장 어물 중개인 밑으로 들어갔다. 일을 배워 중개인이 되면 큰돈을 벌 수 있겠거니 생각했지만 빈손인 명수에게는 언감생심이었다. 맥 빠진 명수에게 손을 내민 것은 부두의 건달이었고 그 바닥에서 밑바닥 사람들의 살아가는 법을 익혔다. 그곳에 더 머물렀다면 전과자가 되어 다른 인생이 되었겠지만 입대 통지서가 발을 뺄 수 있게 했다.

"제대하고는 왜 다시 부산으로 가지 않은 거야?"

"새삼스럽게 그런 건 왜?"

"뭘 좀 알아야 계속 함께할 거 아니야. 돈을 많이 벌겠다는 생각은 여전한 것 같은데, 통장잔고가 아슬아슬해도 일을 가리는 네 똥고집이 어느 땐 도무지 이해가 안 된다. 이제 좀 알자."

명수는 풀썩 웃었다. 자신이 생각해도 우스운 일이었지만 말해줘야 할 것 같았다.

"제대하고 나서 찾아보니 화가가 된 게 아니라 대학원에서 미술사를 공부하고 있었어. 아, 석사가 되겠구나. 어쩌면 박사가 될지도 모르겠고. 그럼 내가 너무 쪽팔려서는 안 되겠구나 하는 생각이 들었어, 그래서."

"심부름센터는 안 쪽팔리고?"

"셜록 홈스가 되면 진주귀걸이 소녀한테 아주 쪽팔리지는 않을 테니까."

"진주귀걸이 소녀? 그건 또 무슨 뚱딴지같은 소리야?"

"그런 게 있어. 그쯤만 알아."

멋쩍은 웃음을 지으며 명수는 입을 다물었다. 더는 말하지 않을 것을 충남은 알았다.

"뭔 소린지는 몰라도 빨리 사설탐정법이 만들어져야 셜록 홈스 흉내라도 내겠구나. 그런데 서울에서는 어떻게 하려고? 다짜고짜 대표 목이라도 조르려고?"

"그래야 한다면."

건성 대꾸처럼 덤덤했지만 충남은 싸늘한 한기를 느낄 수 있었다.

"미쳤구나, 원하지도 않을 일을."

"그럴 일이 없기를 바라야지."

말려도 소용없는 일이고, 그렇더라도 여자에게 손을 대지는 않을 테지만 불안했다. 충남은 말문을 돌렸다.

"그런데 왜 하필 오피스텔은 부산이야? 한 달에 한 번도 가지 않을 때가 부지기수면서."

"부동산 투자한 거야."

여지를 주지 않으려는 대꾸에 충남은 한숨을 내쉬었다.

요지부동이었다. 명수는 학창시절 내내 시쳇말로 범생이었다. 서로가 빤히 아는 좁은 산동네였으니 도시처럼 '짱'을 먹겠다고 다투거나 집단 괴롭힘을 할 일도 없었지만 순한 성품에 성적까지 나쁘지 않은 데다 모진 구석이라고는 없는 명수였다. 수명이 명수와 드러내놓고 가깝게 지낸 것도 한때 친구들의 놀림거리가 되기도 했던 상반(相反)되는 이름의 인연만이 아니라 그의 선량함에서 오는 편함 때문이었을 것이다. 지금도 일상에서 모진 구석을 드러내는 경우는 없다. 작은 실수나 말로 한 계약을 뒤집어 잔금을 후려치거나 지불을 거절해도 험한 말을 내뱉거나 멱살을 잡기보다는 그저 포기했다. 그런데 저 희한한 사랑 앞에서는 도무지 주저함이 없으니.

충남은 주머니에서 핸드폰을 꺼내 명수에게 건넸다. 사무실에서 특별한 경우 업무용으로 쓰는 핸드폰으로 두 사람에게는 추적이 닿지 않는 '대포폰'이다.

"서울에서는 이 핸드폰 쓰고 네 건 내놔."

"뭐? 왜?"

"사람 일 알 수 없는 거잖아. 그럴 일 없겠지만 이 전화로 서울에서 수명이하고 통화하지 마. 나한테도 내 업무용으로 하고."

명수가 쓴웃음을 지었지만 충남은 술병 옆에 놓여 있는 명수의 핸드폰을 집어 제 주머니에 쑤셔 넣었다.

"네 전화 자주 울리지도 않지만 오면 받아서 핸드폰 두고 사우나 갔다고 할 거야."

4. 분노

등을 떠밀려 나온 것이 역력했다. 수치심과 분노 가득한 낯빛에 눈길은 줄곧 바닥을 헤매고 있었다. 와인 바 홀은 칸막이를 하지 않은 대신 기둥과 화분들로 테이블 간의 시선을 차단해놓았지만 집중하면 살피거나 이야기를 엿듣기에는 충분했다. 그 수치심과 분노가 고스란히 전해져 와 명수는 수명보다 더 이를 악물었다.

"꿈이 크다면서? 암, 꿈은 모름지기 크고 화려해야지, 하하. 자, 한잔 해."

사내의 거리낌 없는 반말이 이미 소유권이라도 가졌다는 듯해 몹시 거슬렸다. 다리를 꼰 채 의자에 등을 한껏 기대고 거들먹거리는 거만함은 올가미에 걸린 여린 짐승을 앞에 둔 흉포하고 천박한 사냥꾼의 주저 없는 욕심이었다.

"쭉 마시고 그 꿈에 대해 얘기해 보자고, 자."

사내는 잔을 얼굴 앞까지 디밀었지만 수명은 꼼짝도 안 했다. 잠깐 어이없다는 기색이던 사내는 이내 너그러운 표정으로 잔을 비우고 제 손으로 병을 들어 빈 잔을 다시 채웠다.

"알겠지만 난 그림에 대해서는 아무것도 몰라, 돈이나 벌어왔지. 그래도 개처럼 벌어서 정승처럼 쓰라는 말처럼 언젠가 문화사업을 해야겠다고 항상 생각은 했어. 아, 사업이라는 말이 거슬리나? 미안, 아직 사업의 때를 못 벗어서, 하하."

정직한 척, 겸손한 척, 대범한 척하는 사내의 능청에 명수는 욕지기가 치밀었다.

"문화, 사업 맞아요."

수명의 대꾸는 잇새로 새어나오는 소리였다. 할 수 있는 유일한 대항, 조롱…….

"그런가? 하하, 결국 모든 게 사업이구먼. 암, 문화든 뭐든 유지하려면 사업이라야지."

거 보라는 거들먹거림, 사내는 이제 제 뜻대로 된다고 생각하나 보다.

"내가 화랑을 하나 차려주고 싶은데. 한동안은 돈이 꽤 든다면서? 어느 정도인지 들었어. 그 이상도 지원할 수 있어. 한 실장도 이제 꿈을 펼쳐야지."

유혹, 뿌리치기 쉽지 않은. 사내는 득의양양. 명수는 불끈 주먹이 쥐어졌지만 결정은 수명의 몫이다.

"부담스러우면 동업은 어때? 나는 돈을 대고 한 실장은 재능을 대고. 대표는 한 실장이 해, 결정도 마음대로 하고. 수익만 나누면 되니까."

손해는 보지 않겠다는 약아빠진 근성. 결코 손아귀를 벗어나지 못하게 엮어 꿩도 먹고 알도 먹으려는 심보다. 그게 돈의 힘이니까.

"자, 한잔 쭉 들어. 지난번에 보니까 술 잘하더군. 난 이미 결심했으니까 한 실장은 천천히 결정해도 돼."

드러낸 속내, 이빨에도 수명은 고개를 숙인 채 묵묵부답이다.

"잘난 척하는 황 대표를 생각하면 수시로 경찰서 생각이 들지만 내가 한 실장 얼굴 보고 참는 거야. 평생 사업하면서 이번처럼 두 눈 뻔히 뜨고 뒤통수 맞은 건 처음이었거든. 자존심 상해서 원."

뻔하고 졸렬한 협박. 한번 맛들이면 영원히 버리지 못하는 구리고 저열한 근성하고는.

"사라진 작품 두 점이 어디 있는지 알려주시면요."

뜻밖의 반격, 명수는 통쾌하고 사내는 당황한다.

"그걸 내가 어떻게 알아! 말이 되는 소리야?"

허둥대는 고함은 절반의 시인.

"아실 것 같은데요?"

냉정한 결정타, 무하마드 알리의 마지막 어퍼컷이 저랬을까!

"어허, 한 실장. 우리 일이 알려지면 이 바닥에서 얼굴 들기 힘들 텐데."

저런 개자식! 드러낸 쓰레기 근성의 밑바닥. 한걸음에 달려가 턱주가리를 부숴버리고 싶지만 수명의 앞에 얼굴을 드러낼 수는 없다, 그러면 영원히 끝일 테니.

"상관없어요. 경찰이 수사하면 누가 아무리 용을 써도 꼬리 정도는 드러나고, 저도 알게 되겠죠."

자빠지는 놈에게 다시 일어나지 말라는 경고의 훅!

"뭐, 뭐! 이런 어린년이 감히……."

사내의 밭은 호흡, 훅이 제대로 먹힌 거다.

"꼭 고소해 주세요."

수명은 발딱 일어나 고개를 까딱하고 냉정하게 돌아섰다. 이제 그 얼굴에는 수치심도 분노도 사라지고 없었다. 그렇다면 이제 남은 것은 오직 설거지.

수명의 말에 녹다운되었던 사내는 와인 한 병을 더 비우고 나서야 바를 나섰다. 휘청거리는 사내의 발길은 와인 바 건물 왼쪽으로 100여 미터 떨어진 호텔로 향했다. 만만한 먹이로 여기고 룸까지 예약해두었으니 아쉽지만 날마다 돌아가는 집보다는 다른 먹이라도 품어야지. 더욱이 배기량 5980시시를 자랑하는 최고급 승용차는 지방행인 것으로 운전기사와 입을 맞춰 퇴근시켰는데.

사내의 발길은 제 버릇 개 못 준다고 4성급 호텔 모퉁이에 입구가 있는 지하 룸살롱으로 방향을 틀었다. 돈이면 다 되는 세상, 겁 모르는 것에 한 방 맞았으니 세상물정 아는 나긋나긋한 것들로 원기 충전하고 천천히 자근자근 밟아주면 될 일.

파카 후드를 뒤집어쓰고 뒤를 밟던 명수는 서너 걸음을 빠르게 달려 사내의 등 뒤에 붙어 섰다. 인기척에 움찔하는 사내의 입을 왼손으로 틀

어막고 입구 옆 어둠이 드리운 담벼락으로 밀어붙였다. 순식간이기도 했지만 술에 취한 몸뚱이라 겨우 팔만 허우적거리는 사내의 옆구리에 명수의 오른쪽 주먹이 강하게 꽂혔다. 단 일격이었지만 분노와 건달 노릇 경력이 함께 실린 주먹에 사내는 그대로 꼬꾸라지며 밭은 숨을 내뱉었다. 웅크린 가슴팍을 구둣발로 걷어차자 사내가 벌렁 나자빠지며 사지를 벌렸다. 명수는 망설임 없이 사내의 사타구니에 구둣발을 가져다 대고 힘껏 밟았다. 으윽! 그곳을 가격당해 본 사내만이 알 수 있는, 비명조차 지를 수 없는 숨 막히는 고통!

명수는 재빨리 돌아서 인도로 나왔다. 이제 뒤도 보이지 않게 연기처럼 사라지는 것이 가장 중요한 마지막 승부처였다. 끼익! 비명소리를 내며 자동차 멈춰 서는 소리가 귓전을 때렸다.

"야! 타!"

열린 조수석 창문 안에서 충남의 얼굴이 보였다. 명수가 한걸음에 화물차 조수석에 올라타자 충남은 액셀러레이터를 힘껏 밟았다.

"이 차는 뭐야?"

"이 시간에 주류 배달차라면 의심받지 않기 제일 좋지 않겠냐. 후배 녀석에게 잠깐 빌렸다."

"넌 여길 어떻게?"

"네 하는 짓이 하도 불안해서 뒤 좀 밟았다. 누구 뒤따라 바에 들어가는 거 보고 사고 치겠다 싶어 궁리 좀 했고."

그렇지 않아도 수명이 나간 뒤 와인 바 건물 1층 입구 옆에서 사내가 나오기를 기다리며 근처 시시 티브이를 살폈다. 다른 길은 모두 화려한 불빛과 감시의 렌즈가 촘촘했지만 바와 호텔까지 사이는 오래된 옹벽이 직선으로 이어져 시시 티브이가 설치되어 있지 않았다. 사내가 그 옹벽 길을 걸어준 것은 천행이지만 퇴로의 감시안(監視眼)은 피할 길이 막막했다. 오직 파카 후드에 의지한 무모한 결행이 충남의 등장으로 주도면밀한 실행이 되었다.

"어디로 가는 거야?"

"후배가 술집 앞에서 기다리고 있어. 차 넘겨주고 우린 근처 주차장에서 내 차로 갈아타면 되고."

"고맙다."

"그럼 이걸로 끝난 거야?"

명수의 대답이 없자 충남은 그럴 줄 알았다는 듯 한숨을 내쉬었다.

"그렇겠지. 그래, 오늘 황 대표인가 그 여자도 아예 손보고 끝내라."

명수가 무슨 소리냐는 눈빛으로 충남을 돌아봤다.

"알아보니 대표라는 여자가 은밀하게 사람을 만나는 장소가 있어, 화랑 직원들도 모르는 큰 거래가 이뤄지기도 하는."

"어딘데?"

"평창동 그 여자 집 가까운 구기동 오피스텔."

"거기에 뭐가 있어서?"

"모르지. 어쨌거나 그곳에 그 화가의 작품이 있다면 미리 빼돌렸다는 뜻이겠지. 없으면 그 여자를 손볼 이유는 없어지는 거고."

그랬다. 어차피 복마전의 실체를 낱낱이 파헤치는 것은 공권력도 쉽지 않은 일일 테니 그렇게라도 확인되면 분노의 끝장은 볼 수 있을 것이다.

"오피스텔이면 시시 티브이가 많겠네."

"자연스럽게 가리고 들어갔다가 끝나면 오피스텔 옆 골목으로 와. 시시 티브이 사각지대 파악해뒀으니 거기서 옷 갈아입고 사라지면 될 거야. 그리고 정말 뭔가가 있다면 뒤가 구려서 공개수사는 절대 못 할 테니. 어쩌면 신고 자체를 안 할 수도 있고."

"나는 하나만 좇았는데……."

"네 머리에서 폭탄이 터졌는데 무슨 생각이 제대로 되겠냐."

"고맙다."

"그 대표, 이기적인 교만함에 인심을 잃은 것 같아. 비용 조금 더 얹어주겠다고 하니 슬며시 흘리더라. 아무튼 내가 들은 건 그 정도야. 뭐 더 들은 게 있다 해도 머리가 나빠 기억도 안 되고."

명수는 자신이 짐작하는 수명의 눈물까지 충남에게 모두 들켜버린 것 같아 마음이 아렸다. 굳이 기억 안 된다는 말로 위로하는 충남이 고마웠지만 아무것도 지켜주지 못하는 자신의 한심한 한계에는 자책을 거둘 수 없었다.

차창 밖으로 '구기동'이라는 이정표가 보였다.

현관 벨을 눌렀지만 대답이 없으니 안에는 아무도 없는 것이다. 번호키를 정상적으로 풀려면 시간이 필요하고 경비실에서 시시 티브이를 지켜보고 있을 테니 금방 의심받을 것이다. 명수가 품속의 공구를 꺼내 문틈에 끼워 넣고 힘껏 젖히자 문은 맥없이 열렸다. 훔칠 것은 아니니, 문이 망가진 것을 보면 경고효과는 확실할 것이다.

등 뒤로 문을 닫고 전등을 켜자 의외로 단출한 실내가 드러났다. 책상과 소파세트, 화분 몇 개와 싱크대 위의 찻잔, 서너 종류의 차. 벽을 따라 늘어선 그림 몇 점은 모두 포장이 벗겨져 있고 한눈에도 박 화가의 작품은 아니었다. 창 쪽 모퉁이에 번호 키가 달린 철제 장이 있다. 명수는 망설이지 않고 또 손에 들린 공구를 문틈에 넣고 젖혔다. 아직 포장이 뜯기지 않은 높이 1미터가 넘는 그림 두 점이 모셔져 있다. 하나씩 꺼내 벽에 기대 세워놓고 커터 칼로 포장지 전면을 X 자로 그어 찢어내자 과연 인터넷으로 확인한 박 화가의 화풍이 뚜렷했다.

"개새끼들……."

명수는 잇새로 신음처럼 내뱉으며 칼날을 세워 하나씩 갈가리 찢어발겼다.

무슨 개소리를 늘어놓든 결국은 돈일 것이다. 세금을 피하기 위해서, 상속을 염두에 두고, 비자금으로, 뇌물의 용도로……. 제 금고의 돈으로 무슨 짓을 하든지 권한 없는 자신이 관여할 바 아니고 관심도 없지만 타인의 꿈을 유린하고 희롱해도 아무 일 없다는 듯 그냥 둘 수는 없다. 사람과 그 사람의 꿈의 값이 이만한 가치에 턱도 없다 여길지 몰라도 그거야말로 턱없는 개소리! 제 아무리 대단하다 해도 그림 따위로는 감히 그 발치에도 미치지 못하거늘…….

명수의 두 눈에서 눈물방울이 굴러 떨어졌다. 까닭 모를 설움마저 북받쳤다.

수명이 출근하자 데스크의 미스 윤이 다가와 귓속말로 속삭였다.

"소식 들었어요?"

"무슨?"

"곽 회장님이 그제 밤에 술집 입구에서 테러를 당했대요."

수명은 머릿속이 하얘지는 느낌이다.

"그저께? 어디서?"

"무슨 호텔 룸살롱 입구라고 하는 것 같던데요."

와인 바와는 상관없으니 수명의 머릿속 안개가 조금은 옅어졌다.

"그런 데는 폭력배들이 많다면서?"

"그렇겠죠. 그런데……."

미스 윤이 말을 멈추고 킥킥 웃었다.

"왜?"

"글쎄…… 깡패가 하필 거기를 밟았는데 터졌대요. 불구가 될 거라나, 킥킥."

수명의 입안에서 싸한 기운이 일었다.

"……."

"엄청 밝혔다던데, 사람들이 그 벌을 받은 거라고 수군거려요, 킥킥."

미스 윤이 제자리로 돌아가고, 수명은 하필 그 밤이었다는 것에 가슴이 쿵쾅거렸다.

아무래도 찜찜했다. 수명이 핸드폰을 들고 화랑 밖으로 나오는데 황 대표의 승용차가 멈춰 섰다. 11시나 되어서 나오는데 일렀다.

"일찍 나오셨네요?"

공손히 숙였던 고개를 들자 황 대표는 승용차 문 앞에 선 채 수명을 노려보고 있었다. 복잡한 눈빛에는 언뜻 적의도 비쳤다.

"좀 들어와."

냉랭하게 내뱉고 종종걸음으로 대표실로 향하는 그녀를 수명은 뒤따랐다.

문을 닫자 코트를 벗으며 대뜸 물었다.

"한 실장, 혹시 내 오피스텔 알아?"

"예? 오피스텔이…… 있으셨어요?"

모르니 의심할 만한 근거가 없었고, 오히려 황 대표가 더듬거렸다.

"아 뭐, 집 근처에……."

"예에…… 오피스텔에 뭐 두고 오신 거라도……?"

수명은 영문을 몰라 눈이 휘둥그레지기는 했지만 수십 년 사람을 다뤄온 황 대표가 그 눈빛을 읽지 못할 리 없다.

"응, 아, 아니야……."

"말씀하세요. 어딘지 알려주시면 제가 다녀올게요."

"됐어. 이 기사 시킬 테니까 그만 나가 봐."

수명은 오피스텔의 존재를 아는지 확인하기 위해 다급하게 부르고,

당황하며 얼버무린 것은 그 오피스텔에 자신도 관계되는 무슨 일이 있었음을 짐작할 수 있었다.

모르는 척 돌아서서 문을 여는데 황 대표가 다시 불렀다.

"한 실장."

"예?"

돌아서자 황 대표의 눈이 매서웠다.

"그저께 곽 회장 만났지?"

"예, 바에서 한 10분쯤 말씀 듣고 나왔어요."

"그 밤에 테러를 당한 건 알아?"

"조금 전 출근해서 미스 윤에게 들었어요."

황 대표가 뚫어져라 바라보자 수명도 당황스러웠다.

"저도 듣고 좀 놀라고 난처하기는 했어요. 하필 그날……."

당황하지 않는다면 그게 오히려 이상한 일이다. 황 대표는 수명은 관련되지 않았다고 확신했다.

"그러게. 아무튼 좋지 않은 일이니 입에 담지 않도록 해."

"예, 다른 직원들 입단속도 시키겠습니다."

수명이 방을 나가자 황 대표는 그제야 털썩 소파에 몸을 내려놓으며 무거운 한숨을 쉬었다.

점심을 먹고 나서야 뒤숭숭한 마음을 가라앉힐 수 있었다. 수명은 오랜만에 명수의 핸드폰번호를 눌렀다. 신호가 가자 기다렸다는 듯 목소리가 들려왔다.

"응, 수명아."

"어디야?"

"부산."

"왜?"

"일 때문에."

"언제까지 있을 거야?"

"충남이하고 일보고 있어. 끝나면 같이 대구 가야지."

"월요일에는?"

"글쎄, 별일 없을 것 같은데."

"나 일요일 저녁에 내려갈게."

부산이라는 소리에 불쑥 말해놓고 보니 가슴이 따뜻해 오는 느낌이다. 아침부터 께름칙하던 기분까지 풀어지는 듯하다.

"시간 돼?"

"월요일은 화랑 쉬잖아. 연차 내서 하루쯤 더 있을 수도 있고."

"알았어."

명수의 음성은 더욱 밝아졌다.

"그냥 쉴 거야, 뭐 준비하지 마."

"그래, 의뢰인한테 받은 화이트와인 한 병 있어. 가져다 놓을게."

"그러든가. 끊어."

"그래."

명수가 전화를 끊으려는 순간 수명은 다시 불렀다.

"명수야, 너 그저께 뭐 했어?"

"그제…… 아, 하루 종일 사무실에 있었다, 충남이하고."

"그랬구나……."

수명은 안도했고 명수는 호흡을 가다듬었다.

"왜?"

"아니야. 들어가."

편한 명수의 목소리를 듣고 나니 수명은 비로소 개운했다.

커피를 사 들고 화랑으로 돌아오자 또 미스 윤이 다가와 귓가에 속삭였다.

"무슨 일이래요, 대표님까지."

수명은 그런 수군거림의 뒷담화가 조금 짜증스러웠다.

"또 무슨."

"대표님이 브이브이아이피 컬렉터들을 따로 만나는 곳이 있거든요. 거기에 도둑이 들었는데 훔쳐가지는 않고 그림 몇 점을 발기발기 찢어놓기만 했대요. 상당히 고가라서 손해도 손해지만 충격이 크시대요."

수명은 또 머릿속이 하얘졌다.

"미스 윤은 거길 알고 있었어?"

"어휴, 무슨. 대표님과 이 기사님만 아는 곳이래요."

"그럼 이 기사님이 조사를 받으면 뭔가 알게 되겠네."

"경찰에 신고는 안 한대요."

"뭐? 고가 작품이라면서 왜?"

미스 윤은 그렇게 모르느냐는 눈빛이었다.

"빤하잖아요. 신고했다가 구린 게 더 드러날지도 모르는데 어떻게요."

미스 윤이 돌아가자 가슴이 쿵쾅거렸다. 하지만 종일 대구 사무실에 있었다지 않은가, 충남이도 같이. 목소리도 평소처럼 밝았고…….

5. 그리트와 에밀리

명수는 수명이 전화를 할 것 같은 생각은 들었다. 그렇지만 그렇게 빨리 부산에 오겠다고 할 줄은 몰랐다. 전화를 끊고 충남과 헤어져 오피스텔로 가 건조된 시트와 이불보를 걷어 매트리스와 이불을 씌웠다. 베갯잇도 새것으로 갈았다. 며칠 되지 않아 말끔한 바닥도 또 훔치고 나왔다.

일요일 정오 무렵, 오피스텔 문을 열고 들어가 먼저 자갈치시장과 백화점에서 산 음식 재료들을 봉투에서 꺼내 냉장고에 넣었다. 사무실에서 가져 온 화이트와인은 와인셀러에서 레드와인을 한 병 꺼내고 그 빈자리에 넣어두었다. 커튼을 활짝 열어젖히자 푸른 하늘에 겨울 햇살이 눈부셨다. 쪽창을 열어 바닷바람의 길도 열어두었다. 바닥은 다시 훔치지 않아도 될 듯했다. 옷을 벗고 트레이닝 바지와 티셔츠를 꺼내 갈아입었다.

냉장고에서 무를 꺼내 강판에 조금 갈았다. 굴을 꺼내 그릇에 담고 무즙을 넣어 나무젓가락으로 적당히 섞어두었다. 굴의 이물질이 무즙에 배어나올 동안 샐러드 재료들을 꺼내 손질하고 씻어 물이 빠지도록 두었다. 굴을 씻어 체에 밭아두고 마늘을 한 줌 꺼내 조금 굵은 두께의 편으로 썰었다. 팬에 아보카도 오일을 두르고 마늘을 구워 기름이 빠지도록 작은 체에 밭아두었다.

수명은 산중 마을 출신임에도 식성이 별달랐다. 육류를 아주 거부하지는 않았지만 가능하면 피했고 야채와 함께 해물을 선호했다. 해물 중에서도 새우 같은 갑각류는 알레르기가 있는 것도 아닌데 피했다. 생선도 비린 것은 좋아하지 않고 연어와 굴은 아주 즐겼다. 언뜻 까다로운 것 같기도 하지만 입맛은 단순하고 수더분해 음식 장만이 수월했고, 식당에서는 주로 순두부찌개 같은 것을 먹었다. 그러니 수명이 요리에 별 관심 없는 것은 당연했다.

점심을 거른 터라 출출했고 짧은 겨울 해도 저물어 가고 있었다. 명수는 백화점 매장에서 사온 김밥 한 줄로 요기를 하고 냄비에 무와 멸치, 양파, 대파를 넣고 물을 부어 육수를 끓이기 시작했다. 전화벨이 울렸다. 수명일 것이다.

"응, 탔어?"

"지금 출발해."

"몇 시 도착이야?"

"집에 있어. 택시 타고 들어갈게."

"그럼 도착할 무렵 전화해, 내려갈게."

"알았어."

"저녁은?"

"대충 먹었어."

"그래, 한숨 자."

"응."

기운 없는 음성이었다. 편치 않은 한 주였을 테니 그럴 만했다. 대충 먹었다는 저녁은 퇴근 전 화랑에서 차 한 잔에 쿠키 서너 개일 것이다.

굴전을 만들려고 튀김가루를 꺼내던 명수는 고개를 저었다. 늦게 도착해 기름진 음식은 당기지 않을 것이다. 명수는 쇠고기를 꺼내 한 스푼 크기만 잘라 잘게 다졌다. 멸치육수로 토렴한 메밀묵이면 따끈하고 위에 부담도 되지 않을 테니 고명으로 올릴 생각이었다. 쇠고기를 볶아 두고 충남의 처가 보내준 김장김치도 조금 꺼내 잘게 썰어 냉장고에 넣었다. 김 한 장을 구워 부스러뜨려 놓고, 계란 하나를 흰자와 노른자를 나눠 부친 뒤 가는 지단을 만들었다.

물기 빠진 샐러드용 야채는 접시에 담아 랩을 씌우고, 남은 야채는 따로 냉장고에 넣었다. 굴도 저녁에 먹을 만큼 접시에 나눠 담고 초간장을 준비했다. 오피스텔을 마련하기 전 어느 해 겨울, 남쪽 바닷가 한 도시 식당에서 제철인 굴을 주문했을 때 여느 곳과 다름없이 초고추장이 차려지자 수명은 간장에 식초를 섞은 초간장을 만들어 소스로 삼았다. 초고추장에 익숙한 명수가 의아해하자 수명은 서울 반가(班家)의 전통이기도 하지만 굴 본래의 향을 느끼기에 제격이라고 했다. 훈제연어를 한입 크기로 잘라 접시에 담고 고추냉이 간장을 준비했다. 냄비에서 끓어오르는 육수 냄새가 구수했다. 다시마 몇 조각을 씻어서 냄비에 넣고 가쓰오부

시는 따로 망에 조금 덜어 육수에 넣었다. 샐러드 소스는 인공적이거나 느끼한 맛을 좋아하지 않아 아보카드 오일에 간장, 식초와 레몬즙을 조금 섞는 정도면 되었다. 육수 냄비의 불을 끄고 다 우린 재료들은 모두 건져냈다.

도착하려면 아직 한 시간 반 정도 남았으니 30분 전까지 환기시키고 쪽창을 닫으면 실내온도는 적당할 것이다. 싱크대를 정리하고 설거지까지 끝내자 다리가 뻐근했다. 침대 옆 테이블 의자에 앉아 창밖 어둠 속으로 눈길을 보냈다.

깊은 어둠 속 먼 바다 위 불빛들. 아직도 여전히 그만큼의 거리다. 조금은 다가간 것인가 싶다가도 어느새 저만큼 다시 멀어져 있는 여자. 그 불빛 더 멀리에는 또 어떤 빛이 있는 것일까. 그 빛에 다가가고 있기는 하는 것일까. 꽤 오랜 세월 그녀의 빛이 되고 싶었지만 한 발도 가까이 가지 못했다. 아무리 발버둥 쳐도 변함없는 한계, 죽을 용을 써도 좁혀지지 않는 거리. 이렇게 잠깐 그녀의 안식이라도 되어줄 수 있음에 감사하자, 오래전 마음을 다졌지만 그래도 문득문득 행운이란 것도 있는데 하는 기대가 일렁인다. 과연 행운이란 것이 있기는 할까…….

맥없이 가라앉는 기운에 명수는 의자에서 일어났다. 해야 할 뭐가 있을까? 아! 생각났다. 아무래도 시장할 텐데 도착하면 바로 차려줄 수 있도록 메밀묵을 미리 채 썰어 두자. 명수는 냉장고에서 묵을 꺼내 물에 헹군 뒤 채 썰어 그릇에 담고 랩을 씌웠다. 때마침 전화벨이 울렸다.

"응, 어디야?"

"10분쯤."

"알았어, 내려갈게."

명수는 지갑과 휴대폰을 챙겨 들고 현관으로 향했다. 설렘이 앞섰다.

택시 요금을 치르고 가방을 받아들며 한 손을 내밀자 수명은 그 손을 잡고 택시에서 내렸다.

"피곤하지?"

"괜찮아. 아, 추워."

수명은 어깨를 움츠리며 입구를 향해 앞서 종종걸음을 했다.

엘리베이터 문이 닫히고도 수명은 눈을 맞추지 않았다. 언제나 그랬다.

명수는 먼저 엘리베이터에서 내려 현관문을 열었다. 수명은 신발을 벗으며 "아, 따뜻해서 좋다. 무슨 냄새야?" 묻는다.

"육수 냄새가 아직 다 안 나갔네. 창문 열까?"

"아니, 좋은데."

"고마워. 차부터 한 잔 줄까?"

"아니야, 하루 종일 밖에 있어서 샤워부터 해야겠어."

"그래, 가운 꺼내줄게."

가방을 옷장 옆에 내려놓고 외투를 벗어 의자 등받이에 걸쳐둔 수명은 샤워가운을 들고 욕실로 들어갔다.

명수가 욕실 밖에서 기다리자 셔츠와 바지를 든 수명의 한 손이 문틈으로 나왔다. 명수는 그것들을 받아 하나씩 옷걸이에 걸어 옷장에 넣었다. 냉장고에서 샐러드와 굴, 연어를 꺼내 싱크대 위에 두었던 구운 마늘과 같이 테이블 위에 가져다놓고 육수 냄비의 불을 켰다.

"클렌징 티슈하고 화장품 좀 줘."

욕실 안 수명의 소리에 명수는 그녀의 가방에서 티슈와 작은 화장품 파우치를 찾아 욕실 문을 열었다.

"거울 앞에 놓아줘."

수명은 맨몸으로 세면대 수도꼭지 아래에서 속옷을 빨고 있었다.

명수가 뚜껑 덮인 변기 위에 놓인 샤워가운을 집어 들며 "물기에 눅눅해져. 문밖에 걸어둘게." 말하자 수명은 "그래." 대답한다, 언제나 그랬던 것처럼.

샤워기의 물소리가 그치고 5분쯤 걸려 수건으로 젖은 머리카락을 감싼 수명이 가운 차림으로 나왔다.

"머리 말리게 드라이어 갖다 줄까?"

"됐어, 와인 몇 잔 하다 보면 대충 마를 텐데 뭐. 아, 배고파."

"메밀묵 따뜻한 육수에 말아줄게."

"그래, 좋아."

환하게 웃으며 말하지만 오랜만의 멋쩍음을 아직 다 털어내지는 못하고 있다.

토렴으로 데운 묵을 그릇에 담아 육수를 붓고 준비해 둔 고명들을 얹자 수명은 군침 삼키는 시늉을 하며 양손으로 받아 들고 먼저 테이블 의자로 갔다. 명수는 냉장고의 레드와인과 셀러의 화이트와인을 꺼내 코르크 마개를 열고 와인글라스와 함께 가져갔다.

"화이트 같이 마셔."

"이상하게 화이트는 싱거운 것 같아. 이따가 맛이나 볼게."

"그럼 셀러의 레드와인 마시든가."

"내 입에는 이게 맞아. 셀러의 건 너 레드와인 생각날 때 마셔."

"그럼 오늘 부르고뉴 와인 같이 마실까?"

"무슨 좋은 일 있어? 먼저 화이트 한 잔 하고 생각나면 그렇게 해. 그렇지만 난 이거 마실 거야."

"치……, 그래. 그건 좋은 날 마시자. 아니지, 오늘도 좋으니까 아주아주 좋은 날 마시자. 자, 건배!"

언제나 처음에는 그렇게 익숙함을 배려했다. 명수는 수명이 편하도록, 수명은 명수의 조심이 누그러지도록.

요기가 잠을 깨웠다. 명수는 살며시 침대에서 내려와 화장실로 들어가 일을 보고 눈가를 씻은 뒤 가벼운 칫솔질로 입안을 헹궜다. 아직 창밖은 어둑했다. 열어두었던 커튼을 치고 다시 침대로 올라가 왼팔을 수명의 목덜미에 받쳐 팔베개를 해줬다. 깊은 숨소리가 아직 곤한 잠에 들어 있음을 말했다. 오른팔로 비스듬히 누운 수명의 등을 받쳐 안자 그녀의 왼팔이 명수의 목을 감으며 온몸을 붙여온다. 맨몸인 두 살의 감촉은 부드럽고, 촉촉하고, 따스하다. 사랑, 이보다 더 정직한 사랑이 있을까. 의식하지 않아도 전부를 느끼며 완전히 밀착하려는 무의식. 명수는 눈자위가 시렸다.

지난밤, 명수가 거의 한 병, 수명이 반병쯤을 비우고서야 언제나 느끼는 멋쩍음을 벗어던졌다. 술기운도 있었지만 편해지며 높아지는 수명의 목소리. 불안의 쓸쓸함을 잊은 명수의 허허로움……. 부끄러움 없이 맨몸이 되고, 커튼 열린 창문으로 밀려드는 희검은 하늘빛 아래에서 뜨거운 사랑을 나누었다.

품안의 숨소리는 여전히 곤했다. 언제나 이른 아침에 일어나 하루를 시작한다더니, 지난 한 주가 고단했던 모양이다. 어쩌면 꼭 그 때문만은 아닐 것이다. 한 해에 몇 번인지 손꼽을 정도지만 함께 맞는 아침마다 그렇게 곤한 숨소리를 냈다. 수명에게는 순간일지라도, 그처럼 깊은 잠을 이루게 하는 둥지라면 명수는 그것만으로도 행복할 수 있었다, 또 언제일지 모를 그날까지.

곤한 숨소리가 잦아들더니 목덜미에 닿아 있던 입술이 입술 위로 올라왔다. 건조했다. 명수의 입술이 그 마른 입술을 촉촉하게 했다. 개운한 잠에서 깨는 기분 좋은 신음과 함께 혀를 내밀며 수명이 왼쪽 다리를 명수의 허벅지에 얹어왔다. 따스한 속살이 아랫도리에 느껴졌다. 명수는 입술을 받으며 손바닥으로 따스하고 부드러운 수명의 등을 쓸며 사랑에 나섰다.

나른한 피로감 속에 깜빡깜빡 졸던 명수는 다시 맑은 정신이 되어 눈을 떴다. 커튼 틈새로 들어오는 밝은 햇살에 실내는 환했고 수명은 무심한 눈길을 천장에 두고 있었다.

"무슨 생각해?"

"생각? 없어."

"나 먼저 씻을게."

일어나 욕실로 향하는데 수명이 깔깔 웃었다. 명수가 걸음을 멈추고 멀뚱히 돌아보는데도 수명은 웃음을 그치지 못했다.

"뭐야? 왜?"

"여기, 키스!"

손가락으로 침대 머리 위 벽에 걸린 클림트 복제화를 가리켰다.

"……?"

"여기, 물감덩어리가 떨어지려고 하잖아."

그리고 또 까르르……. 편하고 맑은 기분이다, 아직은.

"싱겁기는."

돌아서 욕실로 들어가며 명수도 웃었다.

명수가 나오자 수명이 침대에서 빠져나오며 "아침 내가 할게." 한다.

"굴국 끓이려고 하는데."

"굴국? 그래 좋아."

싱크대 아래 찬장에서 압력밥솥을 꺼내 2인분의 쌀을 씻어 밥을 안친 뒤 침대와 어질러진 테이블을 정리하고 쪽창을 열어 환기를 시켰다. 냉장고에서 어제 씻어둔 굴과 무, 대파를 꺼냈다. 무를 나박나박 썰어 뚝배기에 넣고 육수를 부어 불을 켠 뒤 대파도 조금 썰어두었다. 무가 적당히 익으면 다진 마늘과 굴, 파를 넣어 소금으로 간을 맞추면 된다. 계란 두 개를 꺼내 프라이를 하고 김치를 꺼내 접시에 조금 덜어놓았다. 어제 씻어둔 샐러드 야채도 접시에 담고 방울토마토 몇 개를 반으로 잘라 곁들이고 아보카도 오일 소스를 뿌렸다. 비리지 않은 연어라도 한 토막 구울까 했지만 수명은 다 먹지 못하고 남길 밥상은 낭비라며 반기지 않았다, 아침은 더욱.

씻고 욕실에서 화장까지 마친 수명이 여전히 맨몸에 가운 차림으로 아침상이 차려진 테이블 앞에 앉았다.

"나 연차 냈는데 오늘 뭐 할까? 너 사무실 가야 하는 거 아니야?"

"아니, 너하고 놀려고 차도 가져왔어."

"차는 두고 버스 타고 지하철 타고 다니자. 영화도 보고 책방 거리도 가고."

"날씨도 추운데 차로 다녀."

"자갈치시장 가서 회도 먹고 싶은데 낮술 생각나지 않겠어?"

"그러자. 추우면 뛰어다니지 뭐."

수명은 추위를 많이 탔고 그만큼 걸음이 빨라져 가끔은 좇아가는 명수가 종종걸음을 쳐야 했다.

다행히 날이 눅어 종종걸음은 치지 않았다. 책방 거리에서 책을 뒤적이다가 시장 거리를 지나오며 이것저것 구경하고, 영화 보고, 늦은 점심

겸 자갈치시장에서 자연산 회를 조금 사 2층 식당 창가에 자리 잡았다.

"넌 소주 할 거지? 난…… 맥주나 한잔 할까."

명수는 대답 대신 제 어깨에 메고 다니던 수명의 가방에서 작은 병을 꺼냈다. 300밀리리터 조금 넘는 리큐어 병으로 모양이 예뻐 상표를 떼어 내고 두었던 것이다.

"어제 남은 화이트와인이야, 혹시 해서."

수명은 환하게 웃으며 엄지손가락을 치켜세웠다.

"역시 명수야."

"혼자 마시는 거 싫어서."

"들어갈 때 홍합 사서 가자."

"그러자. 다른 건?"

"그거면 돼."

"점심도 걸렀는데 괜찮겠어?"

"회 다 먹을 거 아니잖아. 미리 조금 덜어서 가져가면 충분해. 깻잎은 사 가야겠다."

"광어라도 한 마리 사서 찜 할까?"

"너무 많아. 아, 배춧속 좀 사자."

"그건 냉장고에 준비해뒀어."

"똑똑해라, 그럼 됐네 뭐."

오직 하나의 빛나는 꿈. 그 하나만으로 가득해 다른 어느 것에도 마음을 두지 않는 외골수의 수명이었다. 어쩌면 이제는 꿈은 잊어버리고 빛만 향하고 있는 것은 아닌지…….

식당에서 나와 자갈치시장 구경을 좀 더 하다가 오피스텔로 돌아왔다. 명수는 홍합을 씻고, 수명은 냄비에 물을 끓여 배춧속을 숨만 죽여 건져냈다. 어제 끓여둔 육수에 된장과 파 마늘을 넣어 되직하지만 짜지 않게 끓인 뒤 숨죽은 배추를 넣고 간이 배도록 살짝 익혀내면 수명이표 배추찜 요리가 된다, 배추의 아삭함과 된장의 구수함이 어울려 그대로 한 끼 요기도 되고 안주로도 제격인.

홍합이 끓자 남은 굴을 넣어 한숨 더 끓인 뒤 그릇에 담고, 배추찜과 포장해온 회와 깻잎까지 차려놓으니 작은 테이블이 가득 찼다.

많은 말은 아니지만 소소한 정담을 나누며 잔을 부딪치는 동안 시간이 제법 흘렀다. 문득 스탠드 위 액자를 바라보던 수명이 말했다.

"저기 〈진주귀걸이 소녀〉는 이제 그만 떼어내고 클림트의 〈키스〉 적당한 걸로 하나 사다가 걸어."

"좋은데 왜?"

"속았어. 그리트, 저 여자 하녀였어."

"이십일 세기에 하녀가 어디 있어. 부인의 귀걸이를 줄 만큼 화가의 깊은 사랑도 받았다면서."

수명은 놀란 척하며 웃음을 지었다.

"미술공부도 했어?"

"공부는 무슨. 너한테 듣고 책 몇 권 본 거야. 몇 년 전에 나온 소설책도 읽었고."

"그럼 소녀가 진주귀걸이를 팔아버린 것도 알겠네."

"그거야 소설의 이야기일 뿐이지."

"그런데 내가 저 그림 얘기를 했다고?"

수명은 명수의 두 눈을 말똥말똥 들여다봤다.

"전에, 영도다리 아래에서."

"맞아, 기억하네! 그렇지만 지금은 아니야. 아름답기는 한데 역시 하녀는 제 빛이 없어. 이젠 〈키스〉를 좋아해, 클림트의. 평생 거칠 것 없이 산 클림트의 정신적 동반자로 당당하게 산 여자도 좋고."

"〈키스〉의 모델이 에밀리 플뢰게라는 증거는 없다던데."

수명은 또 놀란 시늉을 했다.

"기특하네, 그런 것도 알고. 그렇지만 증거는 법정에서나 필요한 거고, 인생의 빛에서는 직감과 느낌이면 충분해. 그보다 더 화려한 빛의 그림도 없잖아."

의자에서 일어난 수명은 한 손에 와인글라스를 든 채 춤을 추듯 빙글빙글 돌았다. 가운을 묶었던 끈이 풀어져 바닥에 떨어지며 맨몸이 드러났다.

"커튼 쳐. 밝은 빛 아래에서 명수 너, 전부 볼래, 만질래."

커튼을 치며 돌아보니 〈키스〉 모서리의 물감이 뭉텅이로 덜렁거리고 있다.

어둠 속에서 기척이 느껴졌다. 손을 뻗치니 수명의 종아리가 만져졌다. 눈을 떴다. 수명은 침대 머리에 등을 기대고 앉아 있었다. 빛 없는 어둠 속에서.

"깼어? 몇 시야?"

"5시쯤 됐을걸."

"더 자지 않고."

"이때면 대충 일어나. 커피 생각난다."

수명은 아침에 일어나면 라테를 마셨다.

"내려가서 편의점 거라도 사올게."

"아니야, 한 모금이면 돼."

커피를 내리려고 명수가 일어나자 수명은 "불은 켜지 말고." 했다.

양치질을 하고 커피를 가져가자 수명은 침대 머리에 받쳤던 등을 다시 내렸다. 명수는 커피를 한 모금 입에 머금어 수명의 입술에 갖다 댔다. 수명이 입술을 열었고 명수는 커피를 흘려줬다. 그렇게 딱 두 모금을 삼키고 수명은 다시 이불을 덮었다. 기약 없이 헤어지기 전의 선물 같은 것이었다.

"아침은 홍합 국물에 메밀묵 먹을까?"

"나가서 순두부찌개나 먹어."

찬 기운이 맴돌았다. 빛의 꿈을 접어둘 수 있는 시간은 딱 그만큼인 것이었다.

명수가 먼저 씻고 나오자 수명은 욕실로 들어갔다. 명수가 대충 실내를 정리하고 옷을 입고 나자 수명이 나와 옷을 입었다. 그 모습을 우두커니 지켜보던 명수는 수명이 가방을 들고 현관으로 향하자 뒤따랐다. 엘리베이터를 타고 지하주차장으로 내려가 명수가 자동차의 문을 열자 수명은 조수석에 앉았다. 시동을 걸어 잠시 엔진을 덥히는 동안에도 수명은 아무런 말이 없었고 명수도 침묵했다. 히터를 켜고 기어를 넣어 후진한 뒤 주차장 출구로 방향을 잡자 수명이 입술을 뗐다.

"역으로 가. 아침 생각 없어."

"난 사무실로 갈 건데 동대구에서 케이티엑스 타."

"그렇게 해."

처음에는 이런 돌변에 화를 누르지 못하고 이유를 따졌었다. 그러면 한참 동안 어떻게 그걸 모를 수 있냐는 어이없는 표정이다가 내놓는 이유는 지난밤 또는 그 낮에 했다는 명수의 말이거나 작은 행동이었다. 기억할 수 없었고, 설령 그랬다면 실수였을 것이라는 변명은 통하지 않았다. 존중하고 배려하는 마음이 아니었기에 그런 것이라며 인연을 덮자는 듯 거칠어지기까지 했다. 몇 번이나 그렇게 헤어진 것처럼 연락을 끊어 가슴을 앓게 하다가 이제 정말 끝인가 하는 절망으로 숨이 막힐 때 불쑥 전화를 해오기도 했다.

몇 개월, 때로는 일 년쯤 만에 전화를 하는데도 수명은 "잘 지냈어?" 안부를 묻고는 며칠 전에 만났던 것처럼 일상의 이야기를 했다. 졸지에 혼자 삐친 옹졸한 사내가 되어 허둥거리다가 아무 일 없었던 것처럼 인연을 이어 오기 여러 차례.

여전히 오직 하나만을 품은 여자. 아무리 달려가도 손에 잡히지 않는 꿈에 지쳐 잠시 눈을 감지만 이틀, 사흘, 길어야 나흘을 넘기지 못하고 다시 다른 모든 것은 망각하는 여자. 꿈을 품에 안겨주지 못하면 영원히 붙잡을 수 없는 여자. 그렇게 생각하며 먼저 비키거나, 침묵으로 환송하며 다시 찾아오기를 기다린 짧지 않은 날들이었다.

고속도로를 달려 동대구역에 이르는 동안 명수는 침묵했다. 화장실이라도 가겠다면 휴게소에 세워 라테라도 한 잔, 순두부찌개라도 먹이고 싶었지만 수명이 내내 눈을 감고 침묵했으니.

"다 왔어."

주차장으로 방향을 틀며 명수가 말하자 수명은 그제야 눈을 떴다.

"주차장 들어갈 거 없어. 여기서 내릴게."

"괜찮아, 안 바빠."

"세워줘."

어쩔 수 없다. 명수가 자동차를 인도 곁에 세우자 수명은 차에서 내려 한 손을 흔들어 보이고는 등을 돌려 종종걸음을 쳤다. 뒤를 돌아볼 사람이 아니지만 명수는 눈에 보이지 않을 때까지 멍하니 지켜봤다.

6. 컬렉터

수억 원이 넘는 그림 두 점이 갈가리 찢겨 쓰레기가 되었으니 눈이 뒤집히기도 했지만 상대에 대해 아무것도 모른다는 사실이 황 대표에게는 불안을 넘어 공포가 되었다. 공식적인 수사는 자신에게 다른 불똥이 튈 수 있어 생각하기 어려웠지만 그렇다고 아예 경찰을 부를 수 없는 것은 아니었다. 미술에 관심이 있거나, 인사이동이나 승진의 청탁으로 그림을 찾으면서 인연이 닿은 경찰이나 검찰의 고위직은 많았다.

황 대표가 광역수사대장과 통화를 한 뒤 이내 팀장이라는 경감이 젊은 형사와 함께 오피스텔로 찾아왔다. 보란 듯이 부순 출입문과 철제 장을 살펴본 그들은 대번에 개인적인 원한을 의심했다. 황 대표도 그럴 것으로 생각했지만 드러낼 처지는 아니다.

"예술로 사는 사람이 남에게 원한 살 일이 뭐 있겠어요. 그보다는 요즘 충동범죄가 많다니까 시시 티브이를 집중적으로 분석해 주면 좋겠어요. 우리나라 시시 티브이 강국이잖아요."

감추지 못하는 우월의식에 '시시 티브이 강국' 운운하며 수사 방향까지 제한하는 상대의 태도에 젊은 형사는 비위가 상했다.

"예? 아, 시시 티브이. 허……."

젊은 형사가 어이없다는 한숨을 토하자 황 대표의 눈초리가 올라갔다. 허름한 점퍼와 때에 전 운동화 차림도 처음부터 거슬렸다.

"이십사 시간 일거수일투족을 모두 감시당하는 국민이니 대신 범죄로부터 보호받을 권리는 누려야 하는 거 아닌가요. 아주 비싼 그림만 골라 찢어버린 이런 무식한 범죄는 예술에 대한 테러나 마찬가지예요."

"범인이 무식하지는 않은 것 같은데요?"

젊은 형사였다.

"뭐요? 그게 무슨 소리예요?"

"비싼 그림만 골라 찢었다면 그림 보는 안목이 있다는 말씀인데, 그건 무식이 아니죠."

대놓고 이죽거리는 젊은 형사에 황 대표는 자존심이 상했다. 저희 대장의 특별한 지시를 받았을 텐데 공손하지 못한 태도라니…….

"작가의 화풍을 파악하는 건 조금만 관심을 가지고 인터넷을 뒤지면 누구나 알 수 있는 일이에요."

"그럼 특정 화가의 화풍과 가치를 정확히 파악하고 그 그림을 찾았다는 말씀이네요? 그것도 대표님만의 비밀스러운 공간에서요. 뭔가 개인적인 사연이 있는 게 분명한 것 같은데 그 비싼 작품의 화가가 누굽니까?"

순간 황 대표는 당황했다.

"그건…… 아무튼 화가와 작품 이름은 말씀드릴 수 없어요. 화가분은 아직 이런 일이 일어난 것도 모르고, 괜히 소문이라도 나면 그분의 모든 작품이 의심받을 수도 있는 일이에요."

두 사람의 설전을 지켜보고 있던 팀장이 나섰다.

"야, 남 형사, 아직 공식수사는 아니라고 했잖아. 내사 차원에서 시시티브이 확인부터 해 봐."

젊은 형사는 뒤통수를 긁적였다.

"뭐, 그러죠."

남 형사가 나가자 팀장은 겸연쩍은 웃음을 지었다.

"세상 물정은 몰라도 캐고 무는 데는 에이스입니다. 대장님께 대략 대표님 입장은 들었으니 제가 알아서 컨트롤하겠습니다."

상대가 부드러운 태도를 보이자 황 대표는 너그러운 표정을 지었다.

"요즘 젊은 사람들이 좀 그렇기는 하죠. 그렇더라도 예술을 다루는 바닥인데 일반적인 상식으로 범죄 운운은 삼가줬으면 해요. 저희에게는 저희의 룰이 있고, 설령 경제적 손실이 있어도 서로의 명예와 신뢰를 더 소중하게 여기니까요. 범죄와 피해라고만 생각했으면 그냥 신고하지 뭐하게 대장님께 특별히 부탁했겠어요."

팀장도 비위가 상했지만 내색하지는 않았다.

"물론 그렇겠지요."

"이해한다니 고맙네요."

황 대표는 서랍 속에서 봉투를 꺼내 테이블 위에 올려놓았다.

"다른 뜻은 없어요. 대장님이 주시는 수사비라 생각하시고……."

팀장은 씁쓸한 웃음을 지었다.

"허허, 뜻은 고맙지만 수사로 전환되고 수사비가 부족하면 그때 받죠."

완곡하게 거절하며 일어서려는 팀장에게 황 대표가 다급한 표정을 지었다.

"저기, 그림 말고 하나 더 부탁드릴 게 있어요."

"뭐죠?"

황 대표는 봉투를 하나 더 꺼내 테이블 위에 올려놓았다. 곽 회장 일에 대해 더욱 은밀히 알아보고 싶은 것이다.

팀장이 전화를 하고 다시 오피스텔을 찾은 것은 일주일쯤 뒤였다.

오피스텔을 중심으로 한 시시 티브이 조사에서는 얼굴을 가린 범인의 뒷모습이 골목 입구 카메라에서도 잡혔지만 그것만으로 신체적 특징을 구체화하기는 어려웠고 도주 방향도 동선이 끊겨 그 이상의 추적은 어려웠다. 곽 회장 피습에 대한 조사 역시 시시 티브이 사각지역에서 발생했고 범인의 동선 추적은 역시 어려웠다. 다만 어렴풋한 곽 회장의 기억에 따르면 범인의 복장이 오피스텔 범인과 유사한 것 같아 동일범으로 추정해 볼 수는 있었다.

"곽 회장 피습을 관할하는 수사팀에 아직 대표님 쪽 이야기는 하지 않았는데 공조 수사를 하면 뭔가 진전이 있을 것 같습니다. 공식수사가 되면 수사 인원도 더 투입할 수 있으니 그날 오피스텔 인근 시시 티브이에 대한 전면적인 조사도 가능할 테고요. 범인, 잡아야죠."

황 대표는 반사적으로 고개를 저었다.

"그, 그건 말도 안 되는 억측이에요. 곽 회장은 평소 행실에 문제가 있어 그리된 것일 텐데 왜 이쪽 사건과 연관을 지어요."

"하긴, 그쪽 수사팀도 특별히 고환을 작살낸 걸 보면 행실이 범행을 유발한 것 같다고는 하더군요. 물론 피해자는 절대 그렇지 않다고 펄쩍 뛰지만요."

"그렇다니까요. 혹시라도 여기 일을 그쪽 수사팀에 이야기한 건 아니겠죠?"

팀장은 당황하는 기색이 역력한 황 대표에게서 시선을 거두지 않았다.

"물론이죠. 우리 대장님 특별 지시인데 잡아도 우리가 잡아야지 다른 수사팀 지원할 일은 없지요."

"아니에요, 그냥 수사 중단해주세요. 어차피 나도 이 오피스텔 내놓았는데 굳이 수사다 뭐다 수선떨 필요 없을 것 같아요."

"오피스텔을 파신다고요?"

"친구들이 여기가 만나서 한담 나누기 좋다고 해서 가지고 있었는데 이젠 찜찜해서……."

"그렇겠네요."

건성 맞장구를 쳐주기는 했지만 팀장은 고심 중이었다. 황 대표나 곽 회장 모두 객관적으로는 피해를 입은 것이지만 온전한 피해자로만 보이지 않았다. 피해를 입은 쪽에서도 가해가 있었다면 상대 역시 가해자이면서 피해자일 테고 그 사이에 감추는 것이 있다면 힘을 가진 쪽의 악의일 수 있다. 원칙대로 하자면 사건의 진상을 낱낱이 밝혀 각각의 피해와 악의에 대한 공평한 처벌을 받게 해야 하지만 20년 수사경력 동안 수사결과대로 공정한 벌이 주어지는 경우는 별반 보지 못했다. 더욱이 힘을 가진 쪽이 처음부터 그 힘을 개입하는 경우라면 언제나 애써 수사한 뒤끝은 씁쓸했다.

"처음에는 너무 놀라고 화가 나서 대장님께 부탁했는데 아무래도 아닌 것 같아요. 이러다가 소문이라도 번지면 우리 화랑이 그동안 쌓아온 명성에 흠이 되는 것은 물론이고 화가 선생님께도 큰 폐가 될 것 같아요. 그러니 그만 접어주세요."

"정히 뜻이 그러시다면 대표님 쪽 재물손괴는 저희가 못 들은 것으로 할 수 있습니다. 그렇지만 곽 회장 상해 사건은 이미 관할 서에서 수사 중이라 저희도 어떻게 못 합니다."

"할 수 없죠, 뭐."

대답 뒤에 무심코 깊은 한숨이 뒤따랐다.

"곽 회장 사건과는 정말 아무런 연결이 없는 겁니까?"

"당연하죠. 그런 천한 사건과 무슨 연결이 있겠어요."

대장과의 관계를 고려해 최대한 배려하는 것인데 '천한'이라는 소리에 팀장은 또 비위가 상했다.

"알겠습니다. 덮죠, 일단."

팀장은 개운하다는 듯 손을 털었다.

수명은 대학 4년 내내 온 힘을 다했지만 그림으로 빛을 보기는 어려울 것 같은 스스로의 한계를 절감했다. 미술사로 전공을 바꿔 대학원에 진학한 것은 큐레이터로 새로운 빛의 길을 찾아보려는 생각에서였다. 박물관이나 미술관에서 전시를 기획 홍보하고, 유물이나 작품을 수집 연구하고 관리하는 관리자이자 감독관인 큐레이터.

석사논문을 끝내고 나자 주변에서는 안정적인 공공 박물관이나 미술관의 학예사 지원을 권했다. 그러나 수명은 애초부터 박물관이나 미술관, 여차하면 진위소동에 휘말리기 쉬운 고(古)유물에는 관심이 없었고 현대미술을 다루는 화랑을 염두에 두었다. 전공했던 서양화에 대한 여운도 있었지만 막연하나마 다양한 색채만큼 화려하고 빛의 길도 열려 있을 것 같은 기대 때문이었다.

한국의 근대미술은 19세기 후반 개항(開港)과 함께 시작되어 100년이 넘는 역사가 되기는 했지만 일제의 강점과 분단, 전쟁에 뒤이은 급격한 산업화를 겪으면서 그 굴곡만큼 체계적인 성장과 안정은 이뤄내지 못했다. 그나마 국가가 관장하는 공공 미술관은 최근 20여 년 동안 상당히 체계화되었고, 대자본 기업의 문화적 의식이 투영된 갤러리는 그 위상을 날로 높여가고 있지만 개인이 운영하는 대부분의 화랑은 자본 논리가 우선이다.

수명이 지도교수의 추천으로 처음 근무했던 갤러리도 그랬다. 규모는 자본을 말하는 것이었고 클수록 수익 창출이라는 목적의 티를 내지 않고 품위를 유지했다. 경험 없이 학교에서의 이론만으로 주목받고 수익까지

낼 수 있는 전시를 기획한다는 것은 그야말로 환상이었다. 미국이나 유럽, 하다못해 홍콩에서라도 공부하거나 경험을 쌓아 인맥의 창구를 확보하지 않고서는 미래도 없었다. 수명은 그곳 갤러리에서 전시 기획을 곁눈질하며 대표의 지시에 따라 일부 컬렉터를 관리했다. 아마 교수의 추천이라는 신뢰, 호감을 살 만한 인상, 섣불리 자존심을 드러내지 않는 인내심 덕분이었을 것이다.

가진 것이 넘치는 그들 컬렉터의 여유와 배려는 수명의 최선과 정비례했다. 존중과 성의를 다하면 겸손한 감사와 칭찬을 잊지 않았고 사소한 실수에는 관대했다. 경험 없는 낯섦에는 드러나지 않는 조언으로 격려해줬고 함께하는 자리에서의 대화는 지적이고 교양 깊었다. 언제 어디서나 드러내지 않아도 느껴지는 우아함과 격조. 수명이 꿈꾸던 화려한 빛의 세계, 바로 그것이었다. 그러나 아무리 애를 써도 딱 거기까지였다. 그들에게서 '우리'와 '너'라는 분명한 선이 느껴졌고 넘어설 수 없다는 것을 절감했다. 한발쯤은 다가간 것인가 여겼던 빛이 까마득히 멀어지는 아득함이란……. 점잖고 가볍게 크리스털 글라스를 부딪치는 정도이던 남자들도 시간이 흐를수록 유혹의 몸짓을 감추지 않았다.

결국 빛은 한발 한발 다가가 잡을 수 있는 것이 아니었다. 이미 빛을 움켜쥐고 있는 사람들이 그런 기회를 쉽사리 내줄 리 없었다. 빛보다 더 빠른 속도로 단번에 다가가 움켜잡지 않으면 영원히 눈부신 뒤편의 그림자만 밟을 뿐이다. 수명은 아직 다가가지 못한, 눈부신 그림자를 발판으로 삼아야 한다는 것을 깨달았다. 그렇게 회의(懷疑)와 모색으로 허둥거릴 때 황 대표를 만났다.

황 대표에 대한 평판은 다양하고 호불호가 갈렸지만 막대한 부동산을 보유한 시가(媤家)의 자금을 배경으로 둔 화랑 <유인>은 미술가에서 무시할 수 없는 나름 큰손이었다. 그런 유인에서 컬렉터 관리를 책임지는 실장이라는 자리였으니 수명은 빛을 향해 달려 나갈 수 있는 지름길이고 발판이라 생각했다.

유인을 드나드는 컬렉터들도 처음 몸담았던 갤러리의 그들과 일상의 외양은 크게 다르지 않았다. 돈이면 가꾸고 꾸며내지 못할 외양이란 없는 세상이었고 돈이라면 그들도 어지간히 넘쳤으니 말이다. 그러나 넘치는 정도에서의 차이가 아니라 물려받거나 축적하는 과정, 또는 그 시작의 정신이나 과정에서 쌓이는 품성의 차이는 확연히 달랐다. 이를테면 겸손한 자제 대신 호들갑스러운 생색, 뻣뻣이 세운 목에 고개 숙이지 않거나 알아보지 못하는 무심함에 대한 적의(敵意), 상대의 무지나 무경험에 대한 감추지 않는 멸시, 둘만 마주 앉아도 다른 사람을 도마 위에 올려 자신들의 우월을 공유하며 서로 과시하는 난도질.

빛의 뒤에 드리워진 그림자는 바로 앞의 눈부심에 자신이 그림자라는 것을 알지 못한다. 오히려 그림자도 되지 못해 빛 멀리에 떨어져 있으면 빛과 그림자의 구분은 명확하다. 틈은 거기에 있었다. 빛이라고 생각하지만 빛이 아닌 그림자의 한계, 비위는 상하더라도 찬사와 존경의 시늉이면 마음을 흔들 수 있었다. 특히 이익의 보장이 제시되면 단박에 호의를 내보이고 그 크기에 따라서는 저들끼리의 경쟁과 반목도 불사하며 본색을 드러냈다.

10여 년 가까이 그들과의 거래를 주관하며 이익의 보장이라는 신용을 쌓아왔다. 시간이 흐르자 구매한 그림을 되팔아 상당한 이익을 보는 거래가 성사되면 인간적 정의 표시라며 봉투를 내놓는 이들도 생겼다. 성사된 거래보다는 다음 거래에서의 이익을 기대하는 뜻이겠지만 그렇게 모아진 돈으로 수명도 그림을 사고 되팔아 왔다.

유인을 떠나 화랑을 옮기면 구설에 오를 것이 분명하다. 그렇더라도 컬렉터들과의 관계만 유지될 수 있다면 소문이 잦아들 때까지 귀를 막고 견뎌낼 수 있고, 아예 그동안 거래를 주관하며 알게 된 작품의 흐름을 자산으로 물밑 거래를 주선하는 소위 '나까마'로 독립할 수도 있다. 하지만 황 대표의 성정에 용납할 리 없고, 컬렉터들 또한 그녀를 거스르며 수명에게 기회를 열어줄 가능성은 그리 크지 않다.

그날 화요일 새벽, 명수의 낮은 숨소리만 들리는 어둠 속에서 수명은 다시 사직을 결심했었다. 어떻게 된 내막인지는 몰라도 자신이 입은 상처에 대한 응보는 저절로 이루어진 것 같았고, 그 일에 어떤 식으로든 대표의 사악함이 개입된 것 같아서였다. 하지만 열흘을 더 넘기고도 여전히 서랍 속 사직서를 꺼내지 못하는 이유는 바로 그 기회의 불투명함 때문이다.

"실장님, 대표님이 올라오라는데요."

데스크 미스 윤이 인터폰 수화기를 내려놓으며 말했다. 전시장 작품을 둘러보는 척 서성이며 생각에 잠겼던 수명은 고개를 끄덕여 보이고 3

층 대표실로 향했다.

"마우로인가, 삼 년 전쯤 전시했던 이태리 작가?"

수명이 문을 열고 들어서자 소파에 앉기도 전에 황 대표가 물었다.

"예, 마우로 크리스키토(Mauro Criscito)요. 이태리 시칠리아 출신으로 이십 대에 미술공부를 위해 미국으로 이민했어요. 그런데 그 작가는 무슨 일로요?"

"지난 전시 때 백오십 호쯤 되던 작품, 서초동 장 변호사 부인이 가져갔었나?"

"장 변호사 사모님은 백 호 작품이었고 말씀하시는 작품은 잠실 김 여사님이 가져갔습니다."

"그랬나……?"

황 대표는 기억이 헛갈리는지 고개를 갸우뚱거렸지만 수명은 또렷했다.

"예, 작품 이름은 〈검은빛〉이었습니다. 무슨 문제라도?"

"문제는 아니고, 누가 그 작가 작품을 구하고 싶대. 두 사람에게 연락해서 내놓을 생각이 있는지 좀 알아 봐요."

"마우로 작가 작품은 지금 뉴욕에서도 핫한데 내놓으려 할까요?"

"그래? 그럼 우리도 지난번에 한 작품 확보해둘 걸 그랬네. 아무튼 값은 크게 따지지 않겠다니까 일단 알아 봐요."

"구하려는 분은……?"

황 대표는 고개부터 가로저었다.

"그건 작품 확보해놓고 나서."

"알겠습니다. 그런데 내놓지 않겠다면 어떡하죠?"

"안 되면 작가와 직접 접촉해 봐야지. 구하게 되면 한 실장에게도 별도의 사례를 할 거야."

"그런 말씀은……."

수명은 당황하고 난처했다. 그것은 알면서도 드러내 말하지 않는 불문율이었다.

"괜찮아. 특별한 부탁에 그만한 보상은 당연한 거지, 어디서든 능력에 따라 대가를 받는 것이 합당하기도 하고. 그렇지 않고서야 문화와 예술이라는 이름만으로 박봉을 감수할 이유가 없지."

수명은 아무런 반응도 드러내 보이지 않았다. 알면서도 말하지 않던 관례를 굳이 말하는 까닭이 의심스러웠다.

"진행하며 보고 드리겠습니다. 더 지시하실 일 없으면 나가보겠습니다."

수명은 고개를 숙여 보이고 돌아섰다. 황 대표는 수명이 나가자 피곤한 기색으로 소파에 등을 기대며 눈을 감았다.

한동안 세계적 불황의 여파로 미술시장 또한 침체를 겪었다. 다행인지 불행인지 세계 주요국에 새로운 지도자들이 들어서 자국 위주의 경제정책을 펴며 경기가 살아나기 시작하자 미술시장도 꿈틀거리고 있었다. 하지만 국내 미술시장은 여전히 나아지지 않는 경제사정 그대로 얼음장 아래였다. 30년 전 화랑을 열어 시가의 자금력을 바탕으로 빠르게 성장

시키고 자리를 굳히며 이쯤이면 상위 그룹이라 생각했다. 그러나 보이지 않는 천장이 있었다. 정치·언론·법조 등 사회 주축 세력과 얽힌 깊은 뿌리를 '전통'이라 말하는 그들만의 세상. 한편 코웃음 쳤지만 그들은 완고했고 돈만으로는 드러나지 않는 비웃음이나 사기 일쑤였다. 황 대표는 기어이 그 천장에 올라 그들과 같이 내려다보고 싶었지만 고개 숙이면서까지 끼어들고 싶지는 않았고 더 큰 돈의 힘을 가지면 결국에는 그들이 손을 내밀 것이라 생각했다.

천장 위의 그들도 한동안 몸을 사리는 눈치였다. 경제여건에 따른 돈의 문제인지 달라진 정치 환경에서의 눈치 보기인지는 알 수 없으나, 어쨌거나 기회였다. 다시 불붙는 해외 미술시장을 향한 국내 화랑이나 컬렉터의 움직임이 미미한 이때 먼저 크게 손을 뻗치고 싶었다. 문제는 같은 부동산이라도 유동성에서는 하늘과 땅만큼 큰 차이가 있었다. 불황에다 정부의 부동산 안정화 대책까지 겹치자 시가의 부동산은 모두 묶여 현금 동원이 어려웠다. 반면 곽 회장은 달랐다. 그래서 황 대표는 자신도 역겨웠지만 손을 잡으려 한 것이었다.

광역수사대 팀장은 사건을 덮겠다고 했지만 정말 두 사건의 범인이 같은 것으로 밝혀진다면 곽 회장 사건 수사팀은 반드시 찾아올 것이다. 한 실장에게 새로운 기회를 내준 것도 그런 만일의 경우에 마음을 붙잡기 위한 당근이었지만 황 대표는 여전히 께름칙했다.

7. 로펌 조사원

점심을 먹고 난 뒤에 전화를 받고 밖으로 나갔던 충남은 퇴근 무렵이 되어서야 돌아왔다. 의뢰받은 일이 없어 며칠째 빈둥거리던 터였는데 싱글벙글 낯빛이 밝았다.

"저녁 약속 없지?"

유쾌한 충남의 목소리에 명수는 의아한 눈빛으로 고개를 끄덕였다.

"일찍 나가서 저녁이나 먹자. 우리 집엔 안 갈 거고, 원룸에서 라면에 소주병이나 비우는 청승떨지 말고."

드러내고 싶지 않은 사적 이야기에 명수가 힐끔 경리직원의 눈치를 살피자 미스 권은 핸드백을 챙기며 자리에서 일어섰다.

"그럼 저는 먼저 들어갈게요, 마침 약속이 있어서요."

"그래, 미스 권은 다음에 맛있는 거 사줄게. 오늘은 김 사장하고 할 얘기가 좀 있다."

미스 권이 나가자 충남은 책상을 정리하며 나갈 준비를 서둘렀지만 명수는 우두커니 지켜보기만 했다.

"뭐해, 나갈 준비 안 하고?"

"할 말이 뭐야? 저녁은 아직 이른데."

"저녁이 아니라 한잔하면서 들어야 할 이야기다. 퍼뜩 일어나라."

명수는 더 묻지 않고 파카를 걸쳤다.

충남이 길을 잡아 들어간 곳은 명수의 원룸에서 멀지 않은 명륜로의 해물식당이었다. 문어숙회와 한창 제철인 굴을 안주로 주문한 충남은 소주와 맥주로 폭탄주를 만들어 잔을 부딪치고는 단숨에 비웠다.

"할 말이 술이었구나?"

명수도 따라 잔을 비우며 농담을 하자 충남은 양손의 엄지손가락을 세워보였다.

"네가 맞았어."

"무슨 소리야?"

"불륜 꼬리 밟지 않는 건 쪽팔리니까 당연하다 치고, 한 시간만 붙잡고 있으면 잔금 온전히 받을 걸 경찰 불러서 날리게 하는 좀 어쭙잖은 원칙."

"원칙은 무슨, 해결사 폭력배 되기 싫고 형사 문제로 얽힐 수도 있어서 그런 거지."

"그래, 바로 그것 때문에 로펌에서 같이 일하자는 거야."

"로펌?"

뜬금없는 말의 내막을 명수는 알 수 없었지만 충남은 어깨를 으쓱해 보였다.

"군 생활 할 때 우리 팀에 법대 다니다가 입대한 사병이 있었어. 사법 시험 준비에만 매달리다 왔으니 특전사 훈련을 감당할 체력이 아니었지. 그래서 훈련에서 뒤처질 때마다 도와주기도 하고, 휴일에는 부대 밖으로 데리고 나가 곰탕도 먹이면서 체력관리를 시켰더니 일 년쯤 뒤에는 그야말로 특전용사가 됐지. 제대한 뒤에도 고마웠다면서 연락을 해 와 휴가 때 가끔 만났는데 사시에 합격하고 경찰에 들어가 형사과장을 지냈어. 그런데 얼마 전 옷 벗고 대구에 로펌을 열었다고 연락이 왔더라고. 만나서 어떻게 지내느냐 묻기에 대충 말했는데 로펌으로 들어오라는 거야."

"로펌 일 처리할 만한 법률지식도 없는데?"

"그러니까. 그런데……."

명수가 충남의 말을 잘랐다.

"그래서 로펌 가겠다고? 아니, 당연히 가야지. 잘됐다."

빛살처럼 잠깐 서운한 기색이 스치기는 했지만 명수는 진심으로 반겼다. 그러나 충남은 오히려 혀를 찼다.

"미친놈, 내가 거길 왜 가!"

"왜 안 가? 우리한테 비할 데가 아니잖아."

"그럼 넌 혼자 갈 거냐?"

"뭐? 아니, 나야……."

명수가 말끝을 흐리며 눈길을 내리자 충남은 피식 웃음을 흘렸다.

"당연히 나도 처음 들었을 때 안 가겠다고 했다. 이유를 묻기에 우리 관계를 말하며 널 좀 씹기는 했지. 그런데 아까 오후에 다시 전화가 와서 만났는데 에스엠기획이 로펌의 의뢰를 받는 차원에서 같이 일하자는 거야. 두어 번 외부에 조사를 부탁했었는데 말썽이 있었던 모양이야. 그래서 인력을 충원할 생각도 했지만 고정 인건비라는 게 워낙 부담스러워 망설였는데 네 원칙이면 믿고 맡길 수 있겠다고 하는 거야."

"무슨 조사를 하는 건데?"

"요즘은 변호사라고 책상머리에 앉아서 법조문만 따지는 게 아니라 외부조사도 한다는 거야. 워낙 범죄가 지능화된 데다 증거인멸은 물론이고 조작까지 난무하는 실정이라서. 그 조사를 우리가 사건별 계약으로 의뢰받아 하라는 거지."

"그게 법률적으로 가능한 거야?"

"의뢰받은 범위 안에서는 로펌의 계약직 직원이니까, 물론 법적 권한을 넘지 않아야 하지만."

생각해 본 적이 없었기에 명수는 잠시 망설였지만 곧 고개를 끄덕였다. 법률적인 문제야 어차피 로펌이 알아서 할 것이고 현장조사라면 어지간히 이골이 붙은 일이다.

"덕분에 통장잔고 걱정은 덜 수 있겠네."

"소송가액이 큰 기업이나 손해배상 관련 소송 경우에는 수임료나 승소보상금도 상당해서 괜찮을 거라더라."

"우리야 의뢰비 받는 걸 텐데 무슨 김칫국이야."

"아니야, 성과에 따라 승소보상이 주어지기도 할 거래."

명수는 물끄러미 충남을 바라봤다. 입으로는 기대를 말하지만 낯빛에 큰 기대의 기색은 없다.

의뢰받은 일에 따라 인력이 더 필요하면 아르바이트 방식으로 쓰는 사람들이 있기에 사무실에 그들 두 사람 말고 상근하는 직원은 미스 권뿐이다. 많은 수입은 아니었지만 서로의 생활비에 아주 부족하지 않을 만큼의 벌이는 되었다. 언제나 모자라는 게 돈이지만 충남은 고향집에서 웬만한 농산물은 모두 보내주는 데다 아이들에 대해서도 일찌감치 현실적인 목표를 세워 필요한 학원만 보내기에 몇 가지 보험으로 앞날을 대비하며 노후를 준비할 여유는 있다. 그러니 새삼스레 돈벌이를 과장되게 말하는 것은 낯설었다.

"뭘 그렇게 멀뚱히 봐?"

충남이 코앞으로 잔을 들이밀며 싱거운 웃음을 지었다.

"갑자기 왜 돈타령이야? 무슨 별난 일이 있는 것 같지는 않은데."

"당연히 별일은 없지. 돈, 많으면 좋잖아. 그런데 우린 별로 없고. 너도 부산 오피스텔 하나뿐이잖아, 원룸은 월세고."

"자꾸 딴소리 하지 말고 하고 싶은 말 해. 로펌과 일하는 데 무슨 문제라도 있는 거야?"

아무리 서로 뻔히 아는 속이라 해도 직접 들어보지 않으면 모르기도 하는 것이 사람 일이었다. 충남은 지난번 서울에서 명수를 무작정 돕고 앞장서기도 했지만 내내 뒤가 찜찜했다. 명수에게 그런 일을 아무런 망설임 없이 저지를 격함과 냉정함이 공존하고 있다는 것이 놀라웠다. 두 건 모두 경찰이 수사에 나섰다는 것을 그쪽 정보를 샀던 사람에게서 전해 들었다.

"문제는 없고, 로펌과 손을 잡으면 네가 탐정에 한발 가까워지는 것이지 싶어 기분이 좋다는 거야."

"탐정?"

"그래, 탐정이라도 되면 덜 쪽팔릴 거라면서."

명수는 대꾸 없이 눈길을 돌렸다.

"로펌에서 일주일에 반나절씩 법률 교육도 받으란다, 편법도 법을 알아야 제대로 할 수 있는 거라고."

이번에도 명수는 눈길을 내린 채 술잔만 만지작거렸다. 그런 명수의 눈치를 살피던 충남은 작심하고 말을 꺼냈다.

"지난번 서울 일, 경찰이 수사하고 있는 모양이야. 오피스텔 건은 흐지부지 되는 것 같은데 폭행 건은 계속 수사 중이래. 뭐 아직 특별히 드러난 건 없지만 알고는 있으라고. 만일 문제가 생기면 변호사도 필요할 테고."

명수는 고개를 들고 충남을 똑바로 봤다.

"변호사는 필요 없어. 내가 한 일이니까 벌 받게 되면 받는 거지. 나 혼자서 받을 거야."

남의 일을 말하듯 덤덤한 명수의 대꾸에 충남은 가슴이 찌릿했다. 분노도 이해되고 행동에는 거들기도 했으며 감당하겠다는 것도 말릴 생각은 없지만 '혼자서'가 안타까웠다.

"그렇게 되면 넌…… 아주 끝나게 되지 않을까?"

생략한 것은 '수명이와 사이는'이었다. 말은 없었지만 명수는 수명이라는 이름이 거론되는 것을 꺼려했다. 하물며 어두운 일이었으니.

"그렇겠지."

대답하는 명수의 눈길이 허공으로 향했다.

그 맥없고 덤덤한 대답에 충남은 문득 부아가 치밀었다.

"그럼 넌 뭐야? 무슨 사랑이 그래? 탈이라도 없으면 모르겠지만 혼자서 인생을 걸고도 아무렇지 않은……."

"괜찮아."

명수가 충남의 말을 잘랐다.

"내가 해줄 수 있는 일을 하는 거야."

"원한 것도 아니잖아."

"원할 때까지 기다릴 일이 아니었잖아. 아니, 원할 수 있는 일이기는 하고? 아니잖아. 상처 입어 아파하는 걸 멀거니 보면서 무슨 사랑을……. 아니, 내가 먼저 미쳐버리거나 가슴이 터져 죽을 것 같았어. 네 덕분에 숨을 돌렸어. 수명이만 괜찮다면 다른 건 어떻게 되어도 상관없어."

눈길을 허공에 둔 채 독백처럼 중얼거리는 명수의 모습에 충남은 비어 있는 잔에 소주를 부어 벌컥 삼켰다.

명수가 말을 이었다.

"못마땅하더라도 그냥 둬, 이해하려고도 하지 말고. 그저……."

이번에는 충남이 말을 잘랐다.

"이해하고 말게 뭐 있어. 원래 특전사는 이해 같은 거 안 해, 명령이면 따르는 거지. 우린 친구잖아. 우정은 그냥 지켜주는 거야, 네 그 서글픈 사랑처럼."

"아니야, 서글픈 거. 뭐라도 해 줄 수 있고, 내가 조금이라도 위로가 되어줄 수 있으면 그걸로 나는 충분해, 행복하고."

"됐다, 이해하려고 안 해도 머리는 아프다."

충남은 손사래를 치며 술잔을 들어 말을 돌렸다.

"로펌에서 자기들 일 할 때는 '로펌 조사원' 명함을 쓰라니까 다음에 만나면 새 명함 한 장 줘라. 혹시 알아, 장하다고 어깨라도 두드려줄지."

"뭐? 참……."

충남의 객쩍은 소리에 명수는 혀를 차며 서글픈 미소를 지었다.

친구라는 말은 쉽게 쓰고 있지만 우정이라는 단어는 꽤나 멀어진 세태였다. 고등학교를 졸업하고 무작정 부산으로 떠났다가 군대를 다녀오고, 다시 지난날 부산에서의 인연으로 흥신소에 발을 들여놓았다가 수명이 너무도 그리워 서울로 옮기기도 했었다. 그러나 화가의 꿈은 접었어도 여전히 빛을 향하는 그녀에 비해 자신은 너무도 초라했기에 멀리 떨어져 지키리라 생각했다. 아는 것이 그뿐인지라 대구에서 흥신소 문을 열었지만 수명에게 너무 부끄럽지는 않으려고 나름의 몇 가지 원칙을 지키며 부산과의 인연도 정리했다. 고향을 떠나, 가까워도 명절이나 집안에 대소사나 있어야 들르게 된 지 오래였으니 학창시절의 인연이라고 이어질 리 없었다. 게다가 누구를 찾고 소식을 전할 만한 버젓한 처지도 아니었으니 대구 생활은 완전한 '홀로'였다. 그럴 때 충남이 찾아왔다.

그리워할 수 있는 사랑만으로 살아가고 행복할 수 있었다. 뼈가 시리도록 그립고 아픈 날도 있었지만 술에 취하면 잠들 수 있었고 눈을 뜨면 전화나 문자를 기다리며 설렐 수 있었다. 그런데 금세 예전처럼 스스럼없어진 충남은 명수가 알지 못하던 비어 있는 한 곳을 채워주었다.

충남은 깊이 알려고 들지 않았다. 정히 궁금하면 지나가는 말처럼 한마디 물었고 대답이 없으면 그것으로 그만이었다. 그래도 어쩌다 대답하는 한 마디나 술에 취해 내뱉는 몇 마디로 대략 짐작해 말없이 지켜봐 주었다. 명수는 그런 충남의 우정이 수명을 향한 자신의 사랑과 비슷하다는 생각이 들기도 했다.

"마우로 그림은 어떻게 돼가고 있어?"

화랑에 나오자마자 수명을 부른 황 대표가 물었다.

"잠실 김 여사님은 내놓으실 생각이 전혀 없답니다. 장 변호사 사모님은 그럴 생각이 없다고 말씀하시지만 눈치를 보는 것 같아요. 마우로 작품에 대한 평가는 이미 알려졌으니 서두를수록 터무니없는 값을 치러야 할 것 같아요."

"얼마나?"

눈살을 찌푸리는 황 대표의 질문에 수명은 고개를 가로저었다.

"아시잖아요, 그 사모님 욕심."

"그래도 저쪽에서는 꼭 구해달라는데 어떡하겠어."

"누구신지는 몰라도 꼭 마우로 작품을 원하는 까닭이 궁금해요. 그걸 알면 다른 방법도 찾아볼까 하는데……."

"뭐겠어. 반드시 마음을 잡아야 할 사람이 꼭 집어 원하면 방법이 없는 거지."

"인사에 쓰려는 거군요."

"아마……. 내가 알기로는 국내에는 두 점밖에 없는데 다른 방법이라니, 뭐야?"

"작가와 직접 말해 보려고 여러 차례 이메일을 보냈지만 열어 보지도 않았어요. 그런데 전시 때 함께 왔던 친구라는 사람 명함이 있어서 연락했더니 어젯밤에 답변이 왔어요. 마우로는 요즘 고향 시칠리아에 머무는 것으로 아는데 연결해 보고 연락 주겠다고요."

황 대표는 고개를 갸웃거렸다.

"친구? 기억이 안 나는데."

"예, 대표님께서는 오프닝 행사 때 잠깐 인사만 한 정도니까 기억이 없을 거예요. 저도 마우로가 떠나는 날 공항에서 다시 만나 명함을 받았어요. 국내에 체류하는 동안 여자 친구와 내내 여행을 했답니다."

"한국계야?"

"글쎄요. 환송하며 잠깐 만나 마우로와 같이 영어로 말했고 개인적인 이야기는 나눌 것도 없었어요."

"연락이 오면 직접 구입할 수 있을까?"

"그만한 명성에 쉽지는 않겠지만 시도는 해 봐야죠."

눈빛을 번득이며 잠시 생각하던 황 대표가 은근한 눈빛으로 수명을 바라봤다.

"시칠리아로 가겠다고 해. 적극적으로 나서서 꼭 성사시켜 봐. 지난번 처럼 두 점이 아니라 대여섯 점으로 한 번 더 전시하자고."

"대여섯 점이면 금액이 너무 크지 않을까요?"

"괜찮아, 내가 다 소장하게 되더라도 상관없어."

대표의 눈에 욕심이 번들거렸다. 수명은 과연 그만한 현금을 마련할 수 있을까 싶으면서도 욕심이 가능하게 할 것이라는 생각이 들었다.

"한수명 씨?"

늦은 점심 뒤에 커피를 사 들고 화랑으로 돌아가던 수명을 문 앞에서 서성대고 있던 사내가 가로막았다.

"누구……?"

"경찰입니다."

청바지 위에 두터운 파카를 걸친 사내가 품속에서 신분증을 꺼내 눈앞에 내밀었지만 수명은 사진과 '경찰'이라는 글자만 겨우 눈에 들어왔다.

"무슨 일로 저를……."

형사는 신분증을 다시 품속에 넣으며 조금 멋쩍은 표정을 지었다.

"안에 들어가서 말씀드리면 한 실장님이 난처할 수도 있을 것 같아서 밖에서 기다리고 있었습니다."

"난처…라니, 그게 무슨……?"

수명은 까닭도 모른 채 놀라고 당황해 더듬거렸다.

"곽 회장이라고 아시죠? 그 사람 일 때문입니다."

순식간에 낯빛이 하얗게 질리며 수명은 손에 든 테이크아웃 종이컵을 놓쳐버렸다. 형사는 재빨리 물러서서 쏟아져 튀는 커피를 피했지만 수명은 바짓가랑이를 적셨다.

형사는 슬쩍 미소를 지으며 맞은편 커피숍을 손짓으로 가리켰다.

"어떠세요, 저기서 조용히 말씀 나누시는 게?"

수명이 넋 나간 표정으로 고개를 끄덕이자 형사는 커피숍으로 앞장섰다.

"따뜻한 아메리카노 맞죠?"

양손에 머그잔을 든 형사가 맞은편 의자에 앉으며 수명의 앞에도 하나를 내려놓았다.

"고맙습니다."

그사이 정신을 가다듬어 수명은 차분하게 대꾸했다.

"예술 일 하시는 분들 만날 때는 옷차림을 갖춰야 하는데 워낙 하는 일이 발바닥으로 뛰는 노가다라서요."

뜬금없는 말을 하며 형사는 멋쩍은 듯이 한 손으로 뒤통수 긁는 시늉을 했다.

"그게 무슨 말씀이신지……?"

"하하, 아닙니다. 얼마 전에 어떤 돈 많고 도도한 양반을 만났는데 그런 눈치였다는 겁니다."

"예? 아……."

자세한 내막은 알 수 없지만 좋지 않은 선입견이 있음이었다.

"하하, 긴장하신 것 같아 실없는 농담을 한 거고, 전 서울경찰청 광역수사대 남 형사라고 합니다."

형사의 눈빛이 차분해지자 수명은 다시 긴장이 밀려들었지만 딱히 두려워할 일은 없었다.

"예, 말씀하세요."

"뭐, 혐의를 두는 건 아니니 터놓고 묻겠습니다. 곽 회장이라는 사람 테러당한 건 아시죠?"

"예, 들었습니다."

"테러당하기 전에 한 실장님과 식사를 했다던데, 맞나요?"

"식사는 아니고 잠깐 이야기를 들었어요. 한 십 분쯤 있었나……?"

수명이 기억을 더듬느라 고개를 갸웃거리자 형사는 알고 있다는 눈치를 보였다.

"예, 그 정도 있다가 나갔다고 와인 바 주인에게 들었습니다."

"아, 예……."

"무슨 이야기를 나누셨죠?"

입안이 말라오는 것을 느끼며 수명은 커피를 한 모금 마셨다.

"그냥 작품에 대해 몇 마디 나눴습니다."

"좀 더 구체적으로 어떤?"

"준비 중인 다음 전시 작품에 대한 이야기였는데 그다지 기억할 일은 아니었습니다."

"그날 이후에 다시 만난 적은 있나요?"

"제가 왜?"

"이를테면 병문안이라든가?"

"대표님은 몰라도 저는 그럴 일 없고, 다시 만난 적도 없습니다."

형사는 수첩을 꺼내 뒤적이더니 고개를 끄덕였다.

"예, 곽 회장과 대답이 같네요."

"예?"

"아, 제가 직접 조사한 게 아니어서요."

형사는 또 뒤통수를 긁적이고는 수첩을 덮으면서 질문을 이었다.

"최근에 곽 회장이 위작 그림으로 피해를 봤다는 이야기가 있던데, 아세요?"

"저, 저는, 그런 건 대표님이 아시지 저는……."

겨우 대답하고 수명은 커피를 마시는 척 눈길을 피했다.

"황 대표님 말씀이죠?"

"우리 대표님을 아세요?"

"예. 사실 곽 회장 사건은 관할 경찰서에서 담당하고 저희는 황 대표님 개인 사무실에서 그림이 훼손된 걸 수사했습니다. 그래서 인사했죠."

"아, 예……."

"그 사건은 잘 아시죠?"

"그냥 이야기만 들었지 자세히 알지는 못합니다."

"실장님이면 책임자 아니신가요?"

"그렇기는 하지만……."

"그런데도 자세히 모른다고요?"

"예, 화랑 일이라는 게……."

이해할 수 없다는 듯 고개를 갸웃거리던 형사는 수첩을 주머니 속에 쑤셔 넣으며 자리에서 일어설 기색이었다. 수명도 비로소 안도하며 일어서려는데 불쑥 형사가 물었다.

"혹시 두 사건에 어떤 연관이 있는 것 같지 않아요?"

"예? 그게 무슨?"

"확실한 건 아니지만 두 사건 범인이 동일범 같다는 생각이 들어서요."

"예에?"

수명은 머릿속이 하얘지며 갑자기 두 다리의 힘이 빠져나가는 느낌이었다.

"왜요?"

낮았지만 비명 같이 날카로운 수명의 소리에 형사는 눈빛을 번득였다.

"무슨 짐작 가는 거라도?"

"아, 아니에요. 아무것도……."

황급히 손사래까지 치는 수명의 당황한 모습에 형사는 눈초리를 세웠다. 그러나 그는 이내 자리에서 일어서며 편안한 웃음을 지어 보였다.

"좋습니다. 혹시 더 물어볼 게 있을지 몰라서 그러니까 명함 한 장 주시죠."

수명은 테이블 위에 놓아둔 손지갑에서 명함을 꺼내 형사에게 건넸다.

"어이구, 감사합니다."

굳어버린 듯 뻣뻣하게 명함을 꺼내고 건네는 수명의 손길을 주시하던 형사는 다시 선선한 웃음을 지어 보이고 먼저 커피숍을 나갔다.

형사가 나가고 한참 동안 멍해 있던 수명은 정신을 차리며 두 사건의 범인이 동일범 같다는 이야기에만 신경이 곤두섰다. 아니, 두 사건을 처음 들었던 때도 그 생각부터 들지 않았던가. 물론 명수의 태연한 대답으로 털어버리기는 했지만 형사의 말이 아주 근거 없지는 않을 것이다. 과연 명수가……? 함부로 힘을 쓸 성품이 아니었고 주먹질하는 것을 본 적도 없지만 자신에게 일어난 일을 알게 되었다면 그럴 수도 있을 것 같았다. 아니, 그러고도 남을 것이라고 생각했기에 맨 처음 들으며 명수를 떠올린 것이 아니었던가.

언제부터인지 몰라도 자신이 무슨 짓을 하더라도 명수는 받아주고 지켜줄 것이라는 막연한 믿음이 있다. 아마 고등학교 시절, 난생처음의 영도까지 명수를 데려간 것도 그런 마음이었고 약속의 못을 박는 나름의 의식이었는지 모른다. 서울의 대학에 입학하며 헤어져서 졸업할 때까지 명수를 만나지 못했다. 문득 생각나는 때도 있었지만 간절하지는 않았고 입대했다는 소식을 듣고는 그런가 보다 했다. 대학원에 입학하고 얼마 지나지 않아 불쑥 찾아왔을 때 희한하게 어제도 만났던 것처럼 세월의 간격이 느껴지지 않았다. 무엇을 하는지 궁금하지도 않았지만 말하고 싶지 않은 눈치였기에 묻지도 않았다. 그렇지만 명수를 만나고부터 가끔씩 있던 이성과의 관계가 내키지 않아졌다. 어느 날인가 꿈을 위해 누군가의 유혹에 굴복한 뒤 서럽게 울었다. 그리고 명수를 찾아가 처음으로 나란히 누웠다. 술에 취했으면서도 어색함을 떨치지 못하고, 허둥거리는 몸짓에서 첫 경험이라는 것을 알았다. 미안하다는 생각은 들면서도 부끄럽다는 생각이 들지 않은 것도 모를 감정이었다. 그 뒤부터 만나면 서로의 몸을 안는 날이 많았지만 잡지 않아도 언제든 곁에 있을 사람 같은 터무니없는 편안함으로 굴곡의 감정을 감추지 않게 되었다. 한동안은 어지간히 서로의 감정을 할퀴기도 했지만 이제는 명수의 침묵으로 일방적인 것이 되어버렸다. 간절히 사랑하는 것인가 수시로 자문해 보지만 그렇지도 않은 것 같았다. 그렇지만 명수가 떠난 뒤는 생각할 필요가 없었다. 아무래도 그런 일은 일어날 것 같지 않아서였다. 그런 명수가 정말, 명수가 저지른 일이라면……. 수명은 핸드폰을 꺼내 버튼을 눌렀다.

"응, 수명아."

금방 다정하고 편안한 음성이 들려왔다.

"어디야?"

"사무실 근처."

"오늘 바빠?"

"괜찮아."

"나 퇴근하고 내려갈 거야."

"뭐? …… 알았어."

당황하고 불안한 음성의 대답이었다. 그제야 수명은 자신의 말투에 날이 서 있었음을 알았다.

8. 서로를 향한 아픔

한 달쯤 갇혀 있던 공기는 탁하고 무거웠다. 환기를 위해 쪽창을 열자 바다 냄새를 품은 바람이 밀려들었다. 1월의 마지막을 앞두고 몰아닥친 한파는 전국을 한낮에도 영하권에 머물게 했지만 부산의 바람은 상쾌하다. 그래도 수명이 도착할 시간이면 영하 5도 아래로 떨어질 거라는 예보가 있어 온도 조절기를 섭씨 25도에 맞췄다. 바닥을 걸레질로 훔치고 냉장고에서 유통기한 지난 식품들을 모두 꺼내 내다버린 뒤 간단하게 샤워까지 한 명수는 다시 면바지와 티셔츠를 입고 수명의 도착을 기다렸다.

단 세 마디로 끝난 통화. 톤은 높지 않았지만 날이 선 것은 느낄 수 있었다. 하지만 그보다도 몹시 지친 듯 무겁게 들리던 메마른 음성이 마음에 걸렸다. 화를 견딜 수 없거나 모든 것을 내던져버리고 싶은 분노나 절망의 마음일 때 그랬다. 편치 않은 무슨 일인가 있는 것이고 자신도 무관하지 않은 것은 분명했다. 그러나 명수는 서울에서의 그 일이라는 생각은 미처 하지 못했다.

9시가 넘어서자 전화벨이 울렸고 수명이었다.

"응, 오피스텔이야."

"밖에서 저녁 먹고 들어가자."

역시. 이런 불편한 기운의 만남 때는 언제나 그랬다.

"그래. 어디야?"

"곧 도착해. 연어식당으로 갈 테니까 그리 와."

"알았어."

명수는 코트를 걸치고 서둘러 나가 택시를 탔다.

부평동 깡통시장 입구에 자리한 연어전문식당은 수명이 부산에서 유일하게 기억하고 찾아갈 수 있는 식당이었다. 먼저 도착한 명수는 자리를 잡고 수명을 기다렸다. 가슴 저 밑에서부터 무언가 스멀스멀 올라와 점점 가슴을 짓누르는 기분이다.

이제 부딪히면 자신의 탓도 탓이지만 이해할 수 없는 다름이라 생각해 수긍과 침묵으로 받아 마찰을 짧게 줄였다. 몇 번은 명수가 알 수 없는 수명 자신의 일로 날카로워져 있던 끝에 부딪치기도 했지만 따지거나 알려고 하지 않고 기다리면 이내 풀어졌다. 어이없고 억울한 생각이 드는 때도 있었다. 그래도 나이기에 화를 내고, 내게니까 억지도 쓰는 것이라 생각하면 오히려 고맙고 사랑하는 마음이 깊어지기도 했다. 하지만 오늘은 아무래도 그런 경우도 아닌 것 같다.

문이 열리고 수명이 들어서자 명수는 얼른 일어나 손을 들어 보였다.

"피곤하지? 연어샐러드 시켜놨어."

"저녁 안 먹었잖아? 늦어서 배고플 텐데 밥을 먹지 그랬어."

맞은편 의자에 털썩 앉는 수명은 몹시 지쳐 보였다.

"그럼 식사를 시킬까? 여기 나가사키우동 괜찮다고 했잖아."

명수도 엉거주춤 앉으며 물었지만 수명은 눈길을 피했다.

"됐어, 술이나 한잔해. 차 안 가져왔지?"

"응, 택시 탔어."

"그럼 난 맥주 마실게."

"나도 같이 맥주 하지 뭐."

"그냥 소주 해."

수명의 표정은 덤덤하고 목소리는 날카롭지 않은데도 명수는 가슴이 묵직하고 갑갑해졌다.

소주 한 병을 다 비우도록 명수는 미소된장국만 몇 모금 삼켰고 수명은 맥주 두 잔과 연어에 곁들여진 야채 몇 점을 먹은 게 전부였다.

"다 마셨어?"

주눅이라도 든 것처럼 명수가 고개를 끄덕이자 수명은 젓가락을 내려놓았다.

"집에 먹을 거 있어?"

"아니, 없어."

"그럼 편의점에서 뭐 좀 사 가자."

명수가 계산대를 향하자 수명은 길 건너 편의점을 손짓으로 가리키고 먼저 나갔다.

먹을거리를 준비하지 않은 것은 그동안 보았던 수명의 반응 때문이다. 문제에 맞닥뜨렸을 때 위로랍시고 다른 것을 내놓으면 더욱 마음을 억누르지 못했다. 당연히 이해할 수 없었지만 실체를 정면으로 직시해 깨트려 해결하거나 뛰어넘는 것에 집중하려는 뜻임을 차츰 알게 되었다. 치열하게 부딪쳐 해결하지 않고 얼버무려 회피해서는 벗어날 수 없다. 상처가 두렵고 완전히 박살날까 봐 대부분이 정면 돌파를 피하지만 수명은 치열했다. 그리고 그것은 언제나 자신과의 싸움이었다, 자신에서 비롯되지 않은 문제일지라도 감당할 자신의 몫을 자신이 정리하지 않으면 문제는 여전한 것이었기에.

명수가 편의점으로 들어가자 수명은 그새 감자칩 한 통과 땅콩 한 봉지를 골라 계산하고 있었다.

"그거면 돼?"

"응, 나는. 넌?"

"없어. 가자."

이처럼 짧은 단문으로 주고받는 대화는 살얼음판의 감정을 감추지 못하는 것이다. 명수는 숨이 막힐 것 같지만 실마리를 잡지 못하니 수명의 입이 열리기를 기다리는 수밖에 없다.

택시가 오피스텔에 도착하자 수명은 먼저 내려 안으로 들어갔다. 뒤따라 명수가 들어가자 수명은 코트만 벗고 욕실 문을 열고 있었다.

"필요한 거 없어?"

"세수만 할 거야."

"와인은?"

"냉장고의 레드와인 꺼내놔."

명수도 코트만 벗은 뒤 냉장고의 와인을 꺼내고 글라스를 준비했다. 봉지에 든 감자칩은 통째 올려놓고 땅콩만 접시를 꺼내 담았다. 욕실의 물소리가 그쳤으니 금세 나올 것이다. 갈증을 느끼며 냉장고에서 생수를 꺼내는데 수명이 나왔다.

"생수 줘?"

"와인 할래."

명수가 물을 마시는 사이 수명은 와인을 글라스에 따라 창가로 갔다. 우두커니 서서 창밖을 내다보는 뒷모습이 처연했다. 뭐라고 말을 꺼내고 싶지만 무슨 말을 해야 할지 생각나지 않는다. 명수도 글라스에 와인을 따르는데 수명이 단숨에 잔을 비웠다.

"천천히 마시지."

"병, 이리 줘."

낮고 차분한 음성이었고 냉랭했다.

명수가 병을 가져가자 수명은 글라스에 절반쯤 와인을 따르고 병은 창문턱에 내려놓았다. 명수는 냉장고에서 와인을 한 병 더 꺼내 코르크 마개를 땄다.

침묵의 시간이 흐르고 있다. 이미 소주 한 병을 마셨지만 명수는 조금의 취기도 느끼지 않았다. 얼마나 흘렀을까. 창턱의 병이 3분의 2쯤 비워진 뒤 수명은 돌아섰다.

"밤바다 불빛은 언제 봐도 아름다워."

차갑지 않은 음성이었고 얼굴은 분홍빛 술기운을 띠었다.

"아, 참."

다시 어깨를 돌려 창턱의 병을 집어 든 수명은 테이블로 와 병과 글라스를 내려놓고 의자 위에 두 다리를 올리고 무릎을 접어 쪼그려 앉았다. 접시 위의 땅콩 한 알을 집어 입에 넣고 병에 남은 와인을 글라스에 마저 따라 다시 잔을 들었다.

"빈속일 텐데……."

명수는 말을 멈췄다. 수명의 두 눈에서 눈물이 흘러내리고 있었다.

"무슨 일이야?"

"너, 왜 그랬어?"

비로소 눈길을 맞추는데 분노와 연민이 뒤엉켜 있다.

"뭐, 뭘…… 무슨……."

"부산이라며 내 전화 받던 날. 내가 그제 어디 있었느냐고 물었을 때 사무실에 있었다고 했잖아, 충남이 하고 같이. 왜 거짓말했어?"

명수는 단번에 알아들었다, 혓바닥에 전기가 흐르는 싸한 느낌과 같이.

"그, 그거……."

"네가 뭐야? 네가 뭔데 내 인생에 들어와서 멋대로 해! 내가 뭘 하든, 내가 어떻게 되든, 그건 내 인생이야. 네가 끼어들 게 아니라고! 무슨 자격으로, 무슨 권리로! 네가 나한테 뭔데? 너, 내 뒷조사하고 다녀? 스토커야? 왜 사람 폭행하고 남의 공간에 몰래 들어가 남의 물건을 찢어발겨?

너 깡패야? 네가 스토커 깡패면, 난 뭐가 돼! 왜 날 비참하게 만들어! 아니, 도대체 왜, 왜 그랬어!"

"미안해. 어쩌다가 알게 됐는데 그놈 말하는 게…… 순간적으로…… 다른 건 아무것도 생각할 수 없었어. 그냥 박살내야겠다는 생각밖에."

"미쳤어? 그게 무슨 의미가 있어. 그런다고 뭐가 달라져? 이제 어떡할 거야?"

"자수할게."

"뭐, 자수? 그다음에는?"

"어차피 넌 몰랐던 일이잖아. 그대로, 아니, 우연히, 내가 미쳐서 그랬다고……."

"그게 말이 돼!"

"아무튼 네게는 피해 안 가도록 할게."

"지금 내가 그걸 말하는 거야? 도대체 왜 그랬어! 왜!"

흥분이 쉽사리 가라앉을 것 같지 않다. 명수는 자신에 대한 질책과 원망은 아무래도 상관없지만 흥분이 뱉어낼 격앙된 감정의 단어들이 수명 자신에게 상처가 될까 봐 두려웠다.

"조금 진정해, 내가 다 말할게. 난 아무래도 상관없지만 네가 아프고 눈물짓는 건 정말 죽어도 못 보겠어."

수명은 눈길을 돌리며 글라스를 들어 단숨에 잔을 비웠다.

"내 일을 하다 보면 여기저기 정보를 얻는 창구가 있어. 네가 혼자 다녀간 뒤 정리를 하면서 많이 아프구나 하는 생각이 들었어. 와인을 한 병

넘게 마시는 경우는 거의 없잖아, 그것도 혼자서. 그래서 무슨 일인지 그 쪽 사람에게 물어 봤어. 그랬더니……."

명수는 호흡을 가다듬으며 감정을 눌렀고 수명은 고개를 숙인 채 빈 글라스만 만지작거렸다.

"화가 나기도 했지만 가장 걱정이 된 건 위작에 대한 네 책임이었어. 그래서 좀 더 알아보는 과정에서 와인 바까지 따라가게 됐고, 나누는 이야기를 들었어. 그런 식이면 안 되는 걸 알면서도 눈이 뒤집어지니 나도 모르게 그렇게 됐어. 경찰이 수사 중이라는 것도 알지만 미리 시시 티브이를 염두에 둬서 얼굴을 찍히지는 않았어."

"그래서 경찰이 못 찾을 거고, 다 끝났다는 거야?"

"그런 거 아니야. 문제가 생기면 벌 받을 각오 하고 있고, 자수할 각오도 돼 있어. 다만…… 혹시라도 네 이름이 거론될까 봐 그냥 있는 거야, 아직은."

"그러게! 그러게 왜 내 일에 끼어들어! 넌, 나한테 친구일 뿐이야. 아니, 이제는 친구도 아니야, 그냥 만나는 거야! 우리 그런 사이라고!"

"말 그렇게 하지 마!"

등줄기에서 정수리로 치오르는 하얀 번갯불 느낌에 목청을 높였지만 명수는 금세 후회하고 목소리를 낮췄다.

"그래, 수명아. 설령 네 마음속에서 정말로 내가 그런 존재라 해도 나 섭섭하지 않아. 맞아, 내가 뭐라고 감히."

"그래, 네가 나한테 해준 게 뭐가 있어. 해줄 수 있는 건 뭐가 있고. 그럼 그냥 가만히 있기라도 하지 왜 시킨 것도, 부탁하지도 않은 일을 해서……, 날 이렇게 만들어!"

명수는 '해준 것'이라는 원망에 가슴이 너무 아려 마지막의 '이렇게'는 흘려들었다.

"그래서 미안해. 해준 것도, 당장은 해줄 수 있는 것도 없어서 미안해. 뭐든 지켜볼 수밖에 없지만, 네가 너무 아파 울지도 못하고 옴짝달싹도 못하는 걸, 어떻게 그냥 지켜봐……."

수명은 이미 취했다. 그런데 또 와인을 따라 벌컥 마시는데 명수는 지켜볼 수밖에 없다.

"그렇다고 나도 모르는 대표 오피스텔까지 찾아내서 그 사고를 쳐! 내가 연관된 걸 알면, 내 입장이 어떻게……."

"분명 박 화가 그림이었어."

말을 자르고 끼어든 명수의 이야기에 수명은 정신이 번쩍 드는 기분이었다.

"뭐?"

"정보를 받았는데 뭔가 수상쩍었어, 주는 쪽도 그렇게 말했고. 그래도 그 화가 작품이 없었으면 아무 짓도 안 했을 거야. 그런데……."

"박 작가 작품이라는 걸 어떻게 알았어?"

"인터넷으로 그 화가에 대해 조사하면서 화풍을 눈여겨봤어. 전문가가 아니라도 쉽게 구분할 수 있는 독특한 화풍이어서 오피스텔에서 그림을 보자마자 알아봤어. 널 속였구나, 둘이 짰을 수 있겠구나, 생각이 들자 이가 갈렸어. 그래서…… 아무튼 미안하다. 네 입장을 생각했어야 하는데."

수명은 머리와 가슴이 한꺼번에 폭발할 것 같았다. 교활하고, 악랄하고, 더럽고, 흉하고, 사악하고, 탐욕스럽고, 음흉하고…….

"그놈 밟아준 거하고 오피스텔 그림하고, 수사하는 데가 다르다고 들었어. 오피스텔 수사는 흐지부지 되는 것 같다고도 하고. 오피스텔 시시티브이도 크게 문제될 건 없을 거야, 안에서는 얼굴 가렸고, 밖의 시시 티브이도 미리 파악해 피했으니까. 만일 문제가 되더라도 내가 널……."

"어떻게 그렇게 장담해? 시시 티브이가 한두 개야!"

"충남이가 미리 파악하고 도와줬어, 그러니까……."

"충남이까지 알아? 그 모든 걸!"

명수는 아차 하며 절망의 나락으로 떨어지는 느낌이었다. 그저 자신과의 교류도 다른 사람이 아는 것을 꺼려했는데…….

"미안해, 정말 미안해."

"수사하는 데가 다르다고? 이 바보야! 오늘 광역수사대라는 데서 형사가 날 찾아왔어. 두 사건이 동일범 같다고!"

명수는 두 다리의 힘이 풀리며 머릿속이 멍해졌다.

"이제 어쩔 거야! 어쩔 거냐고! 다 끝나버리게 됐어! 너도, 나도!"

기어이 수명은 흐느끼기 시작했고 명수는 고개를 떨어뜨렸다.

아무 생각도 나지 않았지만 아무런 대책이 없다는 것만은 분명히 알 수 있었다. 눈앞이 캄캄한, 말 그대로 절망이었다. 자신이야 어떻게 되어도 상관없지만 수명의 빛이 멀어지는데 아무것도 할 수 없는 자신의 무기력에 명수는 몸서리가 쳐졌다.

수명의 흐느낌이 가라앉자 명수는 일어나 코트를 걸쳤다.

"미안해."

고개를 들어 쳐다보는 수명의 눈빛이 서글펐다.

"……?"

"먼저 갈게."

명수가 더 뭐라 말하기도 전에 수명은 발딱 일어나 코트와 가방을 챙겼다.

"어딜 가, 자고 내일 아침에 가."

명수가 앞을 막으며 말하자 수명은 눈을 치켜떴다.

"내가 왜? 여기가 내 집이야? 나가도 내가 나가!"

"이미 열차도 끊겼어."

그러나 수명은 명수의 어깨를 밀치며 현관으로 향했다. 명수는 수명의 팔을 붙잡았다.

"난 차에 있다가 술 깨고 가면 돼."

"필요 없어, 내가 가야지 왜 네가 가."

"알았어, 아침까지 여기 있을게."

마음을 가라앉히는 듯 한참을 서 있던 수명은 가방과 코트를 바닥에 내려놓고 침대로 가 누웠다. 몹시 지쳐보였다. 명수가 침대로 가 이불을 덮어주자 수명은 벽을 향해 돌아누우며 들릴 듯 말 듯 "너도 침대에서

자." 말했다.

그래도 깜빡 잠이 들었던 모양이다. 눈을 뜨니 수명이 팔을 베고 품에 안겨 있다. 옷은 입은 채였고 숨소리는 아직 고르고 깊다. 커튼 틈으로 들어오는 빛도 없이 방 안은 어두웠다. 명수는 수명이 잠에서 깰까 봐 숨소리를 죽였다.

무엇보다 수명은 사건과 관련이 없음을 밝혀야 한다. 아니, 관련 없는 것은 명백한 사실이니 저절로 밝혀지겠지만 참고인으로라도 수사선상에 오르는 것 자체를 막아야 한다. 이미 경찰이 두 사건의 연관성을 의심하고 있다면 시간도 없다. 자수가 길이고 두려움은 조금도 들지 않는다. 문제는 수명은 아예 거론조차 되지 않을 범행 동기를 만드는 것이다. 그놈에 대한 폭행은 '묻지 마 범죄'도 많은 세태이니 그렇게 주장할 수 있다. 하지만 오피스텔 사건이 겹치면 누구도 믿지 않을 것이다.

또 다른 문제도 있다. 두 사건이 벌어진 시간 간격이다. 딱 이동 시간만큼의 간격이었으니 누구라도 공범을 의심하기에 충분하다. 여차하면 충남이까지 드러날 수 있다. 생각할수록 정신이 아득하고 눈앞이 캄캄하다. 어떡하든 그놈이나 화랑 대표와 어떤 관계를 만들어야 하는데 아는 것이 너무 없다. 제일 그럴듯한 것은 원한이지만 일면식도 없는 원한이라니. 어쩌면 그놈 사건은 그놈의 희미한 기억뿐일 테니 모르는 것으로 잡아떼고 오피스텔 사건만 자수하면 될 것 같기도 하다. 그렇더라도 훔친 것도 아니고, 꼭 그 두 점의 그림이었느냐에 대한 동기가 필요하다.

왜? 무슨 이유로? …… 도무지 그럴듯한 생각이 떠오르지 않는다.

수명의 한 팔이 명수의 가슴을 안아왔다. 언제나 잠에서 깨어나며 하던 무의식의 동작일 것이다. 명수는 눈을 감고 더욱 숨을 고르게 해 잠에서 깨지 않은 척했다. 숨결이 달라진 수명은 곧 일어나 침대를 내려갔다. 옷장 여는 소리가 들리는 것은 갈아입을 속옷을 꺼내는 것이리라. 이어서 욕실 전등 스위치를 누르고 문을 열고 닫았다. 세면대의 물소리가 들리고서도 명수는 눈을 뜨지 않았다. 일어나 봐야 조금이라도 마음을 풀어줄 말조차 없으니 부딪치거나 어색하기만 할 뿐이고 수명도 이런 상황에서는 모르는 척해 주길 원할 것이다.

오래지 않아 물소리가 그치고 수명이 나왔다. 코트 입는 소리가 들렸고 이내 현관문이 열리고 닫혔다. 명수는 그제야 침대에서 나와 욕실 문을 먼저 열어 봤다. 수건걸이에 옅은 갈색 속옷과 브래지어가 걸려 있다. 명수는 비로소 마음이 놓이고 안도의 숨이 쉬어졌다.

"아직 자수를 거론할 단계까지는 아닌 것 같다."

수명과의 일을 듣고 사무실을 나갔던 충남이 전화로 명수를 사무실 밖 커피숍으로 불러내 말했다.

"아니야, 시간이 없어."

"먼저 들어. 곽 건은 정식 수사가 진행 중인데 오피스텔 사건은 광수대의 공식수사가 아닌 걸로 확인됐어."

"어떻게?"

"로펌 신 변호사, 경찰 출신이라고 했잖아. 다행히 광역수사대장과 허물없는 사이라고 해서 물어봤는데 보고받은 바 없다는 거야."

"그 사람에게 수명이 말을 했어?"

화들짝 놀라는 명수의 반응에 충남은 손사래를 쳤다.

"내가 바보냐. 사건 내용만 간단히 말하고 좀 알아봐 달랬어."

"그런데 어떻게 광수대 형사라는 사람이 수명일 찾아와?"

"첩보 차원에서 확인하는 과정이거나 형사가 개인적으로 청탁받은 경우에는 보고되지 않을 수도 있대. 그렇지만 공식적인 수사를 하려면 반드시 광수대장에게 먼저 보고를 한다니까 일단 지켜보는 게 맞을 것 같아."

"그런데 어떻게 두 사건이 동일범 같다는 소리까지 나와?"

"그건 확실히 좀 이상하지만 어쨌거나 공조수사는 아니야. 그랬다면 당연히 보고가 됐겠지."

그래도 명수는 여전히 불안했다.

"시간 끌다가 수명이 거론되면 안 돼."

벌컥 물 잔을 비우는 명수가 너무도 절박해 보인다.

"알아. 무엇보다 네 생각대로 오피스텔 건으로 자수한다고 해도 내세울 범행동기가 마땅치 않아. 괜히 서두르다가 정말 공조수사가 되면 그땐 방법이 없게 돼. 그러니까 일단 신중하자. 여차하면 너랑 나, 서로 모르는 사이로 하고 각자 한 사건씩 짊어지든가."

"뭐?"

"너는 곽 사건, 나는 오피스텔."

"이런 미친……. 네가 왜!"

"그러게. 나도 미쳤지, 눈 돌아버린 놈 생각만 하고 부추겼으니."

충남은 혀를 차며 손바닥으로 제 이마를 치는 시늉을 했지만 얼굴에는 웃음기가 어렸다. 명수는 그런 충남의 마음이 고마웠지만 당장은 수명의 생각에 뭐라 대꾸할 말도 생각나지 않았다.

며칠째 온 신경을 곤두세워 지켜보고 있지만 화랑에는 아무런 소문도 술렁임도 없다. 황 대표 역시 평소와 다름없는 일상이고 불안한 기색 같은 것도 엿보이지 않았다. 경찰이 두 사건을 동일범의 소행으로 보고 수사 중이라면 황 대표를 찾아오지 않을 리 없을 테니 수명은 화랑에 점퍼 차림의 남자만 보여도 가슴이 철렁했다. 어쨌거나 증거는 사라졌지만 위작 사건은 황 대표와 곽 회장 두 사람의 공모임이 분명했다. 다만 아무리 곽 회장이 미술에는 문외한이라 해도 그 정도 돈에 사기라는 명백한 범죄를 저지를 황 대표는 아니니 애초 목적한 바를 알아야 위작의 전말을 파악할 수 있었다.

얼마 전부터 황 대표가 투자자를 물색한다는 말은 있었다. 그렇다고 황 대표 시가의 자산에 문제가 생긴 것은 아니었고 현금 유동에 곤란을 겪는 정도였는데, 침체에 빠진 미술시장에서 공격적인 투자로 화랑을 키우려는 생각인 것도 알고 있었다. 수명은 어쩌면 그 투자자가 곽 회장이고, 투자의 조건으로 흑심의 요구를 했음에도 황 대표가 응했을지 모른다는 데에 생각이 미치면 피가 거꾸로 솟는 느낌이었다. 하지만 훼손된 진작(眞作)은 이미 완전히 폐기한 것으로 봐야 하니 그걸 밝히려면 명수가 나서야 하는데 그럴 수도 없는 노릇이다. 그렇다고 명수를 원망하는 마음은 없다. 명수가 아니었으면 알지도 못할 일이고, 언제든 다시 고개들 수 있는 흑심과 협잡에 대한 섬뜩한 경고가 된 셈이니 고마워할 일이다. 다만 그것으로 완전하게 끝난 것이 아니라 또 다른 화근을 안은 것이 불안했다. 무엇보다 명수가 잘못되는 일은 없어야 한다. 사랑이라 확신할 수는 없지만 수명에게 명수는 여전히 언제든 돌아갈 수 있는 둥지이거나 휴식처였다.

응징 혹은 복수, 수명은 살며 한 번도 생각해 보지 않은 단어다. 하지만 명수의 그 행동은 분노이고 보복일 것이다. 얼마만큼의 분노이면 그처럼 이성을 잃고, 단호하고 가혹하고 잔인할 수 있을까. 그 일이 고의적인 함정이었다는 것을 알게 된 지금도 수명은 분하기는 하지만 복수에까지 생각이 미치지는 않았다. 세상의 벽이 여전하다는 한계와 꿈이 아주 멀어져버린 것 같아 아득해지는 것이 먼저였다. 그렇지만 이제 두려워할 것은 아무것도 없다는 생각은 들었다.

며칠 뒤, 기다리던 마우로의 메일이 들어왔다.

반갑습니다, 한수명 실장님.
지난번 한국 전시회에서의 추억이 새롭습니다.

나는 지금 고향인 시칠리아 팔레르모(Palermo)에 있습니다.

이곳에서 작업한 작품이 몇 점 있기는 한데

아직 에이전트와 협의하지는 않았습니다.

하지만 그도 곧 팔레르모에 올 예정입니다.

한 실장님께서 관심 있으면 팔레르모에서 같이 의논할 수 있습니다.

시칠리아를 방문하시면 아름다운 추억이 될 겁니다.

연락 기다리겠습니다.

마우로 크리스키토

"마우로 작가가 한 실장에게 호의적인 것 같네. 잘됐어. 내일이라도 직접 팔레르모로 가서 만나."

황 대표는 반색하며 서둘렀지만 수명은 내키지 않았다.

"에이전트가 작가에게 간다는 건 전시 때문일 수 있어요. 작품을 구입하지 못하면 경비만 쓰는 건데 더 연락해 보고 움직이죠."

"그래? 그럼 한 번 더 연락해 봐."

"예."

일어나려던 수명은 정색으로 황 대표의 두 눈을 마주했다.

"며칠 전에 형사가 찾아왔었어요. 광역수사대 남 형사라던가, 대표님도 만났다고 하던데요."

흠칫하는 대표의 낯빛에 당황하는 기색이 역력했다.

"뭐, 남……? 응, 만나……기는 했지. 그런데 무슨 일로? 뭐라고 해?"

"대표님 오피스텔 사건과 곽 회장 사건의 범인이 동일범 같다면서 저에게 그날 곽 회장과 무슨 일로 만나고 무슨 이야기를 나눴는지 물었어요."

"그래서? 뭐라고 대답했어?"

초조하고 다급한 대표의 기색에 수명은 더욱 태연했다.

"별말은 하지 않았어요. 그런데 오피스텔 일에 대해서도 묻기에 사실대로 아는 게 없다고 했더니 실장이 어떻게 모를 수 있느냐고 고개를 갸웃거리더라고요. 위작 이야기도 하면서요. 다시 찾아와 물으면 뭐라고 답을 해야 할 텐데, 훼손된 작품이라는 게 어떤 거죠?"

"아…… 그, 한 실장은 모르는 거야. 다 지난 일인데 지금 알아서 뭐하게. 형사는 걱정하지 마, 다시 찾아오지 않을 거야. 응, 그렇게 하라고 할게."

황 대표는 손사래를 치며 수명의 눈길을 피했다.

"곽 회장은 좀 어떠세요?"

"응? 아, 나도 잘…… 병원에 아직 있을 거야. 그래, 있어."

"물색하시던 투자자가 곽 회장이죠? 어떻게 그건 잘 진행되세요?"

"아니야. 지금 꼴이 저런데 무슨 이야기가 되겠어. 응, 그만 나가 봐. 마우로와 연락해야지."

언제나 위세를 내려놓지 않던 그녀였기에 허둥거리는 모습이 더욱 초라해 보였다. 수명은 대표가 형사의 수사를 막을 것 같아 조금은 마음이 놓였다.

수명이 다시 메일을 보내고 사흘 뒤 마우로도 답을 보내왔다.

> 나의 에이전트는 어제 팔레르모에 도착했습니다.
> 런던에서 예정되어 있는 전시회 문제로 온 것입니다.
> 한 실장님의 뜻을 전했더니 긍정적으로 검토해 보자는 의견입니다.
> 당신의 행운입니다.
> 팔레르모에 오시면 환상적인 숙소를 제공하겠습니다.
> 작업실 2층에 푸른 지중해가 보이는 전망 좋은 방이 여러 개 있습니다.
> 설레는 마음으로 기다리겠습니다.
> 마우로 크리스키토

아침 간부회의를 마치고 나온 광역수사대 3팀장 이 경감은 남 형사를 사람이 뜸한 비상계단으로 데려갔다.

"너 오피스텔 그림 건으로 어디 쑤셨냐?"

"아니요."

남 형사가 시침을 떼자 팀장은 고개를 갸웃거렸다.

"왜요?"

"대장님이 화랑가 사건 수사하는 팀이 있냐고 묻더라고."

"그래서요?"

"당연히 함구했지. 그런데 다짜고짜 청탁수사 하는 일 있으면 모두 당장 손 떼라는 거야."

"그거 처음에 대장님 지시 아니었어요?"

"진작 손 떼는 걸로 보고했잖아."

"아무튼 청탁은 대장님이 먼저인 셈이었잖아요."

"이 자식이……."

남 형사의 흰소리에 팀장은 쥐어박을 듯 주먹을 치켜들었다가 내렸다.

"요즘 수사권 조정문제로 극도로 민감한데 괜히 구설에 오르면 그야말로 공공의 적이 되는 거잖아. 그러니 어떤 사건이건 똑 떨어지는 증거 없으면 함부로 나대지 말라는 거야. 그건 맞는 말씀이지."

"하긴, 대장님이 진급 대상이기도 하고요."

"그러니까, 인마."

또 치켜드는 팀장의 주먹을 피하는 척한 남 형사가 고개를 갸우뚱거렸다.

"왜? 뭐?"

"그럼 사건 사이즈에 따라 경우가 달라지는 거 아닌가요?"

"사이즈, 무슨?"

"이를테면 수억 원 대의 작품과 여자가 얽힌 화랑가의 미스터리 막장극 같은 거 말입니다. 언론 조명받기 좋잖아요."

"뭐? 너 진짜 쑤시고 다닌 거야?"

"쑤시기는요. 그 황 대표인가 뭔가 하는 여자, 하도 건방을 떨기에 엿 한번 먹여 보고 싶다는 거죠."

팀장은 풀썩 웃었다. 젊은 오기에 할 만한 생각이다.

"야, 공연히 문제 일으키지 마. 싸가지가 없기는 하지만 그 여자하고 거래하는 높은 양반들 많아."

"알았어요. 아무튼 통화내역조회 협조 요청할 거 있으니까 결재나 해 주세요."

"누구?"

"첩보차원이에요. 결과 보고 말씀드릴게요."

팀장은 무심히 고개를 끄덕였다.

"아주 잘됐네. 다녀와요, 한 실장."

형사 이야기를 한 뒤부터 황 대표는 의식적으로 존대의 표현을 섞어 쓰고 있다.

"런던에서 전시회가 예정되어 있다면 금액이 만만치 않을 것 같은데, 무턱대고 가기보다는 좀 더 의논해서 어지간히 확정지은 뒤 가는 게 어떨까요?"

"마우로 작품으로 지정한 것은 그만큼 금액 부담을 하겠다는 뜻이잖아. 너무 갭이 크면 안 되겠지만, 한 실장이 한번 적당히 조정해 봐요. 마침 마우로도 한 실장에게 아주 호의적인 것 같은데."

대표의 의미심장한 눈웃음에 수명은 분노와 수치심이 뒤엉켜 일었지만 낯빛에 드러내지는 않았다. 문득 명수가 떠올랐다.

"알겠습니다, 생각해 보죠."

"생각하고 말게 뭐 있어. 잘 안 돼도 한 실장 여행 보내준 걸로 생각할 테니까 부담 갖지 말고 다녀와요. 비행기는 비즈니스 클래스로 하고, 한 실장이 마우로 집에서 묵지는 않을 테니 호텔도 특급으로 예약해요."

황 대표가 알고, 할 수 있는 호의란 그런 것이었다. 보통의 경우와는 다른, 차별된 편의와 쾌적함을 위해 선뜻 넉넉한 지출을 베푸는 호의. 그러나 한편으로는 과시였고, 그 시혜의 차양 아래로의 유인이기도 했다. 자신의 악의가 드러난 침묵 속에서도 참회나 사죄는 의식조차 없이 호의를 가장한 과시로 덮으며 또 다른 수치의 감수를 유혹하는 파렴치. 과시하지 않아도 저절로 드러나는 계층의 벽을 넘을 수 없어서 선택한 것이었지만 그 저열함 또한 쉽지 않을 것 같은 한계에 수명은 숨이 막혔다.

비행기 비즈니스 클래스에는 눈 돌리지 않았지만 호텔은 특급으로 예약했다. 마우로와 에이전트 선물을 어떤 것으로 준비할지 고민하다가 과해서는 오히려 성의가 왜곡되어 얕잡아 보일 수 있을 것 같아 홍삼제품으로 정했다. 어차피 쉽지 않을 비즈니스일 것이다. 마우로가 보내온 메일의 뉘앙스가 그랬고 감내할 생각은 조금도 없다. 그래도 문화나 의식의 차이라 여길지 모를 마우로와의 긴장이 쉽지 않으리라는 생각이 들자 명수가 떠올랐다. 수명은 망설이지 않고 핸드폰을 꺼내 버튼을 눌렀다.

"어, 수명아……?"

이렇게 빨리 전화가 오리라 생각하지 못했는지 명수는 놀란 기색이다.

"다음 주에 일주일 정도 시간 낼 수 있어?"

"일주일? 가능해."

"그럼 네 여권, 사진 찍어서 카톡으로 보내."

"여권? 그건 왜?"

"이탈리아 출장 가는데 같이 좀 가."

"이탈리아? 무슨 일인데?"

"출장. 네가 곁에 있어야 할 것 같아서."

"그래, 알았어. 여권 사진 지금 보낼게, 다른 건?"

"점퍼 같은 거 말고 캐주얼 양복으로 준비해."

"돈 보내줄게, 항공료라도."

"너 항상 나 지켜주겠다고 했잖아. 보디가드로 가는 거니까 비행기 티켓은 내가 준비해."

농담 같은 소리에 명수는 대꾸를 못 하고 있다. 수명은 저도 모르게 피식 웃음이 새 나왔다. 오랜만의 편한 웃음이다.

"일정 나오면 알려줄게, 인천공항에서 봐."

전화를 끊으려는데 명수가 다급하게 물었다.

"형사는 또 찾아오지 않았어?"

"안 올 거야, 아마."

수명은 남의 일처럼 대꾸하고 전화를 끊었다.

"그럼 경찰이 사건을 덮었다는 이야기겠네?"

명수의 이야기를 들은 충남은 눈빛을 번득였다.

"모르겠어. 그저 다시 오지 않을 거라고만 했어."

"관할 경찰서가 아니라 광수대가 나섰다는 게 어쩐지 청탁이다 싶더라. 그 화가에 대한 신문기사만 대충 훑어봐도 네가 걸레로 만든 그림 두 점이면 웬만한 아파트 한 채 값은 되겠더라. 아무리 돈이 많아도 눈이 뒤집혔겠지. 그렇지만 뒤가 구린 처지에 경찰에 공식적으로 신고할 수는 없었을 테고……."

"수사가 중단됐다면 그건 부탁한 사람이 거둔 걸 거야. 아마 형사가 수명이를 찾아왔다는 것을 알게 돼서 한 조치 같은데 그것만으로……."

"당연히 황 대표가 손을 쓴 거겠지. 그렇지만 곽이라는 그치 사건은 112에 신고된 거니 무작정 덮기는 쉽지 않을 거야. 뭔가 대비를 해둬야 할 것 같은데……."

"두 사건이 겹치지만 않는다면 그놈 사건은 내가 우발적이었던 걸로 하면 마무리 되겠지."

충남은 단호하게 고개를 가로저었다.

"그렇게 단순하게 생각하지 마. 그게 수명이한테 어떤 고통이 될지는 생각 안 해? 각별한 마음이 없으면 어떻게 그동안 너희 둘의 관계가 유지될 수 있었겠어. 널 위해서가 아니라 수명일 위해서라도 신중해."

듣고 보니 자신이 수명의 입장은 생각하지 않고 있는 것이었다. 차라리 다투고 오랫동안 보지 못하게 되더라도 끝까지 모르는 일로 잡아떼 수명에게 부담을 주지 않아야 했다. 명수는 후회가 되었지만 돌이킬 수 없는 일이었다.

"그런데 황 대표와 그놈은 어떻게 연결된 걸까? 문화나 미술 쪽과는 별 인연이 없는 것 같던데."

"알아보니 운이 좋았던 건지 그치가 시행한 부동산사업들이 정부 신개발 지역들과 겹쳐 성공하면서 막대한 현금을 확보한 모양이야. 그런데 그치는 다른 종류의 사업에 나서거나 투자할 의사는 없고 오직 부동산인데, 앞으로의 전망이 불투명하니까 관망하는 중에 황이 접근한 것 같아. 대충 들어보니까 그림이라는 게 경기 여건이나 화가에 따라 수익성이 아주 높기도 한가 봐. 그치는 수익성과 더불어 지금까지의 부동산 바닥과는 다른 품격의 세상에도 흥미가 생긴 것 같고."

"결국 황이 자금을 끌어들이기 위해……."

"그렇게 봐야겠지. 그러니까 자수니 뭐니 섣부른 생각 하지 마. 그런 치들에게 언제 법이 제 노릇 하는 거 봤어. 정당한 룰과 벌이 적용되지 않으면 자력으로 지키고 응징할 수밖에."

충남은 10여 년 군 생활에서 몸에 배었던 피아 구분처럼 사회생활에서 선악의 구분도 단순하고 명확했다.

"그래도 죄는 죄잖아."

"죄는 무슨, 그렇게라도 하지 않으면 그것들이 멈출 종자들이야?"

버럭 높아지는 충남의 언성에 명수는 입을 다물었다.

"그런데 갑자기 이탈리아는 뭐야?"

"그러게. 출장이라고 하는데 자세한 이야기는 없었어."

"어쨌거나 잘됐네. 여러 가지로 마음 쓰였을 텐데 휴가라 생각하고 갔다 와."

"전화 목소리는 마음이 좀 풀린 것 같던데……."

"그래야지, 네 마음 모르지 않을 테니. 여행하는 동안 수명이가 먼저 말 꺼내지 않으면 이번 일에 대해서는 입도 벙긋하지 마."

명수는 고개를 끄덕였다.

인천공항에서 로마 다빈치공항으로 가는 첫 항공편은 낮 12시 30분 출발이다. 12시간을 조금 더 날아가면 현지 시간으로 17시 50분에 도착하고 곧바로 시칠리아 팔레르모공항으로 가는 국내선으로 갈아탈 수 있다. 그곳 국내선 마지막 운항시간이 21시 30분이라 도착이 지연되기라도 하면 로마에서 하룻밤을 묵게 될 수 있어 이른 항공편을 찾은 것이다. 일정이나 경비는 그리 눈치 보지 않아도 되니 보통 때의 출장 같으면 핑계 삼아 하루쯤 로마를 돌아볼 수도 있다. 그러나 지금 수명의 기분은…… '거지같다는' 말이 어울렸으니 일단 팔레르모에 도착해서 뭐든 생각하고 움직여야 할 것 같다.

이제 황 대표와는 얼굴을 마주할 때마다 분이 커지고 소름이 돋을 지경이다. 그럼에도 내색하지 않고 고개를 숙이며 지시를 받는 것은 결코 포기할 수 없는 꿈 때문이 아니다. 먼저는 명수를 지키려는 것이다. 말대로 명수가 할 수 있는 것은 증거를 남기지 않았다는 거기까지다. 하지만 수사가 진행되는 한 어디서 무엇이 불거질지 모를 일이다. 더는 아무것도 할 수 없는 명수, 그와 다르지 않은, 아니 처음부터 아무것도 할 수 없었던 수명 자신. 결국 사악하고도 뻔뻔할 수 있는 힘을 가진 황 대표의 힘을 이용하는 길뿐이다. 그러려면 소름이 끼쳐도 그녀 곁에서 돌아가는 상황을 지켜보며 기회를 놓치지 않아야 한다. 그다음은 이제 더는 꿈을 위해 다른 빛에 의지하지 않고 스스로 빛이 되는 것이다.

남 형사는 통화내역 조회기록을 이 경감 앞에 펼쳐놓았다.

"이게 뭐야?"

"유인화랑 한수명 실장 통화내역입니다."

"유인화랑이라면 황 대표?"

"예."

"너 아직도 거기 쑤시고 있어? 손 떼라고 했잖아."

이 경감은 조회기록을 손으로 밀치며 짜증을 냈다.

"좀 재미있는 그림이 그려져서요."

다시 조회기록을 드밀며 남 형사가 히죽거리자 이 경감은 목청을 높이려다 두 눈을 끔뻑였다.

"그림? 무슨?"

"일단 황과 곽의 두 사건을 동일범의 짓으로 가정해 보자고요. 그러면 그 사이에 한수명이라는 실장이 놓이게 됩니다."

"한 실장이라는 사람이 곽 회장이 사건 직전에 만났다는 여자야?"

"예."

공식적인 수사로 진행되지는 않을 것 같아 소홀히 여겼던 이 경감도 이제는 흥미가 일었다.

"그래서?"

"일단 한 실장을 만나봤죠. 의외로 사건에 대해 제대로 아는 게 없더라고요. 오피스텔은 존재 자체를 모르고 있었고요. 명색 실장이라는 사람이 설마 해서 주시해 봤는데 거짓말은 아닌 게 분명해 보였어요. 그런데 곽 회장 이야기를 하면 눈빛이 불안하기에 두 사건이 동일범 같다고 찔러 봤더니 당황하는 기색이 역력했어요. 아무래도 뭔가 있구나, 감이 와서 좀 쑤셔봤죠. 그랬더니 곽이라는 작자가 평생 처음으로 그림에 투자를 한답시고 유인화랑을 통해 거액의 작품 두 점을 샀는데, 그게 가짜였고 담당 큐레이터는 한 실장이었다는 겁니다."

"곽이 위작을 샀다? 그런 이야기는 없었잖아?"

"아무튼 들어보세요. 그림이 가짜로 밝혀지자 황 대표는 당연히 돈을 반환하겠다고 했겠죠. 그런데 곽이 사기로 고소하겠다고 방방 뛰니까 결국 책임자인 한 실장이 나서서 수습하고 덮었다는 겁니다."

"돈이야 아쉬울 게 없는 곽이니……."

"그렇죠. 그리고 곽이 한 실장을 다시 만나고 헤어진 뒤 하필 고환이 깨지고, 이어 오피스텔에서 진품 그림까지 작살났다. 어때요, 막장 냄새가 스멀거리지 않습니까?"

이 경감은 고개를 끄덕이기는 했지만 신중했다.

"그 그림이 곽이 샀던 진품이라고는 누가 그래?"

"그건 제가 양념으로 넣어 본 거고요."

"증거 못 찾아낼 거면 양념은 빼."

"알겠습니다."

"이 통화기록 조회는 왜?"

"두 사건 다 여자가 저지를 액션은 아니라서 주변을 뒤져 봤죠. 그런데 저를 만나고 헤어진 직후 한 실장이 누군가에게 전화를 했는데 남자예요. 같은 고향에 동갑인 걸 보니 친구 사이 같고요. 지난 일 년 동안의 기록을 살폈는데 네 달, 두 달, 뭐 그렇게 드문드문했는데 사건 전후로 유독 잦아요. 뭔가 냄새가 난다는 거죠. 그래서 두 사람의 통화위치 조회와 남자에 대한 조사가 필요하다는 겁니다."

이 경감은 잠시 고민했다. 이쯤이면 대장에게 보고하는 것이 맞지만 한편 똑 떨어지는 무엇은 없으니 중단하라는 대장의 지시를 어긴 것이 되기도 했다. 범죄의 혐의가 있으면 수사를 하는 것이야 경찰로서 당연한 일이지만 엄연히 관할서가 있고 피해자도 원치 않는 일을 그야말로 '광역수사'를 위한 수사대 소속이 보고와 지시 없이 계속한다면 오해를 받을 수도 있다.

"너도 알겠지만 지금 상태에서는 대장님께 보고하고 관할서로 이첩하는 게 정석이야. 일단 보고는 미룰 테니 딱 거기까지만 해. 그다음은 결과를 봐서 대장님께 보고하고 정식으로 수사를 할지 말지 결정하자고."

남 형사도 군말 없이 수긍했다.

9. 시칠리아의 인연

수명이 인천공항에 도착하자 명수는 이미 약속한 항공사 카운터 앞에서 기다리고 있었다. 청바지에 조금 두터운 회색 셔츠와 가는 회색 체크무늬의 감색 재킷 차림이다. 핸드캐리어는 불룩 배가 나와 있다. 수명이 별말 없이 항공사 카운터로 걸음을 옮기자 명수는 묵묵히 뒤따랐다. 줄을 서 순서를 기다리던 수명이 고개를 돌렸다.

"앞으로 와 서."

말투에 날이 서 있지는 않다.

"어? 응, 그래."

명수가 앞으로 와 서자 수명은 여권과 프린터로 출력한 항공스케줄을 건넸다. 같이 수속하라는 것이다.

"짐이 많으면 큰 가방을 가져오지."

수명이 가방에 눈길을 주며 말하자 명수는 가볍게 들어 보였다.

"별거 없어. 케이티엑스 서울역에서 공항열차 갈아타는데 코트가 거추장스러워 구겨 넣어서 이래. 무슨 일인지 몰라 양복바지와 셔츠는 준비했어."

"잘했어."

수명은 검정색 스판 바지에 허리 아래까지 내려오는 모직 남방과 두텁지 않은 검정색 코트 차림이었다.

순서가 되어 카운터 직원에게 둘의 여권과 보딩패스를 건네고 수명의 가방을 받아 벨트 위에 올려놓는데 텅 빈 것처럼 가벼웠다.

"짐이 없네?"

"옷 몇 가지야. 가방이 그것밖에 없어."

그러고 보니 수명의 어깨에 걸친 밤색 가죽가방이 더 무거워 보였다.

"내가 들게."

명수가 어깨를 가리키며 손을 내밀자 수명은 말없이 가방을 벗어 건넸다. 역시 훨씬 더 무거웠다.

"뭐야?"

"노트북."

"아……."

체크인 수속이 끝나고 출국장 안으로 들어가자 수명은 탑승구 가까운 커피숍 의자에 앉아 눈을 감았다. 덩달아 명수도 우두커니 앉아 시간을 보내다가 탑승안내에 따라 비행기에 올랐다. 좌석은 가운데 4인석의 두 자리였는데 반대편 안쪽에 먼저 탑승한 젊은 외국 여성이 있어 수명에게 안쪽으로 앉으라는 고갯짓을 하자 코트를 벗어 건네주었다. 명수는 수명의 가죽가방과 코트를 짐칸에 올려두고 통로 쪽 좌석에 앉았다.

"이륙하고 음료 서비스 하면 와인 두 잔 좀 넉넉하게 달라고 해."

기내용 담요를 펼쳐 덮으면서 말하고 수명은 다시 눈을 감았다.

동대구역에서 그렇게 헤어지고 전화통화만 두 번 했을 뿐인데 만나서도 별다른 말이 없는 것이다. 그렇지만 명수는 불안하거나 불편하지 않았다. 저러다가 조금 전까지 수다라도 떨었던 것처럼 불쑥 말을 걸어올지도 모를 일이니.

비행기가 이륙하고 음료 서비스가 시작되자 명수는 와인 두 잔을 받아 수명의 어깨를 흔들었다. 그새 잠이 들었던지 부스스 눈을 뜬 수명은 테이블을 펼쳐 와인 두 잔을 모두 제 앞으로 가져갔다.

"나 마시고 잘게, 깨우지 마."

"식사는? 점심도 안 먹었잖아?"

"괜찮아, 생각 없어."

수명은 와인을 마시며 남방 주머니에서 고무 밴드를 꺼내 긴 생머리를 뒤로 묶었다.

"등받이 조금 뒤로 하지."

"괜찮아. 앞 사람이 젖히면 나도 그만큼만 넘겨줘."

"무슨 일로 가는 거야?"

연신 와인을 홀짝거리는 수명을 바라보며 물었다.

"그림 때문에. 별거 아니니까 그냥 같이 있어주면 돼."

"시칠리아는 가 본 적 있어?"

"아니. 삼 년 전쯤 베니스비엔날레 참관하느라 로마는 거쳤어."

"화가 만나는 거야?"

"응, 몇 년 전 내가 초대해서 화랑에서 전시회 열었던 작가야."

"그럼 낯설지는 않겠구나……."

"이제 나 잘래."

다 비운 와인 잔 두 개를 명수 앞 테이블로 옮겨놓고 제 테이블을 접은 뒤 수명은 다시 담요를 목까지 올려 덮고 눈을 감았다.

지난밤 잠을 설쳤는데도 명수는 피곤이 느껴지지 않았다. 가슴 설레는 여행이 아니라도, 둘이서 낯선 세상을 걷게 된다는 것만으로도 벌써 뻐근한 감동이 가슴을 가득 채웠기에 오랜 꿈이 단번에 이루어진 것 같다. 이대로 다시 돌아오지 않을 둘만의 세상으로 향하는 길이라면 더없겠지만 수명의 꿈은 여전할 것이다, 어쩌면 그 꿈은 영원히 채워지지 않을 꿈일지도 모르고. 하지만 아무래도 상관없다. 이 한 번만으로도 영원히 행복할 수 있을 것 같다. 아니, 지금까지도 행복했다. 기다릴 수 있는 것만으로도 얼마나 행복하던가.

늦은 점심이 되는 식사가 끝나자 수명은 부스스 눈을 떴다.

"밥 먹을래? 가져다 달라고 할게."

"아니야, 계속 잘래."

수명은 둘 사이의 팔걸이를 세워 등받이 틈에 끼우고 명수의 어깨에 머리를 기대며 몸을 반쯤 돌렸다. 명수가 흐트러진 담요를 바로 펴 수명을 덮어주는데 자세가 불편한 듯 뒤척거렸다.

"불편해?"

"팔 줘."

말해놓고 수명은 명수의 오른팔을 들어 제 목 뒤에 가져다 댔다. 몇 번 더 머리와 어깨를 움직여 편한 자세를 잡더니 거의 명수의 가슴에 얼굴을 묻듯이 기대고는 눈을 감았다. 명수는 조심스럽게 담요를 갈무리해주고 움직이지 않으려 애썼다.

해가 떨어지는 방향으로 날아가는 비행기의 속도가 해보다 훨씬 더 빠른 모양이었다. 오후 1시가 되기 전에 이륙한 비행기는 대여섯 시간이 지났는데도 여전히 훤하게 밝은 구름 위를 날고 있었다. 그사이 수명은 제 오른쪽 팔을 뻗어 명수의 가슴을 껴안고 여전히 고른 숨을 내쉬고 있다. 명수는 아무것도 하지 않았다. 무료할 때 읽으려고 등받이에 꽂아둔 책도 펴지 않았고 음료수나 물도 마시지 않았다. 그저 수명이 몸을 비틀면 따라서 제 몸을 움직여 편안한 자세를 지켜주며 호흡마저 일정하게 유지했다. 시간이 흐를수록 팔과 다리가 조금씩 저리기는 했지만 견딜 수 있었다. 행복했다.

꺼져 있던 기내 등이 켜지고 마지막 기내식 제공으로 어수선해지자 수명은 눈을 떴다. 두 팔을 아래로 내려 가벼운 기지개를 켠 뒤 흐트러진 머리를 손으로 매만져 다시 밴드로 묶고 바로 앉았다.

"화장실은 갔다 왔어?"

"아니."

수명이 눈을 동그랗게 떴다.

"갔다 오지 꼼짝 않고 있었어, 미련하게. 어서 다녀와."

그랬다. 마치 내내 일상의 이야기를 주고받다가 깜빡 잊고 있었던 것처럼 불쑥 말을 이으면 그 순간 긴장이나 조심스러움 따위는 흔적 없이 사라지는…….

명수에 이어 화장실을 다녀오고, 기내식이 나오자 수명은 아이 같은 웃음을 지으며 군침을 삼켰다.

"아, 맛있겠다."

"와인?"

"아니, 으음…… 오렌지주스 마실래."

한두 번이 아닌데도 명수는 또 홀린 듯 어정쩡한 웃음을 지었다.

"그렇게 오래 자면 시차 적응이 쉽지 않을 텐데."

"괜찮아, 내려서 또 자면 돼. 마음먹으면 나 잘 자. 보자, 지금이……."

손목시계를 풀어 기내 시계에 맞춰 현지 시간으로 조정한 수명이 말을 이었다.

"현지 시간으로 오후 네 시니까 한국 시간은 밤 11시쯤 되겠네. 네 시간쯤 더 가야 팔레르모 도착하는데 괜찮겠어?"

"하루 이틀 밤새는 거야, 뭐."

"그래, 버텨. 내려서 와인 진탕 마시고 푹 자면 시차는 금방 적응될 거야."

들뜬 듯 밝고 싱그러운 미소, 단번에 일상을 벗어나 오랜만에 가슴 설레는 여행길에 나선 둘이 된 듯했다.

비행기가 예정시간보다 조금 늦게 로마 다빈치공항에 도착하기는 했지만 수명이 예약해둔 오후 7시 30분 출발의 팔레르모행 국내선을 타는 데는 지장이 없었다.

9시 조금 넘어 팔레르모공항을 빠져나와 호텔에서 체크인을 하고 객실에서 짐을 풀고 나니 10시가 넘었다.

"자, 이제 시칠리아 와인 마시러 가자."

수명은 유쾌하게 두 팔을 활짝 벌렸다.

"늦은 시간인데 내일 괜찮겠어?"

"내일이나 모레 사이에 팔레르모 도착해서 전화한다고 했어. 늘어지게 자고 천천히 전화해도 돼. 아, 네가 졸리겠구나?"

"하루 이틀쯤은 괜찮다고 했잖아."

"맞아, 그랬지. 그러니까 나가."

"호텔 안에 있는 바로 갈까?"

"택시에서 보니까 달 밝더라. 예약하며 확인했는데 호텔 바로 앞이 바다야. 와인 사서 한 병씩 들고 걷자."

"그럼 코트 걸쳐."

로비로 내려오자 수명은 바닷가 가는 길을 물어 보겠다며 호텔 프런트 여직원을 향해 갔다. 몇 마디 물어 보고 금방 돌아오겠지 했는데 이야기를 나누는 얼굴에 웃음이 번지더니 어깨를 들썩이다가 드디어는 손뼉까지 치며 깔깔거렸다. 몇 걸음 떨어진 곳에서 지켜보는 명수의 입가에도 미소가 번졌다.

밝은 품성에 어디에서나 빛처럼 반짝거리는 사람이다. 누구에게도 앞서 편견을 갖지 않고 언제나 먼저 미소를 지어 호의로 대했고, 상대의 호의에는 감사할 줄 알았다. 인연이면 소중하게 기억했고 인연이 아니어도 그저 지울 뿐 흠을 입에 담지 않았다. 꿈을 찾는 여정에 부딪히며 입은 상처가 적지 않았을 텐데도 여전한 순수와 밝음이라니, 태생부터 보석이었나 보다.

수명이 돌아오자 명수는 물었다.

"무슨 얘기가 그렇게 재미있어?"

"우리 둘이 잘 어울린다고. 그래도 말은 잘 안 듣는다고 했더니 이탈리아에서는 사랑할 때 여자가 주도권을 가진다고 아주 잘 왔대."

"처음 본 사람과 그런 농담이 돼?"

"이탈리아 사람들이 유쾌한 편이야. 와인도 좀 물어봤고. 시칠리아 와인 역사가 천 년이 넘는다면서 이야기가 길었어. 이 시간에 와인 사려면 바깥 도로변에 있는 편의점으로 가야 한대. 저기 야외 테라스 가는 문으로 나가면 바로 바다가 보이고, 왼쪽 수영장을 지나면 방파제까지도 갈 수 있대. 얼른 가서 사자."

편의점에서 수명은 먼저 화이트와인을 골랐다. 국내에서도 두어 번 산 적 있는, 여인의 옆얼굴 뒤로 머리카락을 길게 늘어트린 라벨의 와인이었는데 그게 시칠리아산인지 명수는 몰랐다. 레드와인은 편의점 직원에게 시칠리아산을 추천받고도 라벨과 뒷면의 설명서를 꼼꼼히 읽고 다시 물어 보면서 한참을 걸려 골랐다. 묵직한 느낌의 검은 병이었고 값도 화이트와인의 두 배를 넘었다.

"화이트와인이나 좋은 거 사."

"너도 날 위해서 좋은 거 준비하잖아."

"난 와인 맛 잘 모르잖아."

"좋은 거 마셔 보면 알게 돼."

"그래도 난 소주가……."

"어쩌다 마시는 거야. 나도 같이 마실 거고."

말을 가로채는 수명의 단호한 기색에 명수는 입을 다물었다.

호텔 야외 테라스 쪽 문을 열고 나가자 여린 바람결에 실린 짙은 바다 냄새가 맡아졌다. 쌀쌀한 기운은 있지만 3월이 코앞이어서인지 어깨를 움츠릴 정도는 아니었다. 달빛도 밝다. 여직원의 말대로 왼쪽으로 난 길을 조금 걷자 흐린 조명 아래 수영장이 나왔다.

"손 잡아줘."

명수는 수명의 한 손을 잡았다. 날씨 탓인지 손이 차가웠다. 명수는 맞잡은 두 손을 제 코트 주머니 속에 넣었다.

"손이 차네. 추워?"

"나 원래 손 차가워. 네 손은 따뜻하니 잊지 말고 잡아줘."

혼잣말처럼 중얼거리는데 명수는 가슴 한 구석이 저릿했다. 언제나 잡고 싶으면서도 망설이기만 했었다.

"너 나이 들어서 꿈이 뭐라고 했는지 기억해?"

느릿한 걸음을 따라 기억을 더듬는 듯 수명은 물었다.

"예쁘게 차려입은 너 손잡고 날마다 산책하는 거."

"안 잊은 거 보니 진심이었네."

명수는 보일 듯 말 듯 고개를 끄덕였다.

수명이 병째 와인을 홀짝거리면 명수도 따라 한 모금씩 마시며 걸음을 맞췄다. 수영장을 지나자 테니스코트가 나왔고 오른쪽 바다로 뻗은 긴 방파제가 보였다. 계단을 내려가 방파제를 걷던 수명은 중간쯤에서 걸음을 멈추고 바다를 향해 두 발을 내리고 턱에 걸터앉았다. 명수도 따라 앉자 수명은 고개를 돌려 웃음을 지으며 병을 들어 건배하자는 시늉을 했다.

병목을 가볍게 부딪치고 한 모금을 마시고, 다시 그렇게 홀짝거리고……, 절반쯤 비워졌나 싶을 때 수명은 명수의 병과 바꿔 레드와인을 한 모금 입안에 머금었다가 삼켰다.

"음…… 좋네."

"그런 것 같아."

"바보."

뜬금없는 소리에 명수는 어둠 속에서 수명과 눈길을 맞췄다.

"더 좋은 거 찾아서 익숙해지는 거, 왜 해 보려고도 안 해?"

명수는 대답 대신 어깨를 으쓱해 보였다.

"너 진실하고 착해서 좋은 사람 찾으면 얼마든지 있을 텐데. 계속 이러고 살면 착한 건 바보가 되는 거고, 진심은 미련한 게 돼."

명수는 병을 들어 와인을 삼키며 눈길을 피했다.

"나 아직도 길을 못 찾은 것 같아. 길을 찾더라도 오래 걸릴 것 같고."

"괜찮아. 너무 애쓰지 말고 천천히 가, 조심하며."

"너 다른 여자 만나 보기는 했어?"

명수는 조금 망설이다 짧은 한숨을 앞세우고 대답했다.

"두어 번. 그런데 여자로 느껴지지 않아."

사실이었다. 여자가 입술을 마주해 오면 저절로 고개가 돌려졌고 술에라도 취해 흐트러지면 모텔에 방을 잡아 눕혀주고 나왔다. 이성임에도 이성으로서의 욕망이 느껴지지 않는 무기력 아닌 무기력…….

"충남이가 소개했지? 나쁜 자식!"

명수가 피식 웃자 수명도 피식 웃음을 흘렸다.

"나 나쁜 여자지?"

"왜 그런 소리를 해."

"이상하게 너한테만 자꾸 그렇게 돼. 막 대하고 화내고 소리 지르고……. 너 불쌍하다는 생각이 들 때는 있는데 미안하지는 않아. 왜 이럴까, 나?"

"괜찮아. 마음 내키는 대로 편하게 해."

"바보……."

물끄러미 마주한 눈을 들여다보던 수명이 와인 병을 바닥에 내려놓고 잡지 않은 손을 명수의 어깨에 두르며 입을 맞춰왔다. 명수는 미처 병을 내려놓을 틈이 없어 그대로 수명의 어깨를 마주 안으며 입술을 받았다. 깊고 긴 입맞춤 뒤에 수명의 볼에서 촉촉한 물기가 느껴졌다.

"오늘은 푹 잘 거야. 팔베개만 해줘."

입술을 떼고 슬쩍 눈물을 훔치며 수명은 중얼거리듯 말했다.

커튼 틈으로 들어오는 가는 빛의 기운에 명수는 눈을 떴다. 팔에 안겨 가슴에 얼굴을 묻은 수명은 고른 숨을 내쉬며 잠에 빠져 있었다. 지난밤 수명의 뒤를 이어 샤워를 하고 나오니 긴 비행이 고단했는지 와인에 취한 것인지 그새 잠들어 있었다. 이불을 들추니 맨몸이어서 명수도 가운을 벗고 누워 목 아래에 팔을 넣자 저절로 몸을 돌려 안겨온 그대로였다. 평소처럼 다른 한 손으로 수명의 등을 쓸어 느끼고 싶지만 건드리면 깨어날까 봐 조심스럽게 목덜미 아래의 팔을 빼냈는데 여전히 고른 숨소리를 냈다.

명수는 청바지에 두꺼운 셔츠를 입고 부스스한 머리를 손으로 매만지며 기척 없이 방을 나왔다. 현지 시간으로 맞춰둔 핸드폰의 시계는 8시를 넘었다. 머리가 약간 멍하고 온몸이 뻐근한 기운은 있지만 숙면한 덕분인지 그리 피곤하지는 않았다. 언어도 익숙하지 않은 낯선 도시지만 수명을 깨우게 될까 봐 산책이라도 할 요량이다.

로비에는 벌써 사람들이 북적거렸고 레스토랑에서 흘러나온 고소한 빵 냄새가 가득했다. 명수는 어젯밤 나갔던 야외 테라스 쪽 문을 밀었다. 몇 발자국 걸어 호텔 건물 그림자를 벗어나자 등 뒤의 햇볕은 따사롭게 느껴졌고 눈앞에 펼쳐진 지중해의 코발트빛 바다는 두 눈을 싱그럽게 했다. 그나마 걸어보았던 길로 방향을 잡아 수영장과 테니스코트를 지나

방파제로 향했다. 호텔 오른쪽 만(灣) 안에는 길게 뻗은 선착장마다 백 척은 훨씬 넘을 크고 작은 보트가 저마다의 돛대를 하늘로 향한 채 줄지어 정박되어 있다. 그 평화롭고 낭만적인 풍경에 저절로 유쾌해지며 입가에 웃음이 번졌다. 깊은 호흡으로 신선한 바람을 담뿍담뿍 마시며 방파제 끝까지 갔다가 되돌아오던 걸음에 지난밤 수명과 와인을 마셨던 곳쯤에서 멈춰 턱에 걸터앉았다.

바보, 그리고 눈물……. 그래서 바보라면 기꺼이 바보로 살아갈 것이다. 어제 공항에서부터 침대에 들 때까지의 일들은 둘이 만나면 있던 일상과 별반 다르지 않았다. 그러나 눈물은 의미가 모호하고 마음에 걸렸다. 물론 수명이 몇 차례 눈물을 비친 적도 있었다. 이유가 무엇이든 불같은 화를 낸 뒤였으니 제 설움의 마무리 같은 것으로 생각할 수 있었다. 그런데 어젯밤의 그 눈물은…… 어쩌면 자신이 저지른 사건과 출장길에의 느닷없는 동행 요청을 고려하면 어떤 결심의 결과일지도 모른다는 생각이 들었다. 명수는 철렁 내려앉는 가슴에 저절로 깊은 한숨이 나왔다.

천생의 밝음에도 불구하고 제 꿈의 길에서 부닥치는 모멸과 아픔에 휘청거리게 되는 순간들. 그런 비애와 눈물을 느끼고 지켜볼 때, 상처와 흉터가 엇비칠 때, 아픈 비명이 가슴에 전해질 때, 그녀의 절망이 과녁 잃은 화살로 날아들 때 할 수 있는 일이라고는 기껏 가만히 지켜봐주는 것뿐이었으니. 그러다가 기어이는 천길 벼랑 끝에 세워놓은 꼴이 되었으니, 이제 잠시 숨 돌릴 틈으로서의 인연마저 덮고 싶은 마지막 시간이라면……. 아무런 말도 할 수 없을 것이다. 미련을 드러내 불편하게도 하지 않을 것이다. 그래도 더 먼발치에서라도 지켜볼 수는 있을 테니 여전히 살아는 질 것이다.

방문 전자키 소리에 잠을 깬 것인지 문을 열고 들어가자 수명의 잠긴 목소리가 명수를 맞아줬다.

"몇 시야?"

"깼구나, 미안. 10시 다 돼가."

"아침 먹었어?"

"아니."

"난 늦잠 잔다고 했는데 혼자서라도 먹지."

"괜찮아. 더 자."

"아니야, 일어나야지. 이리 들어와."

옅은 빛 속에서 수명이 이불 한쪽을 들쳐보였다.

다가간 명수가 옷을 입은 채 침대에 들어가려 하자 수명이 말했다.

"나 아직 맨몸이야."

"그렇구나."

명수가 옷을 벗고 침대에 들어가자 수명은 양팔을 길게 뻗어 목을 껴안으며 입을 맞춰왔다.

"잠깐 네 살 느끼고 일어날래."

아직은 시간이 있는 것이다, 이제 여행의 첫 아침이니.

"그래."

명수는 수명을 마주 안아 손바닥으로 따뜻한 등부터 부드럽게 쓸었다. 헤어지지 않는 날의 아침에는 언제나 하던 스킨십이다, 가볍게, 때론 깊은 입맞춤을 하며 서로의 몸을 더듬고 매만져 함께임을 느끼고 가슴에 담는 것처럼. 그래서 밤의 깊은 사랑은 아침의 포근한 사랑까지 이어져야 완성되는 것이다.

명수가 샤워를 하고 나오자 커튼 걷은 밝은 햇살 아래에서 수명은 화장을 마무리하고 있었다.

"오늘 일정은 어떻게 할 거야?"

"화가와 통화했어. 우리 둘이서 점심 먹으려고 3시에 호텔에서 만나기로 했어."

"왜 같이 하지."

"어차피 저녁을 같이 해야 할 텐데 뭐하게 점심까지."

서로가 별 의미 없는 듯 말했지만 명수는 수명의 배려임을 알았다. 마지막이어서 될수록 함께하려는 배려일지라도 명수는 아쉬움 없이 추억으로 쌓을 것이다.

50대 초반쯤으로 보이는 마우로 크리스키토는 훤칠한 키에 마른 체형이었고 이목구비는 전형적인 서양인이지만 피부색은 약간 붉은 기운을 띠고 있었다. 손가락 길이쯤으로 자른 검은 머리카락은 엉클어져 있었고 빠르게 뻗은 하관은 성격이 강팍할 것처럼 보였지만 검은 목줄이 달린 옅은 선글라스 안쪽의 두 눈은 서글서글했다. 같이 나온 한눈에 동양계

임을 알 수 있는 40대 중반쯤의 사내는 이름이 레비 초 밀러(Levi Cho Miller)라고 했다.

수명으로부터 소개를 받은 명수는 충남이 가져다 준 명함을 꺼내 그들에게 한 장씩 건넸다. '로펌 니케 조사원 김명수'

두 사내가 뒷면의 영문을 읽는 사이 처음 보는 명함에 수명이 관심을 보였다.

"명함이 바뀌었네?"

"어? 아, 로펌과 계약했어. 수임한 사건의 외부조사를 대행하는 거야. 인건비를 줄이려는 거지."

명수는 멋쩍은 기색으로 대답했지만 수명은 진지한 표정으로 고개를 끄덕였다.

"잘됐다. 일종의 탐정 일은 같은데 이제 합법적이 되는 거잖아."

"그런 셈이지……."

"두 분은 어떤 사이죠?"

불쑥 레비가 물었는데 마우로도 관심 깊은 눈빛이었다.

"제 남자친구예요, 아주 오래된."

의식적이다 싶을 만치 분명한 수명의 대답에 마우로는 슬쩍 실망하는 기색을 비쳤고 레비는 미소를 머금으며 고개를 끄덕였다.

수명이 두 사람과 안부를 주고받은 뒤 마우로와 작품에 대한 이야기를 나누는 동안 명수는 멀뚱히 사방을 두리번거리기나 해야 했다. 문득 맞은편 자리에 눈길이 닿는데 레비가 여전히 미소를 머금은 채 자신을 지켜보고 있었다. 명수는 영어가 익숙하면 무슨 말이라도 나눌 수 있겠는데 그렇지 못한 사정이라 멋쩍은 웃음을 지어보이고 얼른 눈길을 돌렸다.

한 시간 가까이 이야기를 나눈 수명이 레비를 돌아보며 물었다.

"레비는 시칠리아에 어떻게 온 거예요?"

"미스 한을 보러 왔겠죠."

마우로의 대답에 수명은 어깨를 으쓱해 보였다.

"고맙기는 한데, 그때 여자 친구는 잘 지내죠?"

"두 사람 지난해에 결혼했어요."

이번에도 대답은 마우로가 했고 레비는 어깨를 으쓱 올렸다 내렸다.

"어머, 늦었지만 축하해요. 알았으면 선물이라도 보냈을 텐데."

"고맙습니다."

여자친구, 결혼, 축하, 선물 등의 단어로 대충 사정을 짐작한 명수도 레비에게 웃음을 지어 축하의 뜻을 보였다.

"그런데 에이전트는 언제 오시죠?"

"뭐, 곧……."

수명의 물음에 대답하며 마우로는 레비를 향해 웃음을 지어 보였다.

"남자친구와 같이 오셨으니 마우로 작업실의 숙소로 옮기지는 않을 거고, 어차피 작품을 보기에도 시간이 마땅치 않으니 내일 오전에 움직이죠. 나는 두 분이 작품을 보는 동안 여기 미스터 김하고 가까운 에리체 관광이나 하겠습니다."

“제 친구는 영어에 익숙하지 않아서 저하고 같이 다녀야 하는데요.”

“나 한국말 해요.”

레비의 한국말에 명수는 눈이 번쩍 뜨였고 수명은 황당한 표정이 되었다.

“지난번 서울에서 한국말 안 썼잖아요?”

“마우로가 주빈이었고 모두 영어로 말하는데 굳이 한국말 할 필요가 없었잖아요, 물어보지도 않았고요.”

“그럼 한국계세요?”

“내 뜻과 상관없이.”

반감이 노골적이었다. 명수와 수명은 단번에 입양을 짐작할 수 있었다.

6시경 마우로가 데려간 팔레르모 시내 레스토랑에서의 저녁 식사는 10시가 가까워서야 끝났다. 수명은 밀가루의 글루텐을 잘 소화하지 못하는 체질이었는데 대부분 음식에 각종 야채와 해산물이 풍성해 불편하지 않았다. 술은 샴페인에서 화이트와인과 레드와인으로 이어졌고, 서울 전시회 때의 이야기를 시작으로 시칠리아의 역사와 문화 이야기 등으로 유쾌한 대화는 끊어지지 않았다. 수명이 명수에게 통역하는 동안 마우로와 레비는 또 저들만의 대화로 유쾌했고, 영화 ‘대부’와 마피아 이야기에서는 흉내를 내는 마우로의 과한 액션에 모두가 폭소를 터트렸다.

택시에서 내리자 조금 비틀거리는 수명을 명수가 부축해 호텔방으로 돌아왔다.

"취한 것 같은데 얼른 씻고 자."

의자에 앉히며 말하는 명수의 목을 수명이 두 팔을 벌려 끌어안았다.

"괜찮아. 이야기도 할 수 있고 키스도 할 수 있어."

"무슨 할 말 있어?"

"응."

수명이 대답하며 안았던 팔을 풀자 명수는 맞은편 의자에 앉았다.

"말해."

수명은 정색을 했다.

"에이전트가 도착해야 결정 날 일이기는 하지만 우선은 레비의 도움이라도 끌어내야겠어."

"무슨?"

"지난번 서울 전시회 때도 같이 왔었는데 이번에도 미국에서 시칠리아까지 날아왔잖아. 둘이 특별히 친한 사이 같은데, 나는 내일 마우로를 설득할 테니까 너는 레비와 관광하면서 말 좀 잘해 봐."

"그래. 그런데 내가 말한다고 무슨 효과가 있을까?"

"일부러 너하고 관광까지 가자는 게 무슨 할 말이 있는 게 아닌가 싶어."

"초면에 무슨. 그런데, 그래서 나 데려온 거야?"

"아니, 너 진짜 보디가드야. 벌써 그 임무는 끝난 것 같지만."

"무슨 소리야?"

명수의 눈이 동그래지자 수명은 씁쓸한 웃음을 지었다.

"사실 마우로가 내게 자기 작업실 이층을 숙소로 내주겠다고 초청했어, 경치가 아주 좋다며. 그런데 아까 널 남자친구라고 소개하니까 실망하는 눈치였어. 기분 나쁠까 봐 통역은 안 해줬는데 레비가 숙소 옮길 일은 없겠다고 못을 박기도 했고."

"아……."

말하는 수명보다 더 민망해진 명수는 얼른 눈길을 허공으로 돌렸다.

"마우로 작품을 구입하기는 해야 하는데 단순한 호의로 받아들여지지가 않았어. 뭐, 성에 대한 저 사람들 관념은 우리와 다르기는 하지만, 어쨌든 이제는 서글프기 싫어."

마지막 여행이 아니었구나, 안도하면서 명수는 말을 돌렸다.

"왜 꼭 그 사람 그림이야?"

"한국에서 어떤 컬렉터가 마우로를 콕 찍어서 요청했어."

"그렇다고 출장까지. 경비도 만만치 않을 텐데."

"마우로 작품, 네가 상상하는 이상으로 비싸. 주목받는 작가거든."

"얼마나 비싸기에?"

"작품에 따라 다르기는 하지만 일단 십억은 넘어. 그중 화랑 커미션은 최소 삼십 퍼센트 이상이고."

명수가 입을 딱 벌리며 놀라워하자 수명은 눈을 동그랗게 뜨며 웃었다.

"런던에서 마우로 전시회가 잡혀 있어. 그래서 좋은 작품 빼내기가 쉽지 않은 사정이야. 그래도 어떻게든 한 점은 반드시 구입해야 하는데 사실 난 두 점을 사고 싶어."

"한 점도 어렵다면서?"

"다른 한 점은 내가 개인적으로 사려는 거야. 나도 이제 내 꿈으로 살아야겠어."

"엄청 큰 수익이 되기는 하겠네."

"수익 때문만은 아니야. 좋은 작품이 있어야 컬렉터들을 잡을 수 있어."

뜻을 이해한 명수는 레비에게 어떻게 무슨 이야기를 해야 할지 벌써 고민이다.

"시칠리아에서 인류가 살기 시작한 건 만 년쯤 되었다고 해요. 그런데 이 섬은 아프리카와 유럽을 잇는 위치라서 고대부터 다른 여러 민족이 점령하고 나라가 바뀌었죠. 그 과정에서 다양한 종교와 문화가 들어와 공존하기도 하고 파괴되기도 했어요. 그래서 종교적으로나 문화적으로 다양한 유적이 있어요. 시칠리아의 주도(州都)인 팔레르모는 말할 것도 없지만 지금 가는 에리체는 해발 칠백 미터쯤 되는 곳에 세워진 도시인데 전체가 중세 분위기예요. 명수 씨에게만 특별히 소개해 주고 싶은 곳도 있고요."

수명을 마우로의 작업실 앞에 내려주고 차를 돌려 명수와 둘이 에리체(Erice)로 출발하면서부터 레비는 혼자서 이야기를 이어갔다. 의외였다.

"에리체라는 곳까지는 얼마나 걸리죠?"

말을 자른 명수의 질문에 레비는 웃음부터 지었다.

"왜, 한 실장 걱정되세요?"

"아니, 뭐 꼭 그런 건……."

"하하, 걱정 마세요. 모두 같이 점심 먹는 걸로 했어요. 마우로가 한 실장에게 관심이 있기는 했지만 이렇게 멋진 남자친구가 있는데 무슨 딴마음을 먹겠어요. 싸움도 잘하죠?"

그야말로 훅 들어오는, 에두르지 않는 화법에 명수도 마음이 편해져 밝게 웃었다.

"나이 들어서 무슨 싸움을요."

"탐정 일 한다고요?"

"우리나라에는 공식적인 탐정 제도는 없지만 비슷한 일이기는 해요."

"얼마나 했어요?"

"군대 제대하고 곧바로 시작했으니 이십 년이 다 되어가는 셈이네요."

"한 실장하고는 어떻게 만났어요?"

"고향 친구예요. 어릴 때부터 이웃에 살며 같은 학교를 다니고, 뭐 그렇게요."

"오래 기다렸네요."

"무슨?"

"눈빛에 다 드러나요, 특히 명수 씨. 어제 저녁 먹으면서도 줄곧 먹을 걸 한 실장 앞에 챙겨주더군요."

그렇게 티가 났었나, 명수는 슬쩍 부끄러웠다.

"아, 그건 한 실장이 밀가루 음식이나 육류를 좋아하지 않아서……."

"하하, 그게 뭐 어때서요, 아주 보기 좋았어요. 가깝고도 먼 것 같은 건 안타까웠지만요. 내가 잘못 본 건 아니죠?"

"허, 뭐……."

"아무튼 한 실장 식성이 그렇다면 앞으로는 해산물 전문 레스토랑으로 안내해야겠네요. 거봐, 마우로는 그것만으로도 자격이 없다니까요. 하하……."

"말 나온 김에 한국식당이 있을까요? 아니면 중국 레스토랑이라도."

"한국 레스토랑은 없는 걸로 알아요. 중국 레스토랑은 알아보면 있을 거예요. 왜, 벌써 익숙한 음식이 생각나요?"

"그런 게 아니라 오늘 저녁 식사는 한 실장이 두 분을 모시고 싶다는데 아무래도 익숙한 쪽이 음식 주문하는 데 나을 것 같아서요."

"한 실장에게 마우로 작품이 꼭 필요하기는 한 모양이네요."

"예. 두 분이 아주 친한 것 같던데 마우로에게 좋은 말씀으로 좀 도와주셨으면 합니다."

"뭐……. 그런데 부모님은 모두 계세요?"

"예, 형님이 고향에서 모시고 삽니다."

"한 실장도 같은가요?"

"아닙니다. 아버님은 일찍 돌아가셨고 어머니는 오빠가 고향에서 모시고 살아요."

"오, 슬픈 일이군요. 그래도 추모할 수 있으니 다행한 일이에요."

"예, 한국에서는 기일마다 제사라는 걸 지내니까요."

"들었어요. 그런데 한국에서도 가족 간에 불행한 일이 많이 일어나더군요, 부모가 자식을 죽이기도 하는."

레비의 말투가 딱딱해지며 표정도 굳어졌다.

"그러게요. 요즘 들어 세상이 점점 메말라지는 것 같아 안타깝습니다."

"요즘 그런 게 아니라 예전부터 그랬던 게 이제 드러나는 것이 아닐까요?"

"아니에요, 예전에는……."

뒤늦게 적의(敵意) 같은 것이 느껴진 명수가 눈을 돌려 보자 레비의 낯빛에 싸늘한 냉소가 감돌았다.

"버리는 건 흔한 일이었잖아요. 입양도 국내보다는 대부분 해외로 보냈고요. 세계 일등이라는 말도 있더군요. 버리는 건 죽이는 것과 다르지 않죠. 미국에서는 음식 차려놓고 제사를 지내지는 않아도 자식을 버리는 일은 별로 없죠."

레비는 간신히 분노를 억제하고 있었고 명수는 부끄러운 마음과 함께 공감이 들기도 했다. 그러나 단순히 자신의 분노를 털어놓으려고 따로 관광을 제의하지는 않았을 것이다. 명수는 훅 지르는 그의 화법이 생각났다.

"입양의 상처가 컸겠습니다."

잠깐 핸들이 흔들리는 것 같았지만 이내 안정을 찾은 레비는 입을 굳게 다물고 앞만 주시했다. 명수도 정면에서 눈길을 돌리지 않은 채 그의 말을 기다렸다.

십여 분을 더 달려 중세풍의 석조건축물 사이로 산을 올라 중턱쯤의 주차장에 이르자 레비는 자동차를 세웠다. 안전벨트를 풀고서도 여전히 핸들을 잡은 채 앞만 주시하던 레비는 깊은 숨을 한 번 몰아쉬고 명수를 돌아봤다.

"잠시 흥분했어요. 이런 이야기를 누구에게도 해 본 적이 없어서 그랬나 봐요."

명수는 어떤 표정을 보여야 할지 몰라 여전히 정면을 향한 채 고개를 끄덕여 보였다.

"괜찮습니다. 어떤 심정일지 겪어보지 않아도 공감합니다."

"내가 뭘 의뢰해도, 아니 부탁해도 될까요?"

"말씀하세요. 가능한 최선을 다하겠습니다."

"사실 몇 년 전 서울에서 열린 마우로 전시회에 제가 같이 갔던 건 나를 버린 사람들을 찾아보기 위해서였어요. 사랑하는 여자친구가 있는데 결혼에 자신이 없었어요. 친구는 아이를 간절히 원하는데 버림받은 내가 아이를 가져도 되는 것인지, 내게도 그런 피가 흐르는 것은 아닌지 의심스러워서요. 그런데 미국에 있는 제 입양기록을 근거로 추적했는데 부산의 한 병원에서 끊어졌어요. 병원이 없어져서요."

"그게 몇 년도 일이죠?"

"76년 겨울이었어요."

태어나 병원에서 버려진 것이라면 명수나 수명과 동갑이다.

"거기까지 추적한 기록은 가지고 있습니까?"

"예, 한 실장에게 부탁하려는 건 아니었고 언제나 여행 가방 속에 넣어

두죠."

"그걸 복사해 주세요. 최선을 다해 찾아보겠습니다."

"약속해 줄 순 없을까요?"

비로소 눈길을 돌리자 레비의 표정이 간절했다.

"찾아서 만나면 뭘 할 겁니까?"

레비는 잠시 눈을 감고 입술을 깨물며 생각에 잠겼다가 대답했다.

"어떤 경우든, 차라리 만나지 않더라도 나쁜 일을 하지는 않을 겁니다."

"좋습니다. 돌아가시지 않았다면 꼭 찾겠다고 약속하죠."

레비는 오랜 숙제라도 푼 것처럼 긴 한숨을 내쉬고 차문을 열었다.

에리체의 고풍스러움은 명수에게 낯설었지만 아름다웠다. 마을의 길바닥은 대부분 세월의 흔적이 역력한 사각형 포석(鋪石)이었고 석조건물들 사이로 겨우 한 사람이 지나갈 만한 좁은 골목도 있었다. 어릴 적 고향에도 비슷한 골목이 있었는데 아주 긴 가뭄이 아니면 언제나 질퍽거렸고 역한 냄새가 가득했던 기억이 문득 떠올랐다. 석조건물들의 아래층 가게들은 저마다의 장식으로 사람들의 눈을 끌었는데 레비가 한 곳의 문을 열고 들어오라는 눈짓을 했다.

"여기가 첫 번째로 소개하고 싶은 곳이에요."

가게 안에는 화려한 여러 가지 원색으로 꽃이며 각종 문양을 그려 넣은 다양한 형태의 도자기들이 진열되어 있었다. 쇼 케이스 안쪽에 서 있던 금빛 블라우스와 갈색 투피스 차림의 기품 있는 여인이 레비를 향해 두 손을 들어 반기는 시늉을 하며 환하게 웃었다. 흰 머리카락이 살짝 비치는 단발의 갈색머리가 옷차림과 잘 어울렸다.

"인사해요. 여기 있는 작품들을 만드는 작가이자 주인이에요."

명수를 소개한 레비는 여자와 가벼운 포옹을 한 뒤 진열장의 작품들을 가리켰다.

"보세요. 모두 두 개씩 세트로 만들어졌죠."

돌아보니 모두 그랬다.

"그러네요."

"여기 세트인 작품을 간절히 사랑하는 사람과 나눠 가지고 있으면 언젠가 함께하게 돼요, 반드시."

명수는 웃으며 고개를 저었다.

"설마, 그냥 이야기겠죠."

"뭐 이를테면 스토리텔링이기는 하죠. 어디나 비슷한 이야기가 있겠지만 이곳 에리체에도 옛날에 간절히 사랑하면서도 헤어져야 하는 연인이 같은 물건을 하나씩 나눠 소중하게 간직했더니 기어이 다시 만나게 되었다는 이야기가 전해졌어요. 그런데 이 작가님이 거기에 착상해서 도자기를 세트로 만들기 시작했는데 정말 사랑이 이루어졌다며 다시 찾아오는 사람들이 하나둘 생긴 뒤부터 믿음이 되었어요. 사랑이란 결국 믿음일 테니까요."

"사랑은 믿음이라는 말이 뒷받침되니까 그럴듯하네요."

진열장을 둘러보던 레비는 직사각형 몸통에 어깨가 둥그스름하고 원형의 주둥이가 달린 꽃병을 가리켰다. 얼핏 서양 어느 신전의 기둥 모양

같기도 했다. 작가라는 주인은 탁월한 선택이라는 듯 엄지손가락을 세워 보이고 꽃병 세트를 꺼내 쇼 케이스 위에 내려놓았다. 연살구색 바탕에 갈색 세로 선을 따라 작은 꽃송이들이 엉켜 올라가는 문양이 앞뒤 면에 그려져 있고, 조금 좁은 다른 두 면에는 열매 같은 문양이 아래위 대칭으로 있다. 레비는 100유로 지폐 몇 장을 대금으로 지급하고 주인이 포장을 하자 명수를 돌아봤다.

"선물로 드릴 테니 하나는 한 실장님 주세요. 그럼 반드시 두 사람 사랑이 이뤄질 겁니다."

명수는 화들짝 손사래를 쳤다.

"아닙니다. 아니, 그럼 계산을 제가 하죠."

레비는 지갑을 꺼내는 명수의 손을 붙잡았다.

"내게 정말 중요한 일을 약속하셨으니 이만한 선물은 오히려 약소합니다. 거절하지 말아주세요."

진심이 담긴 레비의 간곡함에 명수는 손을 뿌리치려는 실랑이를 멈췄다.

"좋아요. 그럼 착수금을 받은 걸로 하죠."

이번에는 레비가 화들짝 손사래를 쳤다.

"무슨 말이에요. 어제 명수 씨 하는 일을 알고 나서 호텔로 픽업하러 가는 길에 은행에 들러 착수금을 준비했어요."

명수는 재킷 안주머니로 가는 레비의 손을 붙잡았다.

"수명과 같이 우리 세 사람은 동갑이에요. 친구의 중요한 일에 돈 받는 거 아니고요. 비즈니스가 되면 약속을 지키지 못하게 될 수도 있어요."

물끄러미 명수의 눈을 들여다보던 레비는 선선히 고개를 끄덕였다.

"친구라니 고마워요. 그럼 다른 걸로 보답할게요."

"보답 같은 거 필요 없다니까 그러네요, 친구끼리. 자, 더 보여줄 곳이 있으면 어서 가요. 우리는 늦잠을 자서 아침 식사 안 했어요. 수명이 배고플 거예요."

포장이 끝난 꽃병을 받아든 레비는 서둘러 앞장섰다.

그리 크지 않은 석성(石城)이 벼랑 끝에 매달린 듯 서 있다. 서쪽과 남쪽으로는 아무 거침없이 탁 트여 얕은 평원 너머로 코발트빛 지중해가 펼쳐진 수평선은 저절로 탄성이 터지며 가슴이 뻥 뚫리게 했다.

"페폴리(Pepoli) 성이에요. 지금은 호텔로 쓰고 있고요. 옛 모습을 그대로 보존하면서 각 객실의 인테리어만 바꾼 거라 고풍스럽고 경관이 일품이죠. 다만 객실 수가 적어서 연중 만실이라 예약이 어렵다는 게 단점이지만 마우로가 이 호텔 사장을 잘 알아요. 내가 부탁하면 어떻게든 비슷한 일정에 객실을 내줄 수 있을 거예요. 한 실장과 결혼하게 되면 내가 허니문 객실로 선사할게요. 그런 보답은 괜찮죠?"

"멋진걸요."

엄지손가락을 치켜세우자 레비는 유쾌한 웃음을 터트리며 명수의 어깨를 두드렸다.

가벼운 점심 식사를 하고 팔레르모 시내를 관광한 네 사람은 6시에 마우로가 찾아 예약한 중국 레스토랑에 모여 앉았다. 수명이 잠깐 호텔에 들렀을 때 들고 나온 종이 쇼핑백을 열자 소주 팩이 가득 들어 있다.

"오, 소주!"

마우로와 레비가 동시에 소리쳤다.

"소주를 가져왔어?"

"서울에서 두 사람이 잘 마시기도 했고 한식이나 중국 음식에는 소주가 나을 것 같아서. 중국술은 향이 너무 진해서 부담스러울 것 같았고."

"한 실장 센스 최고예요. 사실 미국에서는 우리 가끔 한국 레스토랑에 가서 소주 마셨는데 시칠리아에는 없어요."

마우로가 군침 삼키는 시늉까지 하자 수명은 겸연쩍은 표정을 지었다.

"그러니까 에이전트 오면 상의 좀 잘해 주세요."

그 말에 마우로와 레비는 서로를 마주 보며 눈을 찡긋했다.

"마음에 드는 작품은 있어요?"

물은 것은 레비였다.

"마우로 작품은 모두 좋죠. 제 개인적인 감성으로는 검은빛 시리즈 후속이라는 푸른빛 시리즈가 아주 좋았고요."

수명의 대답에 그들 두 사람은 다시 눈빛을 맞췄고 레비가 말했다.

"사실 마우로 에이전트는 나예요. 서울에서 열었던 전시회 때도 마찬가지였고요."

"이메일 주소가 에이전트와는 다르던데요?"

놀라 동그래진 눈으로 수명이 말하자 레비는 머리를 가로저었다.

"업무용 메일과 개인 메일은 당연히 달라야죠. 내가 한 실장에게 준 명함은 개인적인 것이었고요."

수명은 제 손바닥으로 이마를 쳤다.

"그 생각을 못 했네요, 바보같이."

"우리는 업무와 사생활은 철저히 구분해요. 아무튼 푸른빛 시리즈는 런던에서도 기대하고 있는데 마음에 드는 작품을 말하면 런던전시회 끝나고 보내주도록 할게요."

"고마워요, 정말 고마워요!"

펄쩍 뛸 듯이 기뻐한 수명은 다시 조심스럽게 말을 이었다.

"이번 컬렉터와의 거래는 런던전시회 때까지 기다릴 수 있는 여건이 아닌 것 같아요. 혹시 런던에 내놓지 않는 작품이 있으면 먼저 한 점을 줄 수 없을까요?"

레비가 돌아보자 마우로는 어깨를 으쓱하며 두 손을 펼쳐 보였다. 일임하겠다는 뜻이다.

"좋아요, 마침 검은빛 시리즈 작품이 하나 있으니 그렇게 합시다."

레비의 선선한 대답에 감사의 인사를 해놓고도 수명은 잠시 쭈뼛거렸다.

"저…… 전시회 뒤에 주실 푸른빛 시리즈 한 점은 제가 개인적으로 구입하고 싶은데 괜찮을까요?"

"그건 안 돼요."

한 마디로 자르는 대답이 뜻밖이기는 했지만 레비의 눈가에는 웃음기가 묻어 있었다.

"명수 씨를 봐서 내놓겠다고 한 거였어요. 그런데 컬렉터가 따로 있다면 푸른빛 시리즈는 명수 씨를 고객으로 하겠어요. 한 실장은 친구로서 대행만 해줘요."

레비의 말에 수명은 영문을 몰라 눈이 휘둥그레졌지만 마우로는 활짝 웃음을 지었다.

"잘 된 거야?"

"응, 친구로서, 흔쾌하게."

"축하해!"

마우로는 벌떡 자리에서 일어나 레비의 어깨를 덥석 껴안았다.

수명의 통역으로 전해들은 명수는 의미를 알았다.

마침 요리가 나오자 레비는 명수에게 윙크를 해 보이며 수명에게 말했다.

"궁금한 건 나중에 명수 씨한테 듣고 우리 이제 한 실장이 열어주는 파티를 즐겨요. 소주가 그리웠어요, 하하……."

10. 여행

경리 미스 권과 같이 점심을 먹으러 나가려는데 출입문을 열고 사내가 들어섰다. 충남은 상담하려는 의뢰인이려니 생각했다.

"너 혼자서 먹고 와야겠다."

미스 권이 나가며 문을 닫자 충남은 사내에게 응접테이블 소파를 가리켰다.

"앉으세요. 무슨 일이시죠?"

"김명수 씨 계신가요?"

"지금 자리에 없는데 왜 그러시죠?"

사내는 점퍼 안주머니에서 신분증을 꺼내 보였다.

"서울시경 광역수사대 남 형사라고 합니다."

충남은 단번에 용건을 알아챘지만 당황하지 않았다. 이런 방문이 있을 거라 짐작하고 있었다.

"서울에서 명수한테 무슨 일로요?"

"김명수 씨하고는 어떤 사이죠?"

"직원이기도 하고 친구이기도 합니다. 고향에서부터 쭉—."

"그럼 혹시 한수명 씨도 아십니까?"

"수명이요? 잘 알죠. 그런데 그런 걸 왜 묻는 겁니까?"

충남은 일부러 불쾌한 기색을 내비쳤다. 상대의 기색에 남 형사는 제 뒤통수를 긁적였다.

"아, 뭐, 수사 중인 일이 있어서요."

"아무리 수사라 해도 앞뒤 사정도 모르면서 무작정 답해 줄 수는 없고, 명함 한 장 주시죠."

충남이 제 명함을 건네며 말하자 남 형사도 명함을 꺼내 내밀었다. 받은 명함을 들여다본 남 형사가 고개를 갸웃했다.

"로펌 조사원이라니, 뭐죠?"

"아, 우린 일반적으로 말하는 흥신소가 아닙니다. 로펌이 수임한 사건 중에서 외부조사가 필요한 걸 의뢰받아 조사하는, 이를테면 변호사가 고용한 사설탐정이랄까. 하하……. 그런데 무슨 수사를 하는데 명수와 수명이를 묻는 겁니까?"

흥신소라면 구린 구석이 많을 테니 관할 여부를 떠나 경찰이라는 신분만으로도 위압이 될 수 있으리라 여겼는데 로펌과 연결되어 있다면 이야기가 달라진다. 남 형사의 눈빛이 다소 누그러졌다.

"폭력 비슷한 사건을 내사 중인데 두 사람 이름이 거론돼서요."

"서울에서 일어난 일입니까?"

"예."

"수명이가 서울에 있기는 하지만 명수는 대구에서 일을 하는데 어떻게 같이 나왔다는 거죠? 더구나 수명이는 험한 일 하는 사람도 아닌데."

"아, 직접 관련되었다는 것은 아닙니다. 그저 이름이 나오는 정도로……."

"아무튼 명수도 주먹질하고는 거리가 먼 놈입니다. 오해를 했거나 완전 헛다리짚은 겁니다."

남 형사는 은근히 기분이 상했지만 어쩔 수 없는 노릇이었다.

"당장 어떤 의심을 하는 건 아니고 참고 정도입니다. 그런데 지난달 10일에 김명수 씨가 어디서 뭘 했는지 혹시 알 수 있을까요?"

"지난달 10일요? 보자……."

충남은 제 책상 위의 탁상용 달력을 가져와 넘어 간 앞장을 펼쳤다.

"10일에는 아무 일도 없었던 것으로 되어 있는데……."

충남이 뭔가 기억을 더듬는 듯하자 남 형사의 눈빛이 번뜩거렸다. 그러나 충남은 금방 손바닥으로 테이블을 가볍게 내려쳤다.

"맞다! 전전날인 8일에 부산 출장을 갔다 왔으니까 10일에는 사무실에 있었네요, 우리 둘 다."

맥이 빠지는 남 형사의 기색에 충남은 한 마디 더 보탰다.

"맞아요, 점심 먹고 사우나도 갔고요."

"그걸 증명해 줄 사람이 있을까요?"

"뭐요?"

충남은 눈을 부릅뜨며 언성을 높였다.

"나하고 사무실에 있다가 점심 먹고 사우나도 같이 갔는데 무슨 증명이 또 필요하다는 겁니까?"

"아, 그렇기는 합니다만 사무실 분 아닌 사람이 증명해 주면 훨씬 더……."

"보소, 형사님. 요즘 세상에 누가 한 달도 넘은 남의 일을 기억해 증명해 줍니까? 무슨 특별한 일이라도 있었으면 몰라도."

그렇긴 하다. 벽에 부딪힌 셈이었지만 그날 한수명의 반응이 여전히 찜찜한 남 형사는 전화를 생각했다. 아직 발신지나 수신지 조회를 해보지는 않았지만 김명수의 전화가 그날 서울에서 사용되었다면 이야기는 달라질 수 있다.

"혹시 김명수 씨와 통화를 좀 할 수 있을까요?"

충남은 손사래를 치면서 속으로 안도의 숨을 내쉬었다.

"허 참, 하필 이럴 때 오셔가지고. 오늘은 곤란합니다."

"왜 무슨 특별한 일이라도 있는 겁니까?"

"명수 지금 이탈리아 여행 중입니다, 수명이 하고."

"이탈리아요? 무슨 일로?"

"수명이 출장 가는데 따라간 셈이라고 해야죠."

"두 분이 사귀는 사이입니까?"

"뭐 그렇다고 할 수는 있는데 요즘 말로 밀당이 아주 오래됐죠, 허허."

그러면서 충남은 손목시계를 들여다보는 시늉을 했다.

"어차피 지금 그쪽은 새벽이니 당장 통화는 어렵고, 제가 명수 핸드폰 번호를 드릴 테니까 급하면 몇 시간 뒤에 해 보세요."

충남이 태연하게 건네주는 명수 명함 속의 전화번호는 한수명이 그날 전화해서 남 형사도 알고 있는 번호였다.

"참고 정도로 해외여행 중인 분에게 전화까지 할 일은 아닙니다. 필요하면 귀국한 뒤에 통화하죠."

일어서 문을 나가려던 남 형사가 등을 돌리며 지나가는 말처럼 물었다.

"혹시 김명수 씨 다른 전화는 없나요?"

"집에도 따로 전화 둘 필요 없는 세상 아닙니까. 사무실 전화번호는 그 명함에 있고요."

덤덤한 대답에 남 형사는 등 뒤로 문을 닫았다. 충남은 비로소 다리가 후들거리는 것을 느꼈다. 만일의 일을 몰라 그날 명수의 핸드폰을 사무실에 두게 하고 미스 권과 아내가 통화까지 하게 했으니 제대로 먹힐 것이었다. 핸드폰을 꺼내 국제시간을 맞춰보니 이탈리아는 이제 아침 6시에 이르고 있다.

취해서 돌아와 유쾌하게 잠들었다. 제법 과음을 했는데도 숙취의 기운 없이 눈을 뜬 수명은 이미 깨어 있는 명수의 품에 머리를 기댔다.

"어제 레비 말은 뭐야? 네가 고객이라니?"

명수가 레비와의 일을 말해주자 수명은 안쓰러운 한숨을 내쉬었다.

"레비에게 그런 사연이 있었구나, 어쩐지……. 아무튼 명수 너, 내 인생의 보디가드가 되겠다."

"무슨 인생의 보디가드까지나?"

"마우로의 푸른빛 시리즈는 아마 엄청난 주목을 받을 거야. 그런 작품을 가지고 시작하면……. 그런데 병원이 없어졌다면서, 레비 부모 찾아낼 수 있겠어?"

"오래되었다 해도 76년도 일이니 기록이 아주 없지는 않을 거야. 전산화가 되어 있다면 의외로 수월할 수도 있고. 어쩌면 레비도 막힌 것이 아니라 스스로 포기한 건지도 모르겠어."

"그게 무슨 소리야? 애써 찾아나서 놓고 스스로 포기하다니?"

"그리움과 원망이 겹쳐 있을 텐데 막상 코앞에 이르자 두렵지 않았을까? 왠지 그런 느낌이 들었어. 그래서 만나면 뭘 할 거냐고 물었더니 나쁜 일은 하지 않을 거라고 하더군. 아마 먼저 내 입을 통해 이유를 들은 다음에 만날지 어쩔지 마음을 정할 것 같아."

"그럴 수도 있겠다. 그런데 여자친구, 아니 아내가 아이는 가졌대?"

"응, 출산이 멀지 않았대. 그래서 이번에 같이 오지 못한 거고."

"참……, 그런데도 아이를 갖고 싶었을까?"

"상처가 깊으니 한편으로는 더 간절한 마음도 있지 않았겠어?"

명수의 대답에 수명은 손가락으로 명수의 가슴팍에 낙서처럼 뭔가를 쓰면서 한참 동안 말이 없었다.

"오늘 오전에 그림 결정하기로 한 거 기억해?"

"당연히 기억하지."

"그다음에는 뭐 할 거야?"

또 대답이 없던 수명은 한참 만에 엉뚱한 질문을 꺼냈다.

"넌 아이가 있으면 하는 생각 없어?"

명수는 당황하고 황당했다.

"갑자기 뭔 소리야?"

"결혼했으면 아이 있었을 거 아니야."

"그거야 그렇지만……."

"아이 낳아."

"꼭 아이가 있어야 하는 세상도 아닌데 뭐……."

"레비 이야기 듣고 나니 문득 나도 아이가 있으면 싶어. 아니다, 전에도 문득문득 그런 생각이 들었어. 그렇지만 결혼을 해야 하고, 그러면 온전한 내 삶을 살 수 없을 것 같아서 단념하고 말았는데 생각해 보니까 아이 가질 수 있는 시간도 얼마 안 남은 것 같네."

그러면서 내쉬는 한숨이 깊었다. 따스한 온도의 숨결에도 명수는 가슴이 서늘했다.

"레비 일을 듣고서도?"

"그러니까. 나 아닌 다른 사람이 기르면 되잖아."

명수는 말문이 막혔지만 수명은 발딱 고개를 들어 빤히 눈을 맞추며 생글생글 웃음을 지었다.

"너, 내가 아이 낳으면 길러줄래? 누구 아이인지도 묻지 말고? 으음…… 한 20년쯤? 아니다, 예순 살 넘으면 너무 염치없게 되니까 10년이나 15년쯤. 그래 줄 수 있어?"

농담인지 진담인지 헛갈리기는 했지만 명수는 고개를 끄덕였다.

"뭐, 네 아이라면 그래 줄 수 있지."

"좋아, 약속한 거야."

수명은 명수의 한 손을 끌어다 손가락을 걸어 보이고 발딱 일어나 욕실로 향했다. 성큼성큼 거침없는 걸음의 뒷모습을 지켜보며 명수는 멍했다. 그저 생각이겠지만 자신으로서는 상상조차 할 수 없는 엉뚱함이고 발칙함이 아닌가. 그래도 명수는 슬며시 미소 지으며 수명의 아이를 기르는 상상을 해봤다. 누구의 아이든 아버지가 나타나지만 않는다면 나쁘지 않을 것도 같다.

샤워가운 차림으로 욕실을 나온 수명은 약간 들뜬 표정으로 호텔 전화 수화기를 들고 버튼을 눌렀다. 명수는 마우로와 약속을 잡으려나 보다 생각하며 욕실로 들어갔다.

샤워를 마치고 수건으로 몸을 닦는데 수명이 욕실 문을 열고 들어와 핸드폰을 내밀었다.

"충남이 번호 같은데."

"그래?"

명수가 핸드폰을 건네받자 수명은 문을 닫았고 충남의 목소리가 들렸다.

통화를 끝내고 태연한 표정을 지으며 욕실을 나오자 수명도 막 통화를 끝내고 있었다.

"통화가 길었네. 몇 시에 만나기로 했어?"

"마우로와 통화한 거 아니야."

"그럼 어디?"

"항공사. 충남인 이른 시간에 왜?"

"귀국 일정 당긴 거야?"

"무슨 일이냐니까?"

"뭐? 아, 그냥 안부."

"너 나한테 거짓말 못 하는 얼굴이야. 무슨……, 그 일 때문이지?"

아무리 애를 써도 감춰지지 않는 모양이다. 명수는 눈길을 피하며 샤워가운을 벗고 옷을 입었다.

"빨리 말해."

차분하지만 날 선 음성이다. 명수의 입에서 저절로 가는 한숨부터 새나왔다.

"형사가 찾아왔대."

"그날 형사 만나고 내가 곧바로 너한테 전화를 했어, 너무 놀라서 바보같이. 커피숍 창밖에서 봤을 거고, 통화기록을 조회한 거야."

놀라는 기색 없는 담담한 말투였다.

"충남이가 잘 대답했대. 그날 내 핸드폰은 사무실에 두고 서울 가서……."

수명은 명수의 말을 잘랐다.

"뭐든 상관없어. 내가 해결해. 아니, 황 대표가 무슨 짓을 하든 막도록 할 거야. 그렇게 할 수 있어."

그리고 잠깐 눈을 감고 생각한 뒤 다시 이었다.

"어차피 잘됐다. 항공사와 전화 한 통화만 더 하고 우리 아침 먹으러 가자. 배도 고프고, 조식 포함돼 있는데 아깝게 한 번도 안 먹었다. 밥도 있겠지."

무슨 생각인지, 태연하게 웃고 등을 돌려 수화기를 드는 수명에게서 독한 의지가 엿보였다. 두어 번 비슷한 느낌을 받은 적이 있었고, 벼린 칼날 위에 외롭게 서는 것 같아 마음이 아렸지만 피를 흘린 적은 없었다. 명수는 가만히 심호흡을 하고 아랫배에 힘을 주었다. 이번에는 그녀 혼자가 아니라 자신도 함께 서는 셈이다. 무엇이든 의연하게 맞서고 기꺼이 감당할 것이고 두려움 따위도 없다.

닭국물의 쌀죽과 연어, 홍합 넣은 샐러드 한 접시를 깨끗이 비운 수명은 토마토, 감자, 브로콜리, 아스파라거스 등의 익힌 야채와 삶은 계란에 찐 생선까지 한 토막 접시에 담아 와 반 공기쯤 되는 밥을 씩씩하게 먹어치웠다. 요구르트에 이어 오렌지주스 한 잔을 다 마시고, 커피를 한 모금 삼키더니 "내가 너무 먹는 건가?" 혼잣말처럼 내뱉고 멋쩍게 웃었다.

방으로 돌아온 수명은 양치질을 하고 가방을 꾸리기 시작했다. 명수는 레비에게서 받은 꽃병 모양 자기를 꺼내 하나를 내밀었다.

"뭐야?"

"레비가 선물로 준 거야."

도자기를 받아 4면을 꼼꼼히 살펴보는 수명의 얼굴에 밝은 미소가 번졌다.

"아주 예쁘다, 특이하고. 한 쌍이니까 봉오리 큰 꽃 한 송이씩 꽂아서 침대 앞 화장대 양쪽에 놓아두면 무슨 그림 같겠다. 그런데 왜 하나만 줘?"

"누군가와 나눠 가지고 있으면 언젠가 합쳐져 같이 있게 된대."

명수와 눈길을 맞춘 수명은 잠시 말이 없더니 설핏 애잔한 미소를 흘렸다.

"그래, 우리 한번 가지고 있어 보자."

수명이 다시 가방을 싸자 명수도 따라 서둘렀다.

체크아웃을 하고 캐리어를 보관시키고 나자 마우로와 레비가 시간을 맞춘 듯 로비로 들어섰다.

네 사람은 마우로의 작업실로 향했고, 구입할 작품을 고른 수명은 레비와 계약서를 작성했다. 명수는 그동안 작품을 둘러보기도 하고 창밖에 펼쳐진 푸른 지중해에 눈길을 주기도 했지만 머릿속은 충남에게서 들은 형사 일로 꽉 차 있다.

시칠리아 관광에 나설 계획이었던 마우로와 레비는 바로 떠나겠다는 수명의 말에 어리둥절했다. 그러나 수명의 사정을 듣고는 고개를 끄덕였고, 레비는 명수를 향해 엄지손가락을 세워 보였다.

두 사람과 팔레르모공항에서 헤어져 국내선으로 로마 다빈치공항에

도착한 수명은 국제선터미널을 향해 앞장섰다. 비행기 시간이 촉박하도록 예약하지는 않았을 텐데 서두는 느낌이었지만 그럴 수밖에 없는 사정이었으니 명수는 마음이 무거웠다.

"우리 사정이 그렇기는 하지만 계약하고 곧바로 돌아선 게 좀 찜찜하네."

"우리 사정이 뭐, 어떤데?"

고개를 돌려 대꾸하는 수명의 낯빛에는 뜻밖에 아무런 어두운 기색이 없었다.

"그거야……."

"여행하는 거야. 일정대로면 며칠 여유가 있어서 그동안 우리 둘이서 여행하려는 거라고 했더니 그 두 사람도 축하해 줬어. 대신 꼭 시칠리아에 한 번 더 오는 걸로 약속하고."

그제야 명수는 레비가 엄지손가락을 세워 보인 이유를 알았다. 그렇지만 여행이라니, 황당했다. 마치 전투에 나서는 군인이라도 되는 것처럼 씩씩하게 든든히 먹고 서두르더니 느닷없는……. 명수는 아무래도 그 속내를 알 수 없었다. 그럼에도 불안하지만은 않은 것도 이상한 경우다.

수명은 오스트리아항공 카운터 앞에서 걸음을 멈추고 명수를 향해 한 손을 내밀었다.

"……?"

"여권."

"여긴 우리가 타고 온 항공사 아니잖아."

"여행 간다고 했잖아. 비엔나, 오스트리아 빈 갈 거야."

"빈? 거긴 왜?"

"여행이라는데 무슨 왜야. 진작부터 가고 싶었던 곳이야."

언뜻 설레 보이기도 하는 수명의 태도에 명수는 더 묻지 않았다.

비엔나공항에는 어둠이 내리고 있었다. 같은 EU 국가인 이탈리아에서 들어오는 비행기라 국내선처럼 따로 입국수속 없이 공항을 나올 수 있었다. 택시를 타고 호텔에 도착하자 수명은 가방만 들여놓고 밖으로 나섰다. 문밖에서 걸음을 멈춘 수명은 한 손을 내민 채 명수를 바라봤다. 어리둥절한 명수의 표정에 수명은 어깨를 으쓱했다.

"여행인데 손 안 잡아줄 거야?"

명수는 멋쩍은 미소를 흘리며 얼른 내민 손을 잡았다.

"처음이라면서 어디로 가야 하는지는 알아?"

"그래서 시내 중심에 있는 호텔 잡은 거야. 난 아니지만 넌 길눈 밝잖아. 저쪽 화려한 불빛 모여 있는 곳으로 갈 테니까 넌 돌아오는 길 잊지 않게 주변 잘 보면서 걸어."

수명은 빠르지도 느리지도 않은 걸음으로 100여 미터 남짓 떨어진 화려한 불빛들을 향해 걷기 시작했다.

팔레르모에 도착하던 날 손잡았던 느낌과는 또 달랐다. 꿈꾸었던, 나이 들어 함께 산책하며 손을 잡으면 이런 느낌일까? 비슷하지만 뭔가 다를 것 같았다. 생각하면 이만큼 살아오는 동안 몇 번쯤은 손을 잡기도 했을 텐데 또렷한 기억은 없다. 마치 팔레르모에서의 그 시간부터 새로운 무엇이 시작된 것 같다. 손 안의 손에서 전해져 오는 따스한 기운이 너무도 새로웠다. 저쯤 앞의 횡단보도 신호등이 초록으로 바뀌자 수명의 걸음이 빨라졌다. 명수는 그 걸음에 맞췄다.

과연 화려한 빛의 세계가 열리고 있었다. 형형색색 조명들의 빛이 만들어낸 세계인데 낮의 빛이 빚는 세상보다 훨씬 화려하고 아름답게 느껴졌다. 언제나 만나던 밤거리의 빛도 다르지 않게 화려할 텐데 낯선 도시에서 만나는 빛의 새삼스러운 화려함은 그 너머의 아름다움을 실증하는 듯했다. 모두가 저마다의 꿈으로 아름다움을 그리겠지만 이처럼 화려한 빛의 꿈이라면…… 결코 놓아버리지 못한다 해도 수긍할 수밖에 없을 것 같다.

넓고 좁은 길바닥 여기저기에는 에리체처럼 세월의 흔적 가득한 포석이 깔려 거리와 도시의 전통을 과시했고, 나란히 이어진 오래된 석조건물들에는 저마다 손꼽히는 브랜드의 상품을 진열하고 조명 빛을 더한 화려함으로 눈길을 유혹했다. 명수의 눈에는 아슬아슬하기도 한 그 빛의 길을 수명은 들뜬 기색 없이 담담하게 걷고 있다. 언뜻언뜻 눈길을 돌려 주변을 살피기는 했지만 딱히 목적한 바가 있는 것 같지는 않고 동요도 없다. 어디선가 은은한 악기소리가 들려오고, 작은 광장 같은 곳에 한 무리 사람들이 모여 있었다. 수명은 걸음을 서둘렀다.

넓은 통유리 진열장의 화려한 조명을 등지고 목덜미까지 기른 곱슬머리가 잘 어울리는, 빚은 조각 같은 얼굴의 서른 살쯤의 사내가 검은 연미복 차림으로 첼로를 연주하고 있었다. 거리의 악사 앞에는 첼로케이스가 뚜껑이 열린 채 놓여 있고 서너 발자국 떨어져 반원형으로 둘러선 사람들은 그의 독주에 귀를 기울였다. 수명도 그들 사이에 멈춰 서서 연주가 끝날 때까지 미동도 없었다.

한 곡이 끝나자 사람들을 따라 박수를 치느라 잡은 손을 놓은 수명은 첼로케이스에 유로 지폐 한 장을 넣고 돌아와 다시 명수의 손을 잡았다. 악사는 다시 연주를 시작했고 빠른 그의 곡을 따라 수명의 어깨가 가볍게 들썩였다. 무겁던 명수의 마음 한 자락도 저절로 가벼워졌다.

그렇게 두 곡이 더 연주된 뒤 수명은 명수를 돌아봤다.

"우리 오늘은 맥주 마실까?"

"그러고 싶으면."

"슈니첼로, 저녁 겸 안주로."

"그게 뭔데?"

"송아지 고기로 만든 돈가스 같은 거래."

"갑자기 무슨 돈가스?"

"여긴 오스트리아잖아. 비행기 잡지에서 봤는데 그게 대표적이래. 오는 길에 보니까 노천카페 많더라."

"기온이 아직 서늘한데 춥지 않겠어?"

"네가 재킷 벗어줄 거잖아. 그래도 추우면 기대면 될 테고."

명수는 재킷을 벗어 수명의 어깨에 걸쳐주고 다시 손을 잡았다.

"역시 예술의 도시, 음악의 도시다. 연주 꽤 괜찮았어."

"처음인데 첼로 독주가 그렇게 좋은지 몰랐어."

"모차르트와 베토벤이 빈을 무대로 오래 활동했어. 그래서 빈에서 태어나지 않았는데도 모차르트와 베토벤의 도시가 된 거야. 거리의 연미복 악사, 경청하는 청중, 정말 아름답지 않아? 그래서 더욱 화려하고?"

들뜬 표정이었다. 한없이 사랑스러웠다.

슈니첼 몇 조각을 집어먹은 뒤로 수명은 맥주만 홀짝거렸다. 다른 이들에게 쉽게 티를 내보이지는 않았지만 육류보다도 튀긴 음식은 거의 손대지 않는 편이다. 명수는 마음이 쓰여 다른 테이블을 힐끔거려 살폈다.

"사람들 파이 많이 먹는데 하나 시킬까?"

"그건 내일 먹을 거야."

"뭐? 그것도 먹는 날이 따로 있어?"

"응, 기대해 봐."

장난기 묻은 미소가 천연하고 밝았지만 벌써 눈가에는 술기운이 비치고 있었다.

"날도 서늘한데 그만 들어갈까?"

"레비 심정이 어떨까? 그리움이 클까, 원망이 클까?"

뜬금없는 이야기에 명수는 무색했지만 레비의 아픔에는 마음이 쓰였다.

"아직은 원망이 큰 것 같아 보였어."

"꽤 성공한 편인데……. 남자들 마음은 어떤지 모르지만 난 그리움이 더 클 것 같아."

"남자 여자의 문제겠어. 그리움이 깊다 보면 원망이 더 커질 수도 있지. 우선은 찾아 봐야지. 잘살고 있을지, 버리고도 제대로 못 살고 있는 건 아닌지, 그게 두려운 것 같아 보였어."

"왜 버렸는가보다 더?"

"그것도 있겠지. 하지만 어떻게 살고 있느냐는 버린 마음의 현재증명이기도 하고 자신의 존재가치이기도 하지 않을까?"

"현재증명? 존재가치? …… 그럴 수도 있겠지만 복잡하다. 그냥 그리움은 그리움, 원망은 원망, 그러면 만나 부둥켜안기 쉬울 텐데."

"우리는 안 겪어 본 일이니 다 알 수 없지만 레비는 그렇게 보였다는 거야."

"그래, 우린 버림받지 않았지. 그러니까 버려서는 절대 안 되지! 우리 와인 마시자."

또 뜬금없는 소리였다.

"우리가 뭘 버려?"

"그냥 그렇다고. 어서 와인 시켜, 연어샐러드도."

"너 술 오르는 것 같아. 내일 마시고 오늘은 피곤할 텐데 그만 들어가자."

"우리 내일부터 빈 떠날 때까지 술 마시면 안 돼."

"뭐, 그건 또 무슨 소리야? 언제 갈 건데?"

"내일하고 모레, 이틀 밤 더 자고. 비행기도 그렇게 바꿨어."

"출장이라더니 이렇게 마음대로 해도 돼?"

"너 일주일쯤 시간 된다고 했잖아."

"난 괜찮지만 너 화랑."

"마우로 그림 샀잖아. 우리 여행은 출장비 쓰는 것도 아닌데 사흘 시간은 문제될 거 조금도 없어."

추운 것인지 웅크려 어깨를 기대던 수명은 와인을 마시며 다시 활기를 찾았다. 오래된 추억을 더듬기도 하고, 별일 아닌 이야기에 손바닥을 마주치며 깔깔거리다가 명수의 등짝을 아프도록 내려치기도 하고, 아련한 눈빛으로 나이 든 어느 날을 그려보기도 하고……. 편한 마음으로 부산에서 만나 다시 떠나기 전날까지 가질 수 있던 기쁨처럼, 그늘 없이 맑고 환했다.

11. 클림트, <키스>

옷을 다 차려입고 물끄러미 수명의 화장하는 모습을 지켜보던 명수는 등을 돌려 창밖으로 눈길을 돌렸다. 평소보다 훨씬 더 긴 시간이 걸리고 있다. 만나면 대부분 샤워를 한 욕실에서 화장을 하고 나왔다. 두어 번 부산 오피스텔의 탁자 앞에 앉아 화장을 한 적도 있었지만 역시 오래 걸리지는 않았다. 게다가 오늘은 설레는 기색까지 역력하다. 창밖의 날씨도 쾌청하다.

"이거 어때?"

수명의 소리에 고개를 돌리자 흰색과 핑크색 블라우스 두 개를 양손에 나눠 들고 번갈아 목 아래에 받쳐보며 물었다.

"난 다 괜찮은데."

수명은 눈을 흘겼다, 예쁘게.

"성의 없다."

"겉에 뭐 입을 건데?"

"입고 온 검정색 코트뿐이야."

"아래는?"

"스판 바지. 아, 속상해. 빈에 올 줄 알았으면 원피스라도 한 벌 가져오는 건데."

빈이 수명에게 무슨 특별한 의미가 있는 것인지 그저 하는 소리는 아닌 듯싶었다.

"나가서 원피스든 투피스든 한 벌 사자."

"뭐?"

즉흥적인 구매는 질색하는 그녀답게 눈을 매섭게 흘겼지만 금세 애교 띤 웃음을 지었다.

"네가 사 줄 거야?"

"응."

"정말? 아주 비쌀 수 있어."

"괜찮아. 지난달 결제하고 카드 쓴 거 없어서 한도 넉넉해. 충남이가 유로도 좀 챙겨줬고."

말이 나온 김에 명수는 캐리어에 넣어두었던 유로화가 든 봉투를 꺼냈다.

"빈 여행비에 보태."

수명은 잠깐 망설였지만 이내 고개를 끄덕이며 봉투를 받았다.

"그래, 우리 첫 여행인데. 이제 나가자."

"벌써? 아직 10시도 안 됐는데?"

"나 신나. 얼른 나가."

친구이면서 연인이 아니라 진짜 연인이나 부부가 된 것 같았다.

방문을 나오면서부터 팔짱을 낀 수명은 호텔 문을 나서자 서늘한 기운에 더욱 바짝 붙어왔다. 슬쩍슬쩍 수명의 가슴이 팔뚝을 스칠 때마다 명수는 가슴이 설렜다.

지난밤 걸어서 조금은 익숙한 길이고 벌써 문을 연 매장들도 간간이 있다. 쇼 윈도우에 디스플레이 된 옷들을 보며 걷던 수명이 걸음을 멈췄다. 짙은 코발트색 바탕에 몇 가지 색깔의 잔잔한 무늬가 든 무릎길이의 원피스가 눈에 든 모양이다. 명수의 눈에는 얼핏 어디서 본 듯했지만 흔한 컬러나 디자인은 아니었다. 한참 동안 미동 없이 원피스를 지켜보던 수명은 마음을 정한 듯 매장 안으로 들어갔다.

피팅룸에서 원피스로 갈아입고 나오는 수명은 흡족한 표정이다. 명수도 환하게 놀라는 표정으로 엄지손가락을 치켜세웠다. 예쁘다. 아니, 아름답다. 특히 이지적인 우아함이 돋보여 수명에게 아주 잘 어울린다.

"오스트리아 귀족 같다. 멋져. 그런데 입고 온 코트가 어울리지 않겠어, 스프링코트로 하나 더 고르자."

수명은 바로 눈을 흘겼다.

"네 재킷 걸치면 될 걸 뭐하게 사!"

"두고 입으면 되지, 코튼데."

"서울에 스프링코트 몇 개 있어. 너……."

수명은 명수를 아래위로 훑어보고 말을 이었다.

"청바지는 있고, 흰색 티셔츠 가져온 거 있어?"

"나? 응. 하나 있어."

"그럼 됐어. 이거 결제해."

다시 옷을 갈아입고 나온 수명은 왔던 길을 되돌아 앞장섰다. 미리 봐두기라도 한 것처럼 남성복 매장으로 들어간 수명은 쇼 윈도우 가까운 곳 행거에 걸린 핑크빛 재킷을 옷걸이에서 벗겼다.

"이거 입어 봐."

핑크색이라니, 명수는 당황했다.

"아까 지나오면서 봐둔 거야."

"야, 핑크색을 어떻게……."

수명은 입술을 삐쭉 내밀었다.

"촌스럽기는, 군소리 말고 빈에서라도 입어. 내가 사 줄 거니까 빨리 사이즈 맞는 거나 찾아."

이런 경우라면 무조건 따라야 했다, 더 토를 달았다가는 어떻게 변할지 모르는 명령이니. 명수는 제 몸에 맞는 사이즈를 골랐고 수명이 지불했다.

호텔로 돌아와 수명은 원피스를 제대로 차려입었고 명수는 청바지에 흰색 셔츠를 입고 사 온 재킷을 걸쳤다. 핑크색이라니, 오글거릴 것 같았는데 막상 거울에 비춰 보니 조금 낯선 정도였다.

로비에서 가져온 빈 시내 지도를 펼친 수명은 호텔과 또 다른 한 곳을 가리키고 명수에게 길을 찾아 앞장서라고 했다. 걸어서 갈 만한 거리였고 길을 찾기도 그리 어렵지 않을 것 같았다.

"벨베데레 궁전이야."

호텔을 나서며 명수가 재킷을 벗어 어깨에 걸쳐주자 수명은 여전히 빠짝 붙어 팔짱을 끼고 산책하듯 사뿐사뿐 걸었다. 도중에 작은 공원이라도 만나면 심호흡으로 흠뻑 공기를 마시는 시늉을 했고, 햇살과 정면으로 마주치면 한 손을 이마에 대고 햇빛을 가리며 명수의 어깨에 머리를 기댔다. 특별하지 않은 이야기를 하지만 너무 진지하게 말해 명수의 온 신경을 붙잡고 있다가도 고풍스러운 건물이라도 나타나면 탄성을 터트리고 화제를 바꿨다. 종잡을 수 없는 이야기는 귓전을 맴돌았고 아스팔트와 포석을 밟는 것이 아니라 솜털 같이 포근한 양탄자 위를 걷는 것 같았다.

오래지 않아 화강석 건물에 붉은빛 지붕을 덮어쓴, 한눈에 궁전임을 알아볼 수 있는 건물이 나타나고 그 뒤로는 드넓은 정원이 보였다.

"여긴 하궁이야. 저 정원 끝에 있는 상궁으로 갈 거야. 전에는 왕가의 궁이었는데 지금은 오스트리아 국립미술관이야."

수명은 여러 차례 와 본 사람처럼 익숙하게 말했다. 그러나 하궁(下宮)과 다르지 않은 화강석 건물에 초록빛 지붕을 덮어쓴 상궁(上宮) 건물이 가까워지자 수명은 입을 다물었다. 진지함을 넘어서 어떤 엄숙함이 배어 있는 표정이기도 했다.

긴 정원을 지나 상궁에 이르자 수명은 팔짱을 풀고 매표소 앞에 줄을 섰다. 명수는 기다리며 건물 배치도를 살피는데 1층은 0층이었고, 2층은

1층으로 표기되어 있다. 표를 사 온 수명은 입구에 들어서자 주변을 살피거나 머뭇거리지 않고 곧바로 1층으로 오르는 계단을 밟았다. 오랫동안 이곳에 오기를 꿈꾸며 많은 자료를 읽어 머릿속에 담아둔 것이리라. 명수는 잠자코 수명의 뒤를 따랐다.

1층은 여러 개의 방이 줄지어 있었는데 사방 흰색 벽면에는 모두 제각각 크기의 그림이 진열되어 있었다. 대부분 어디에선가 본 눈에 익숙한 작품들이었고 공간 군데군데에는 단을 세워 진열한 조각품도 있었다. 수명은 그 어느 것에도 눈길을 주지 않고 분명한 목적지를 찾는 것처럼 곧장 걸었다. 세 개의 방을 지나 네 번째 방 앞에 이르자 멈춰 서 잠시 숨을 고르더니 천천히, 신중하게 들어섰다.

"아, 〈키스〉……."

명수는 저도 모르게 낮은 탄성을 터트렸다. 수명이 걸음을 멈추고 정면으로 마주 보고 선 그곳에는 구스타프 클림트의 〈키스〉가 검은색 벽에 붙박인 듯 있었다.

클림트는 1862년 빈 변두리 마을에서 태어났다. 아버지는 석공이며 금세공업자로 낮은 신분에 살림은 쪼들렸다. 그래도 자식의 재주를 알아보고 클림트와 그 동생을 오늘날 응용미술대학의 전신인 빈공예학교에 진학하도록 지원했다. 운이 따른 것인지 클림트는 20대 중반에 빈 시내를 감아 도는 '환상(環狀)도로'변에 새로 들어서는 부르크 극장 계단실 천장화를 맡아 엄청난 호평을 받았고, 프란츠 요제프 황제는 예술가 최고의 영예인 황금공로십자훈장을 수여했다. 그러나 영광에는 시비도 따르게 마련이다.

1894년, 클림트는 교육부로부터 새로 지은 빈 대학 강당의 벽화를 의뢰받았다. 학문을 우화적으로 표현해달라는 주문이었고 <철학> <법학> <의학>을 맡게 되었다. 클림트는 그 「철학의 알레고리」 중 먼저 <철학>을 그렸다. 여러 나신(裸身)이 뒤엉켜 우주에 떠 있는 것 같은 그림이었다. 교육부가 제시한 주제는 '어둠(무지)에 대한 빛(이성)의 승리'였는데 빛과 어둠은 없고 괴기스럽기까지 한 나신의 그림이었으니 격렬한 비난이 이는 것은 당연한 것인지도 몰랐다. 그러나 그것은 시류에 영합하지 않고 새로운 표현 형태를 추구하려는 클림트의 도전이었다. 유년에서 노년까지 다양한 연령의 나신들이 사랑·쾌락·출산·고통·노동…… 등 인간존재의 고통을 그리고 있었던 것이다. 갑론을박 속에서도 클림트는 나신을 소재로 <의학>과 <법학>도 그렸다. 의미심장한 사실은 갖은 비난을 받은 <철학>이 1900년 4월, 파리 만국박람회에서 그랑프리를 수상했다는 것이다.

클림트는 「철학의 알레고리」에서도 그랬지만 관능적인 여인을 소재로 많은 작품을 그렸다. 당연히 그의 아틀리에에는 많은 누드모델이 있었고 클림트의 지시에 따라 나신으로 뒤엉켜 포즈를 취하며 벌거벗은 채로 돌아다녔다. 여러 모델들이 그와 몸을 섞었고 자식을 낳았다. 모델뿐이 아니다. 창녀부터 귀족 부인까지, 심지어는 자신의 빨래를 해주는 세탁소의 어린 처녀까지 품어 자식을 낳게 했다. 그야말로 난봉꾼이었고 세간의 비난에서 자유로울 수 없었다. 그럼에도 클림트는 56년의 삶을 살면서 한 번도 결혼은 하지 않았다.

에로스의 본능에 따라 여체를 탐닉한 자유분방함이 클림트 예술혼의 동력이었을까. 그가 남긴 작품들을 보면 고개를 끄덕일 수밖에 없는 면도 있다. 그렇지만 그에게는 스물아홉 살 무렵에 만나 마지막 눈을 감는 순간까지 곁을 지켜준 여인이 있었다. 에밀리 플뢰게.

그녀의 아버지 헤르만 플뢰게는 파이프 공장을 경영하는 중산층 사업가로 클림트 아버지와 친한 사이이기도 했다. 그의 큰딸 폴린은 의상실을 경영했고 다른 두 딸도 그곳에서 일했다. 그들 중 둘째인 헬레네가 클림트의 동생 에른스트와 결혼하며 두 집안은 사돈이 되었다. 그때 에밀리의 나이 열일곱 살이었으니 클림트와는 열두 살 차이였다. 당시 전성기의 명성을 누리던 클림트는 그녀를 만나던 해 〈열일곱 살의 에밀리 플뢰게〉라는 초상화를 그렸다. 장식이 박힌 머리핀을 한 흰색 블라우스 차림의 상반신 그림이었다. 새치름하고 날카로운 인상이기는 하지만 앳된 소녀의 모습이 생생했다.

클림트는 에밀리를 평생 네 번 그렸다. 세 번의 초상화와 동생 에른스트와 함께 그린 〈로텐부르크 야외무대의 광대〉다. 두 사람이 아터 호수에서 놀이를 즐기는 사진도 전해진다. 그들이 데이트를 즐기던 빈 거리의 카페는 오늘도 여전히 명성과 함께 성황을 누리고 있다. 두 사람의 연애는 공공연했던 셈인데 왜 결혼은 하지 않은 것일까. 난봉꾼이라 할 수 있는 자유분방함 때문에? 모를 일이다. 결정판은 클림트의 마지막이다.

1918년 1월 18일 아침. 아틀리에에서 요한나를 모델로 그림을 그리던 클림트는 갑자기 바닥에 쓰러졌다. 힘겹게 한 말은 "에밀리를 불러 줘." 였다. 언니의 의상실에서 연락을 받은 에밀리는 허겁지겁 아틀리에로 달려갔다. 앞서 와 있던 의사는 뇌졸중으로 진단했다. 에밀리는 클림트를 의상실로 옮겨 정성껏 간호했다. 클림트는 며칠 뒤 혼수상태에서 깨어났지만 흉하게 돌아간 입으로 아무런 말도 하지 못했다. 에밀리는 붓을 쥐어주려 했고 클림트는 잡으려 안간힘을 썼지만 끝내 소용이 없었다. 18일 뒤인 2월 6일, 클림트는 그녀의 품에서 눈을 감았고 에밀리는 유언 집행인이 되었다. 27년을 곁에 머물렀던 사랑이 떠난 다음에 그 배우자의 지위가 된 것이고 거부하지도 않았다.

〈키스〉는 흔히 클림트의 대표작으로 거론되고 모델은 에밀리로 알려졌다. 그러나 화가도 모델도 분명히 거론한 바 없으니 영원한 미스터리이기도 하다. 가로 세로 180센티미터 크기의 〈키스〉는 클림트의 황금빛 미술 작품 중에서도 가장 화려하다. 두 연인 모두 한 팔을 서로의 목덜미에 둘렀고, 여자의 왼쪽 어깨와 목 사이에 걸친 남자의 손등을 여자의 다른 손이 잡은 모습은 그대로 절절한 사랑의 키스를 나누는 장면이다. 그렇지만 남자의 옷에 그려진 무늬는 흑백의 네모이고 여자 옷의 무늬는 형형색색의 원형이다. 황금빛 소용돌이무늬도 여성의 것은 중심을 향하고 남성의 것은 밖을 향한다. 서로의 다른 길이나 운명을 상징하는 것일까. 만개한 꽃밭 위에 무릎을 꿇은 여자와 온몸을 숙여 키스하는 남자의 자세는 간절하면서도 한편 위태하다. 여자의 등 뒤쪽은 마치 벼랑처럼 아무것도 없는 허공 같아서다. 이들 두 사람이 입술을 떼고 서로의 팔을 풀면 어떻게 되는 것일까……. 찰나의 사랑, 그 사랑 끝의 나락……. 그래서 사랑의 순간은 절절함만큼 화려한 황금빛이 되는 것일까. 황금은 변하지 않는 영원의 상징인데…….

벌써 한 시간도 넘었을 텐데 수명은 여전히 붙박인 듯 미동조차 없이 〈키스〉를 향한 채였다. 명수는 슬며시 수명의 눈빛을 살폈다. 고요한 것 같지만 여차하면 금방 눈물이라도 쏟을 것처럼 비장해 보이기도 했다. 이미 〈진주귀걸이 소녀〉가 아니라 〈키스〉가 좋다고 말한 적도 있으니 그 원화를 보는 감동이 크기는 하겠지만 그래도 비장함은 낯설었다. 수명에게 저처럼 간절한 사랑이 있기라도 한 것일까 생각해 봤지만 그런 것 같지도 않다. 있다면 오직 저 황금같이 빛나고 화려한 꿈이나 될까…….

한순간 수명이 휘청하며 쓰러질 듯 명수에게 기대왔다. 놀란 명수는 재빨리 양손으로 수명의 등을 껴안아 부축했다.

"괜찮아?"

대답 대신 수명은 양팔로 명수의 목을 감아 당겨 입술을 맞추고 키스를 해왔다. 명수는 당황했지만 그 입술과 혀를 받았다. 주변의 관람객들이 힐끔거리기는 했지만 흔한 일이라는 듯 이내 무심히 고개를 돌렸다.

맞붙은 둘의 뺨 사이로 촉촉한 물기가 느껴졌다. 수명의 눈물이다. 명수는 말을 할 수 없었고 수명은 그대로 키스에 열중했다. 눈물이 멎자 수명은 입술을 붙인 채 잠시 감정을 다스리는 듯했다.

"나 다리가 풀렸었나 봐, 쥐가 난 것 같기도 하고……."

여전히 목을 감은 팔을 풀지 않고 수명이 말했다.

"놀랐겠다. 그런다고 울어."

겸연쩍어 얼버무리는 명수에게 수명은 눈을 흘겼다.

"바보."

팔을 푼 수명은 명수의 한 팔을 잡고 조금 비틀거렸다.

"못 걷겠다. 나 업고 밖으로 나가줘."

"안에 의자들이 있던데, 좀 쉬었다가 다른 작품들 볼 거 아니야?"

"〈키스〉 하나로 충분해. 꽉 찼어."

명수는 수명을 등에 업고 걸음을 옮기며 말했다.

"욕심쟁이인 줄 알았는데 아니네."

"바보. 이게 욕심이야."

명수는 무슨 소리인지 알아듣지 못하고 조심조심 계단을 내려왔다.

궁전을 나와 도로에서도 줄곧 명수의 등에 업혀 있던 수명은 빈 택시를 잡고서야 내려섰다. 택시운전사에게 갈 곳을 말하고 손에 들고 있던 재킷을 건네주며 수명은 장난스럽게 혀를 내밀어 보였다.

"나 업고 걸으니까 춥지는 않지?"

명수는 손수건을 꺼내 이마의 땀을 훔치며 웃어 보였다.

"더운 날도 상관없으니까 언제라도. 그런데 어디 가는 거야?"

"호두케이크로 점심 먹으러."

"오늘 먹겠다던 파이?"

수명은 고개를 끄덕이며 한 손을 옆으로 내밀어 보였다. 손을 잡으라는 시늉이었고 명수는 얼른 잡았다.

지난밤 걸었던 거리쯤이었고 택시가 멈춰 선 곳은 카페 앞이었다.

"여기 카페 데멜은 클림트와 에밀리가 데이트를 즐기던 곳이야. 초콜릿 호두케이크를 좋아해서 클림트가 자주 사줬대."

"그런 것까지 조사했어?"

"너도 내가 좋아하는 거 대부분 알잖아. 그 비슷해."

속 감정을 잘 드러내지 않는 편인데 벌써 며칠 째 스스럼이 없다. 의식적인 것으로 보이기도 했지만 명수는 이제 개의치 않고 기꺼이 받아들이고 있다, 찰나의 사랑이라도 〈키스〉처럼 빛나고 화려하다면 그 찰나로 한평생을 살아야 한다 해도 후회는 없을 테니.

수명이 주문한 초콜릿 호두케이크와 아인슈패너가 나왔다.

"비엔나커피잖아?"

"비슷해. 비엔나에서 시작된 커피라고 그렇게들 말했는데 비엔나에는 비엔나커피가 없어. 아인슈패너가 원래 이름이야."

"어쨌거나. 그런데 초콜릿케이크만 봐도 속이 느글거리는데 커피까지 단 걸 시켰어. 너도 단 거 안 좋아하잖아."

"여긴 빈이고 데멜카페잖아, 에밀리가 좋아했고. 그러니까 특히 넌 다 먹어, 맛있게."

"내가 무슨 에밀리야?"

"어쩌면……, 한수명의 에밀리?"

그러고 나서 한참 동안 깔깔거리며 웃고 난 수명은 천연덕스럽게 클림트와 에밀리의 이야기를 이어갔다.

이른 저녁을 먹었다. 며칠째 기름진 음식이었고 카페에서의 달콤한 커피와 케이크 탓에 명수는 와인이나 맥주를 한잔 하고 싶었지만 수명은 눈을 흘기며 손사래를 쳤다. 식성이나 술에는 관대한 편이었는데 완강한 태도가 이상하기는 했지만 명수는 순순히 따랐다.

산책 겸 느린 걸음으로 유서 깊은 거리를 걷다가 해가 떨어진 뒤에야 호텔로 돌아왔지만 아직 초저녁이다.

"우리 물 받아서 몸 좀 담그자."

명수는 잠깐 멀뚱하게 수명을 바라보다가 고개를 끄덕이고 욕실로 들어가 욕조에 물을 받았다.

아주 없는 경우는 아니었다. 명수가 부산에 오피스텔을 마련하기 전에는 만나면 여행이라는 명목으로 서울이나 대구를 피해 다른 도시의 호텔이나 모텔에서 함께했다. 아프고 미안했지만 어쩔 수 없었다. 가끔 욕조에 함께 몸을 담그기도 했는데 언제나 술을 마시고 나서였다. 아니, 사랑을 나누는 대부분의 날에 술을 마셨다. 시간이 흘러도 도무지 가시지 않는 어색한 멋쩍음 때문이었으니 사랑을 나누기 위해 술을 마셨던 것인지도 몰랐다. 명수가 서둘러 오피스텔을 마련한 까닭도 그런 난처함을 조금이라도 덜어내기 위해서였고 그 뒤부터 일부러 여행이라는 명목으로 길을 나서지는 않았다. 그렇다고 한 지붕 아래의 익숙한 연인처럼 편하고 자연스러워진 것은 아니었기에 여전히 술의 기운을 빌리기도 하지만 반드시 의지해야 하는 것은 아니었다. 그런데 단 한 모금의 술기운도 없이, 아니 오히려 의식적으로 완강하게 가로막더니…… 난해했다.

어쨌거나 다행히 수명은 편안해 보였다. 마주한 눈빛에는 애정이 배어 있고 흔들리는 기색은 없다. 명수는 그런 수명에 맞춰 미소 지으며 어색한 기색을 드러내지 않으려 애썼다. 서로의 발을 주물러 마사지해주고, 종아리를 매만지고, 손가락으로 물을 튀겨 장난치고…… 발그스름히 뺨이 달아오르고 땀방울이 송골송골 흘러내리자 수명은 돌아앉아 명수의 가슴에 등을 붙여왔다. 명수는 겨드랑이 사이로 팔을 뻗어 살포시 안고서 양손으로 수명의 젖가슴을 부드럽게 애무했다. 아랫배를 쓰다듬고, 허벅지를 어루만지고, 손이 보드라운 음모를 스치자 수명은 고개를 돌려 입술을 맞춰왔다. 깊고 달콤하고 오랜 키스, 촉촉하고 매끄럽고 따스한 손길의 애무……. 숨이 막힐 것 같은 열기에 욕조를 나와 서로의 몸을 마른수건으로 닦아주고, 명수는 수명을 양팔로 안아 들고 침대로 갔다.

수명이 먼저 몸 위로 올라왔다. 입술을 맞추고, 그 입술로 목덜미에서 저 아래까지 애정 담뿍한 사랑의 길을 열었다. 어느 틈에 명수가 몸을 바꿔 올라 제 몸에 난 길처럼 수명의 몸에도 길을 냈다. 더 깊고 더 열렬하고 오랜……, 마침내 사랑의 길에 온 정신이 아득해졌을 때 수명은 당겨 안았고 명수는 기꺼이 몸을 던졌다. 기쁘게, 간절하게, 거침없이……. 격정이 멈춰지고 나서도 서로의 등을 껴안아 빈틈없이 살을 붙인 채 부드러운 손길의 애무를 이어가다가 달콤한 꿈속에 빠져들었다.

누가 먼저인지도 모르게 어렴풋이 꿈에서 벗어나면 목을 감고 등을 안아 입술을 맞추고 키스를 하고 살을 부비고…… 그렇게 잠들고 깨며 밤을 보냈다. 밝은 빛의 기운에 허기가 느껴졌을 때 깊은 키스로 느긋하게 일어나 아침을 먹고 돌아왔다.

"오늘은 뭐 할 거야. 어제 미술관 다시 가서 다른 작품들 볼까?"

별달리 아는 것이 없는 명수가 제안하자 수명은 입술을 삐죽거렸다.

"아니, 오늘은 빈 미술관 갈 거야. 어제 벨베데레 궁전보다는 여기서 가까워."

그리고 어제처럼 지도를 펼쳐 위치를 가리켰다.

어제와 같은 옷차림으로, 어제처럼 팔짱을 끼고 사뿐사뿐 걷는 동안 명수는 연신 지도와 거리를 살펴 방향을 잡았고 오래지 않아 빈 시립 역사박물관에 이르렀다. 입장권을 산 수명은 또 어제처럼 목표한 것이 있는 듯 곧장 2층으로 향하더니 한 곳에서 걸음을 멈췄다. 클림트가 세 번째로 그린 〈에밀리 플뢰게의 초상화〉, 코발트색 바탕에 점, 원, 사각, 소용돌이 등의 기하학적 무늬가 흰색, 은색, 금색, 검은색으로 촘촘히 들어 있는 긴 드레스 차림으로 포즈를 취한. 명수는 어제 사서 오늘도 입고 나온 수명의 원피스를 처음 보았을 때 들었던 익숙한 느낌이 이것이었구나, 생각하며 돌아봤다. 수명은 그럴 줄 알았다는 듯 눈길을 맞추며 웃어 보였다.

"비슷해?"

"응, 어쩐지 어디서 본 것 같다 싶었어."

수명은 그림의 에밀리처럼 왼손을 허리에 갖다 대며 포즈를 취했다.

"어때, 에밀리 같아?"

"네가 훨씬 더 아름다워."

"역시, 안목 훌륭해! 하하하."

유쾌하게 웃은 뒤 수명은 그림에 얽힌 이야기를 들려줬다.

"에밀리는 저 초상화를 마음에 들어 하지 않았대, 심지어 에밀리 엄마는 클림트에게 싫은 소리까지 했고. 그래서 클림트는 그림을 누군가에게 팔고 다시는 에밀리의 초상화를 그리지 않았대. 그렇지만 난 〈키스〉 다음으로 마음에 들어. 저 의상은 당시 여성들 사이에 유행하던 복장이 아니래. 그러니까 클림트는 뭔가 추상적인 요소를 넣어 신비로운 아름다움을 그려내려 한 것 같아. 특히 에밀리 얼굴 뒤쪽의 원형 화환 같은 배경은 일종의 후광인 셈인데 그건 종교화에서 인물의 품위를 강조하는 방법이거든. 가장 마음 깊이 사랑하는 연인에게 바치는, 일종의 경이의 상징……."

그러면서 멋쩍은 표정으로 고개를 갸웃거렸다.

"최고의 찬사이고 헌정(獻呈)인 셈인데 왜 싫어했을까?"

"글쎄……, 나보다 안목이 떨어져서? 하하하."

또 유쾌하게 웃는 모습이 어린 날 어느 때처럼 천진해 보였다.

"어제 내가 이 옷 골랐을 때 네가 밝게 웃으며 오스트리아 귀족 같다고 해줘서 얼마나 좋았는지 몰라."

수명은 어제와는 달리 다른 작품들도 모두 꼼꼼히 돌아보며 명수에게 하나씩 설명했다. 소장품은 하나같이 명작들로 풍성하고 화려했다. 두어 시간 걸려 관람을 마친 수명은 0층의 기념품 매장으로 가더니 캐리어 크기의 〈키스〉 복제 그림 하나를 골랐다.

"살 거야?"

"응, 너한테 선물하려고."

"이거 국내 온라인 마켓에서도 팔아."

"나도 알아. 그래도 언제라도 오스트리아에 오면 사줘야겠다고 마음 먹고 있었어."

"뭐가 다르다고."

"달라. 이건 클림트가 그림을 그린 빈의 기운이 배어 있는 거니까. 〈진주귀걸이 소녀〉 자리에 잘 걸어둬."

농담처럼 말했지만 명수는 수명의 마음을 짐작할 수 있었다. 그녀에게 〈키스〉는 단순한 그림이 아니라 꿈인 것이다, 그것도 아주 간절한. 너무 화려해 먼 곳의 꿈인 것 같아 안타깝기는 하지만 꿈이 있어 행복할 수 있다면 축복하는 마음으로 지켜봐주는 것이 자신이 할 일이라고 명수는 생각했다.

박물관을 나오자 수명은 지도를 펼쳐 또 다른 장소를 가리켰다.

"꽤 멀 것 같은데 택시 타자."

"무슨 약속 있어?"

"뭐?"

"아니면, 어젯밤 생각나서 빨리 호텔 돌아가자는 거야?"

빤히 눈을 들여다보며 생글거리는 모습에 명수는 말문이 막혔다. 수명은 까르르 웃음을 터트렸다.

"내일 로마로 돌아가서 귀국할 거야. 온통 예술과 역사의 도시인데 천천히 걸으면서 즐기자. 다리 아픈 건 들어가 욕조에 물 받아 담그면 풀릴 테고."

"난 벨베데레궁 가서 어제 못 본 작품들 볼 줄 알았지."

"거긴 다음에 와서 보면 돼."

"또 올 거야?"

"그럼, 안 올 거야? 아니면 나 혼자 보내려고, 이 위험한 도시에?"

"위험? 뭐가 위험한데?"

"예술과 낭만에 취하면 여자는 유혹에 약해지는데, 이제 보디가드 하기 싫은가 봐."

명수는 허허 웃고 지도와 거리를 살펴 발걸음을 뗐다.

칼츠 플라츠역 앞에서 길을 건너 오페라극장 앞까지 가서 왕궁 정원을 향해 왼쪽으로 길을 잡았다. 두 블록쯤 떨어진 왕궁 정원 앞 보도를 걷다 보니 정원 안쪽에 동상이 보였다. 수명은 모차르트 동상이라며 들어가 핸드폰을 꺼내 사진을 찍었다. 여행이었다.

정원을 끼고 돌아 번화가에 접어들어 미카엘광장을 찾아가니 앞쪽에 데멜카페가 보였다. 수명이 가려는 곳은 그 옆길이었다.

"저기 앞에 어제 갔던 데멜카페 보이네. 가려는 곳은 어디야?"

"첸트랄카페."

"또 카페?"

"하하, 염려 마. 오늘은 아인슈패너 안 먹어도 돼, 초콜릿케이크도."

"그건 다행이다. 그런데 거긴 또 왜?"

"오스트리아 유명인사 대부분이 단골로 드나들던 카페야, 클림트도."

"거기서도 에밀리를 만난 거야?"

"에밀리뿐 아니라 다른 귀족 여자들도."

"허, 거의 막장이네. 그런데 거길 왜 가려고 해?"

시큰둥한 기색인 명수를 물끄러미 바라보던 수명은 크게 고개를 끄덕였다.

"맞다. 〈키스〉에다가 덤으로 에밀리 세 번째 초상화도 봤는데 난봉 현장까지 갈 건 없겠다. 너 다리 아프고 배고프지?"

"뭐, 조금."

"나는 많이. 한국식당은 없을 것 같고…… 그래, 중국이나 일본 음식점은 분명히 있을 거야. 사람들한테 물어서 찾아가자."

"웬일로 음식을 다 가려?"

"나 아니고 너 때문이야. 또 맥주라도 찾을 거잖아."

"어제부터 갑자기 무슨 금주령이야?"

"오늘까지만 금주해. 난 이제 한동안 금주할 거지만."

별난 일이었다. 술을 즐기는 편은 아니었지만 자리가 되면 와인 반병쯤은 마셨고 상대의 음주에는 별달리 관여하지 않는 수명이었다. 어쨌거나 그녀의 뜻인 데다 중국이나 일본 음식이라면 명수도 술은 필요치 않았다.

12. 폭력의 기미

비행기가 인천공항에 착륙하자 수명이 말했다.

"내 오피스텔에서 좀 쉬다가 저녁 먹고 내려가."

명수는 어리둥절했다. 지금껏 한 번도 없던 일이다. 살고 있는 오피스텔은 알았지만 몇 호인지도 몰랐다. 수명은 제 오피스텔의 문을 열어주지 않아서인지 명수의 대구 원룸에도 발을 들이지 않았다. 이제 마음을 여는 것인가 생각하니 오는 내내 머릿속을 채웠던 형사의 일도 잠시 뒷전이다.

수명은 오피스텔에 이르자 턱짓으로 명수에게 문을 열라는 시늉을 했다.

"네 전화번호 여덟 자리."

미리 계획하지는 않았을 텐데 수명의 오피스텔 도어 록 번호가 자신의 핸드폰 번호였다니, 명수는 얼떨떨하면서도 가슴이 저릿했다.

부산의 오피스텔과 비슷한 평수와 구조다. 출입문 맞은편은 통유리

창이고 그리로 머리를 둔 싱글침대와 트레드밀이 비좁게 놓여 있다. 침대와 싱크대 사이에는 거울 달린 화장대와 클래식한 디자인의 작은 장식장이 있고 반대편 장방형 테이블 위에는 책 몇 권이 놓여 있다. 테이블 쪽 벽에 꼼꼼히 포장된 제법 큰 사이즈의 그림들이 있는데 10여 점은 되어 보인다. 명수는 평창동 오피스텔의 그림이 생각나 쓴맛이 돌았다.

"믹스커피뿐인데 그거라도 줄까? 피곤하면 침대에서 한숨 자든가."

수명은 빈을 떠나 로마를 거쳐 인천까지 오는 내내 비행기에 탑승하면 곧바로 명수의 가슴에 머리를 기대고 잤다.

"괜찮아. 너 비행기에서 참 잘 자더라."

"움직이는 데서는 뭘 못 읽어. 그러니 할 일 없을 때 잠이라도 자둬야지."

"그렇게 잘 자는 것도 재주다. 로마공항에서 요기하고 아무것도 안 먹어서 배고플 텐데 냉장고에 뭐 없어?"

수명은 멋쩍은 웃음을 지으며 어깨를 으쓱해 보였다.

"물밖에 없어. 엄마가 보내준 김치가 있기는 한데 시어서 못 먹을 거야."

"집에서 밥 안 먹어?"

"응, 밖에서 해결해."

"아침은?"

"안 먹었는데 이제는 먹어야 할 것 같아."

명수는 냉장고를 열어 봤다. 정말 생수병과 김치 담긴 플라스틱 통 외에는 아무것도 없다.

"밥솥이나 그릇은 있고?"

"기본적인 거야 있지."

"그럼 마트에서 장 봐 오자. 이제 아침 먹겠다며."

"그럴까? 그러자."

너무 선선한 대답이 낯설었지만 명수는 표 내지 않았다.

문밖을 나서자 수명은 곧바로 팔짱을 끼었고 가까운 마트에서는 카트를 끌었다. 명수는 간편하게 만들어 먹을 수 있는 음식들을 생각하며 이것저것 카트에 담았다.

"인스턴트는 담지 마, 조미료도."

수명의 말에 명수는 웃어 보였다.

"그러고 있어. 기특한 생각이네."

명수가 무를 두 개 담자 수명은 눈이 휘둥그레졌다.

"멸치 육수 만들어서 냉장고에 넣어두면 찌개든 국이든 만들 때 손이 덜 가. 남는 걸로는 김치 시었다니 무생채 만들면 일주일은 두고 먹을 수 있을 거야."

"네가 다 해줄 거지?"

"그래. 맛은 없어도 몇 가지 밑반찬도 만들 테니까 좋아하는 거 말해."

명수는 육수를 끓이며 무생채를 만들었고 호두를 넣어 멸치를 볶았다. 통마늘을 건새우와 같이 볶고 전복을 손질해 장조림도 만들었다. 수명이 잘 만들던 배추된장찜에 쓰도록 마늘 파 등의 양념을 넣어 들기름에 된장도 볶아뒀다. 브로콜리를 씻어 살짝 데쳐두고 2, 3일은 먹을 수 있도록 배춧속과 오이, 양상추를 씻어 냉장고에 정리하고 나니 7시가 넘었다.

"고생했어. 이제 나가서 저녁 먹자. 뭐 먹을래?"

줄곧 지켜보며 서 있던 수명이 명수의 어깨를 도닥거리며 말했다. 명수는 마땅히 떠오르는 것이 없었다.

"더덕밥집 있는데 그거 먹을래? 김치찌개 칼칼하게 하는 집도 있어."

"김치찌개가 좋겠다."

수명은 오피스텔에서 멀지 않은 골목의 오래된 김치찌개 전문점으로 앞장섰다. 찌개를 시키고 계란말이와 같이 소주도 한 병 주문했다.

"한잔하고 열차에서 눈 붙여."

"난 충남이 나오라고 해서 소주 한잔하고 푹 잘 생각이었는데. 잠들어서 대구 지나칠 수도 있고."

"걱정 마. 동대구 도착할 무렵에 내가 전화해서 깨워줄게. 그리고……."

수명은 잠시 망설였고 명수는 까닭을 알았다.

"전화로 깨워주면 마음 놓고 눈 붙일 수 있겠다, 그렇잖아도 졸리기는 한데."

"밤늦은 시간에 충남이 불러낼 일 없어. 말했지만 형사 일은 내가 알아서 할게. 만들어 낸 사람이니까 수습할 힘도 있어, 황 대표."

"그래도……."

수명은 단호하게 말을 잘랐다.

"내 말 들어! 네가 섣불리 나서면 의심을 키울 수 있어. 이미 핸드폰 발신지 조사했을 테고 그날 대구에 있었던 걸로 확인됐으면 그 사람들도 의심을 풀었을 거야."

"알았어. 그래도 무슨 일 있으면 곧바로 알려줘, 모든 각오는 돼 있으니까."

"넌 음식을 참 잘 만들더라. 요리 따로 배운 거야?"

명수의 말은 듣지 못한 척 수명은 천연덕스럽게 생글거렸다.

"요리랄 게 뭐 있어. 같이 다니면서 네가 젓가락 잘 가는 음식 나도 맛보면서 어떻게 만들었을까 생각해 본 정도야. 별맛 없을 테니 기대하지 말고 그냥 먹어."

"너도 집에서 밥 안 해 먹어?"

"대부분 밖에서 먹게 되잖아."

김치찌개가 다 끓자 수명은 숟가락으로 국물을 떠 한 모금 맛보며 탄성을 냈다.

"카— 역시! 특히 외국 갔다 돌아오면 김치찌개 국물이라야 느끼한 맛 씻어내고 개운한 입맛 찾을 수 있어,"

명수도 한 숟가락 맛을 보고 고개를 끄덕였다.

"좋다. 그런데 네 식성이 이런 쪽인 건 몰랐네."

"옛날에 엄마가 김치에 콩나물 넣고 끓여주던 게 가끔 생각나."

"그래 전에 많이 먹었지. 찌개에 들어 있는 돼지고기는 괜찮아?"

수명은 눈을 흘겼다.

"내가 무슨 채식주의자야. 아주 즐기지 않는다는 것뿐이지 회식자리 같은 데서는 삼겹살도 먹어. 특히 이 집은 1인분도 똑같이 냄비로 직접 끓여 먹게 해줘서 가끔 오고."

"그랬구나. 나중에 부산에서 같이 김치찌개 한번 끓여 먹자. 아니다, 김치콩나물국 먹자."

소주잔을 비우고 김치찌개의 돼지고기를 집어먹는 명수를 물끄러미 지켜보던 수명은 슬며시 고개를 돌렸다. 얼핏 눈물이 맺힐 것 같아서였다.

"진짜 한 잔도 안 할 거야?"

명수의 소리에 수명은 고개를 돌리고 눈을 부릅뜨는 시늉을 했다.

"한동안 안 먹겠다는데 자꾸 유혹이야!"

"그래, 안 마시는 게 좋지."

수명은 제 손으로 술을 따르려는 명수의 손에서 병을 빼앗아 잔을 채워줬다.

"넌 음식도 점점 내 입맛으로 변하는 거 같다."

"그래? 뭐, 아무렴 어때."

"충남이 핸드폰 번호 좀 알려줘."

"충남이? 왜?"

"그냥 알아두려고."

명수는 잠깐 의아했지만 번호를 알려주고 술잔을 비웠다.

수명은 기어이 서울역까지 나왔다가 돌아갔고 명수는 충남에게 도착 시간을 알려준 뒤 눈을 붙였다. 핸드폰 진동소리에 눈을 뜨자 차내 방송이 동대구 도착을 알려주고 있었다.

캐리어를 원룸에 갖다 두고 근처 주점에서 명수는 충남과 마주 앉았다. 명수는 들고 나온 항공사 로고가 박힌 비닐 쇼핑봉투부터 충남에게 건네줬다.

"제수씨 화장품하고 아이들 선물이야. 넌 술 한 병이다."

충남은 봉투를 받아 옆자리에 놓아두고 정색을 지었다.

"정말 수명이가 해결한대? 어떻게?"

"황 대표가 벌인 일이니 해결할 힘도 있다고. 형사는 다시 연락 없었어?"

"연락할 일이 없었을 거야. 네 핸드폰 그날 대구에서 통화한 기록을 확인했을 테니까."

"그렇더라도 아주 마음 놓을 수는 없어. 수명이가 형사와 헤어지고 곧바로 나한테 전화한 걸 본 것 같다는데 쉽게 혐의를 거두지는 않을 거야."

"난 그보다 곽이란 놈이 더 신경 쓰인다."

"곽? 왜?"

"좀 알아봤는데 부동산 시행업 하던 놈이라 거칠어. 주변에 부릴 놈들도 많고. 곧 퇴원한다는데……."

"설마 수명이를?"

명수의 낯빛이 벌써 질려서 굳어졌다.

"그놈도 생각이란 게 있을 테니까 그날 일에서부터 찾으려 할 거 아니야."

"어떡하지? 내가 수명이 근처에서 지킬까?"

"침착해. 너하고 수명이 관계 밝혀지는 건 일도 아니야. 그런데 네가 서울에서 수명이 주변에 나타나면 당장 눈에 불을 켤 거야."

"그렇다고 수명이한테 보복할지도 모르는데 그냥 있으라는 거야. 차라리 내가 자수를 하더라도 그것만은 막아야 돼."

"그놈의 자수 소리 좀 쉽게 하지 마!"

충남은 소주잔을 탁자 위에 거칠게 내려놓았다.

수명의 뜻대로 된다고 해도 그것은 광역수사대의 손길을 막는 정도다. 그런데 여차하면 이미 핸드폰 발신지 추적으로 의심을 거두고 있을 형사에게 새로운 의혹으로 긁어 부스럼이 될 수도 있다. 충남은 곽의 사건을 관할하는 경찰서 수사 상황도 신 변호사를 통해 대략은 알아봤다. 그들 역시 이렇다 할 단서가 없는 데다 곽마저 의심할 만한 사정을 털어놓지 않아 난항을 겪다가 슬금슬금 수사를 접는 분위기라고 했다. 처음에는 이렇게 끝날 수 있겠구나 생각했는데 자꾸 곽이 마음에 걸렸다.

부동산업계를 통해 알아본 그는 탐욕스럽고 사나웠다. 부동산개발사업에는 철거와 같은 다수와의 마찰이 자주 따르게 마련인데 그의 처리 방식은 거침없는 폭력이었다. 당연히 그의 주변에는 주먹들이 득실거렸다. 그런 그가 경찰이 객관적인 단서를 찾아내지 못하고 자신이 뭔가를 털어놓아야 한다면, 더욱이 그게 자신의 구린 구석과 관련 있다면 자력으로 해결하려 할 가능성이 크다. 충남은 모골이 송연해 며칠째 골몰하고 있었다.

"아직은 시간이 좀 있으니 기다려 봐. 내가 신 변호사 통해 방법을 찾아볼 테니까. 그보다 넌 이탈리아에서 의뢰받은 일이 있다면서?"

"화가의 에이전트가 한국에서 입양된 사람이었어. 우리하고 동갑인데 그 부모를 찾아달라는 거야."

명수는 충남에게 레비 일을 자세히 말했다.

"병원이 없어졌다고 해도 관계자를 찾는 건 그리 어렵지 않겠는데."

"내 생각도 같아."

"그럼 넌 내일 당장 부산 내려가서 그것부터 알아 봐, 수명이한테도 도움이 되는 일이라며."

"그래야지."

대답은 했지만 명수의 낯빛은 여전히 어두웠다.

"서울 일은 내일 신 변호사와 상의해 볼 테니까 그 뒤에 얘기하자."

충남은 아무래도 수명과 직접 연락해 봐야 할 것 같았다.

아침 일찍 울린 전화의 번호는 뜻밖에도 어제 명수에게 받아 입력해 둔 충남의 것이다.

"여보세요."

"수명이가?"

다짜고짜 반말로 물어오는 상대는 분명 충남일 테지만 수명은 시침을 뗐다.

"누구세요?"

"내 충남이다, 기억하제. 니 번호는 명수 핸드폰에서 진작 따놨는데 이제사 전화해 본다."

역시 명수가 말한 것은 아니다.

"응, 둘이 같이 일한다는 이야기는 들었어."

"내도 니들 둘 사이 모르는 척하고 싶고, 니는 좀 난처하겠지만 아무래도 직접 얘기를 해야 할 것 같다. 괘안켔나?"

수명은 대답하지 못했다.

"전화로 하기는 좀 그렇다. 니 오늘 화랑에 나가나?"

"오늘 하루 쉬고 내일부터 나갈 생각이었어."

"그럼 우째, 내가 서울로 갈까?"

"명수는?"

"입양됐다는 사람 부모 알아봐 줘야 하는 거 알제? 오늘 부산 가라 캤다."

"그럼 내가 대구로 갈게. 너 서울 오면 명수가 알 수 있잖아."

"말 안 해도 척 알아채는 거 보니까 우리 친구 맞네. 표 끊고 도착시간 문자로 찍어라, 내 역으로 나갈게."

"그렇게 할게."

수명은 왠지 마음이 놓이는 느낌이었다.

역시 충남이 먼저 알아봤고 수명도 금세 충남의 어릴 때 모습을 찾아볼 수 있었다. 다소 왜소했던 것으로 기억하는데 완전히 근육질의 사내로 변했다. 폭발적인 인기를 누렸던 한 드라마의 주인공과 비슷한 부대에서 장기간 근무했다더니 아직도 군인 같은 면이 엿보여 수명은 풀썩 웃음을 흘렸다.

"와 웃노?"

앞서 걷던 충남이 투박한 고향의 억양으로 물었다.

"학교 다닐 때하고 많이 달라졌다, 걸음걸이도 씩씩하고."

"하하, 내 제대한 지 오래됐는데도 여태 군기가 남아 있다 카더라. 니는 억수로 이뻐졌다."

"왜, 전에는 아니었나 봐?"

"아이다, 그때도 이뻤다. 그란데 이제는 촌티는 싹 사라지고 완전 세련되가 모델 같다. 역시 여자들한테는 서울 물이 최고고 그래가 마카 화려한 도시로 갈라 카는갑다. 아, 참, 니 점심 안 묵었제?"

"아니야, 늦은 아침 먹고 곧바로 열차 탔어. 어디 조용한 찻집으로 가자."

충남은 역 앞 백화점 모퉁이의 횡단보도를 건너 한적한 길가의 조용한 찻집으로 들어갔다. 차를 주문하고 온 충남은 의자에 앉았지만 무슨 말부터 꺼내야 할지 머뭇거렸다. 그 모습에 수명은 먼저 말을 꺼냈다.

"우리 사이 알았다면서 그동안 나 본 적 없었어?"

"명수가 많이 조심했다, 혹시 나한테라도 네가 가볍게 보일까 봐. 그래서 최근까지 네 이야기는커녕 아는 척도 안 했어. 그러니 먼발치에서라도 볼 엄두를 낼 수 있었겠나."

"그랬구나……."

수명의 가라앉는 기색에 충남은 화제를 돌렸다.

"그보다, 네가 광수대 일 막겠다고 했다던데 가능한 거야?"

"응, 막을 수 있어."

"그건 그렇더라도 문제는 여전히 있어."

"문제? 무슨?"

"문제라기보다는 걱정되는 일인데……."

충남은 어제 명수와 했던 곽의 일을 말했다. 수명도 낯빛이 어두워졌다.

"너무 겁부터 먹지는 마. 어떻게든 대책을 세워보려면 너와 같이 머리를 맞대야 할 것 같았어. 그래서 명수한테 말 안 하고 전화한 거야."

"잘했어. 그렇지만 그 사람이 나한테 섣불리 해코지는 못 할 거야. 명수만 드러나지 않는다면 내 쪽이라고 단정 지을 근거는 없잖아. 당분간 내가 명수 안 만날게."

"그렇게 쉽게 생각할 일이 아니야. 곽 정도면 어디서 협조를 얻든 알아낼 수 있어. 당장 통화내역 조회만 해도 어느 정도 짐작할 수 있는 일이잖아, 형사처럼."

"그렇겠네……, 그럼 어떡하지?"

"내 생각으로는 먼저 네가 잘 대처해야 해."

"어떻게?"

"평소처럼 행동해, 아무것도 모르는 것처럼 명수도 만나고."

"내 쪽에서는 명수와의 사이 아는 사람 없어. 그게 더 이상하게 보일 거야."

"그러니까 평소처럼. 어차피 알게 될 텐데 굳이 안 만난다면 그것도 이상한 일이잖아."

"그러다가 다짜고짜 명수를……, 깡패에게 시킬 수도 있을 텐데."

수명은 진저리를 쳤다.

충남은 명수를 향한 수명의 마음을 알 수 있어 그동안의 찜찜함을 떨쳐낼 수 있었다.

"걱정하지 마. 어떤 경우든 먼저 명수에게 실토를 받아야 너한테도 무슨 마음이든 먹을 수 있을 거야. 난 그런 일이 벌어지면 그놈들을 잡아서 실토를 받고 곽에게 쳐들어갈 생각이야, 여차하면 박살을 내고. 명수가 그랬다는 증거는 경찰도 찾지 못했으니까 당당하게 나서면 끝낼 수 있어. 혹시 의심이 남았더라도 그런 놈들은 상대가 강하면 더 쉽게 포기하는 법이거든."

"깡패들이면?"

충남은 어깨를 으쓱해 보이며 웃음을 지었다.

"우리 둘이면 어지간한 깡패 대여섯은 너끈히 감당할 수 있어. 나 대한민국 특전사 출신이야. 명수도 한때 그 억센 부산 부둣가에서 주먹 좀 써

봤고. 게다가 우린 로펌 조사원이잖아. 뒤에 로펌이 있다는 뜻이니까 길게 물고 늘어지지는 못해. 네 카드는 혹시 필요하면 그때 쓰자."

"어떻게?"

"당당하게 큰소리치는 거지. 내 남자친구에게 이런 일이 벌어졌다. 뒤늦게 들으니까 형사도 찾아왔다더라. 도대체 무슨 일이 있었는지 밝혀라. 아니면 광수대 남 형사 찾아가서 따지겠다. 그렇게 되면 너희 대표가 청탁했던 광수대장을 물고 들어가서라도 정리할 거야."

"그러니까 다치기 전에 지금 미리 하면 되잖아."

충남은 혀를 찼다.

"형사가 곽에게 먼저 찾아가서 명수는 범인이 아니니까 건들지 마라, 뭐 그렇게 말하라고?"

듣고 보니 또 그랬다. 하지만 수명은 여전히 마음이 놓이지 않았다. 그 눈치에 충남이 덧붙였다.

"명수는 네 걱정 때문에 반대할 거야. 그래서 너만 알고 태연히 하라는 거야. 할 수 있겠어?"

"난 할 수 있어. 그런데 정말 명수 지켜줄 수 있어?"

"우리 둘이는 항상 붙어 있는 거나 마찬가지니까 걱정 안 해도 되는데 너희 둘이 있을 때가 마음이 안 놓여. 만날 때 미리 알려주면 내가 근처에서 지켜볼게."

"서울에도 올 수 있어?"

충남은 잠시 생각하다가 고개를 저었다.

"우리가 서울까지 갈 일은 별로 없어. 명수는 널 만나는 거지만 나는 둘러댈 게 없어. 혹시 서울에서 만날 때는 낮에는 몰라도 밤에는 집 아니면 번화한 곳에 있어. 그러면 명수가 대처할 수 있을 거야."

수명은 여전히 불안했지만 고개를 끄덕였다. 충남은 다른 몇 가지 말로 수명의 마음을 다독여 준 뒤 심각한 눈빛을 풀고 싱거운 웃음을 지었다.

"너거 둘이 고등학교 때부터 심상치 않아 보였는데 이름부터 운명이었던갑다, 그자. 명수, 수명이. 아들이 중학교 때까지 놀려 묵었지, 아마?"

"그러게. 그때마다 너희 참 미웠는데. 아, 아까 너 명수가 주먹을 썼다고 했지? 무슨 소리야?"

수명은 새삼스레 동그랗게 눈을 떴다.

"니 몰랐더나? 명수가 와 대학교 안 갔는지는 아나?"

"그건 나도 궁금했어. 공부도 꽤 잘했는데 왜 안 갔던 거야?"

"내 이런 말 한 거 명수가 알면 날 죽일라 할 긴데……."

충남이 주저하자 수명은 눈빛으로 재촉했다.

"내도 나중에 명수가 술에 취해가 횡설수설하는 거 듣고 대충 알았는데, 니 미대 원서 내는 거 보고 멋들어지게 뒷바라지하겠다고 대학 포기하고 부산 간 모양이더라……."

충남의 이야기는 수명으로서는 알 수 없었다. 처음에는 어이없고 어깨가 무거워지는 부담에 화가 치밀었지만 어느 날 불쑥 나타나 조심스럽게 주변을 맴돌고, 어정쩡한 만남 속의 기약 없는 기다림에도 도무지 흔들리는 기미조차 없던 그 마음이 그때부터 시작되었다는 사실에 가슴이 먹먹했다.

철부지 여고생이 불쑥 낯선 부산의 영도다리 아래로 데려가 했던 그 몇 마디를 평생 가슴에 담고 있었다니. 말은 없어도 얼마나 깊은 사랑인지는 짐작할 수 있었지만 청춘이 막 시작되는 그때부터 한 여자를, 그것도 이기적인 마음조차 감추지 않는 자신을 위해 모든 것을 건 삶이었다는 것은 정말 몰랐다.

"그란데 너거 부산에 무슨 사연 있나?"

"사연? 그건 무슨 소리야?"

"오피스텔을 굳이 부산에다가, 그것도 영도다리 보이는 곳으로 찾아서 샀다 아이가. 요새도 여기 대구 수성구 아파트 사가 세라도 놓으면 괜찮을 끼라고 암만 말해 봐야 들은 척도 않는다. 그래가 너거들 둘이 부산에 무신 사연이 있는 긴가 했지."

수명의 볼을 타고 눈물이 흘러내렸다.

"어지간하면 고마 결혼하지. 내보다 훨씬 똑똑한 니들이니 뭔 생각들이 있겠지만서도 옆에서 보는 내는 고마 안타깝다."

"명수 마음 나도 모르지 않아. 그렇지만 지금 함께하면 오래 가지 못할 거야. 내가 못되고 나빠."

수명의 자책에 충남은 당황해 황급히 손사래를 쳤다.

"아니다, 그런 소리 하지 마라. 지금 이대로도 명수 행복한 것 같더라, 나는 모르는 척할 테니까 이대로라도 잘 지내라. 아마 너희 둘 사이 어떻게 되면 명수……."

충남은 말을 맺지 않았고 수명은 눈물을 훔쳤다.

"나한테 아무 말 하지 않은 걸로 해줘."

"내가 부탁할 일이다. 이렇게 나설 일 아니었는데 예전 친구라는 생각에 그만 너무 주절거렸다."

"우리 예전 친구 맞잖아. 지금도 친구니까 전화하고, 만난 거고."

"그렇게 생각해줘서 고맙다."

"그런데 넌 왜 말이 오락가락해, 표준말 썼다가 사투리 썼다가."

충남은 멋쩍은 듯 머리를 긁적이며 웅얼거렸다.

"예전 친구인 척이라도 해야 네가 편할 것 같아서 사투리 써 봤다."

"앞으로는 하지 마. 너 사투리 억양 이상해."

"그래? 군대에서 사투리 너무 강하면 이질감 생길까 봐 조심했더니 고마 그래 된 기가, 하하하!"

충남은 과장된 너털웃음으로 얼버무렸다.

13. 수사 종결

42년이라는 세월의 벽이 실감났다. 산부인과의원 원장의 인적사항은 확인했지만 5년 전 향년 88세의 나이로 세상을 떠나고 없었다. 명수는 당시 의원에서 일했던 보다 젊은 간호사 두 사람의 인적사항을 알아낸 것을 성과로 돌아와야 했다. 다시 경찰에 협조를 요청하자 다행히 두 사람은 아직 생존한 것으로 나왔다. 제각각 주소가 달라 명수는 먼저 가까운 울산에 주소지를 둔 간호사를 찾아갔다. 74살의 나이였지만 정신은 맑아 보였다.

"아이고, 그 오래전 일을 내가 우에 기억하겠노."

여인은 단박에 머리부터 가로저었다.

"그 무렵에는 조산소에서 출산하는 사람들이 많았다고 들었는데 의원에도 산모들이 많았을까요?"

"아이다, 부산이 어데 깡촌도 아이고. 알라 받지 않는 날이 거의 없었다."

"그래도 의원이면 입원보증 같은 것도 받고 했을 텐데 영아 유기는 드물지 않았을까 싶은데요?"

"입원보증이라 캐 봐야 병원비 못 받을까 봐 받는 긴데 미리 돈 내면 신분증 확인할 일도 없었다."

"고아원 기록으로는 크리스마스가 얼마 안 남은 때였는데 한번 잘 생각해 봐 주세요."

"크리스마스?"

그러더니 여인은 고개를 갸웃거리며 한참 기억을 더듬다가 손뼉을 쳤다.

"맞다, 맞다, 성혜!"

"예?"

"성혜라고 간호조무사가 있었다. 크리스마스 무렵에 산모가 알라를 두고 내빼가 파출소에 신고를 안 했나. 그란데 성혜가 신고 받고 온 순경하고 눈이 맞아가 나중에 결혼했다. 가들 부부면 뭐든 쪼매 안 알겠나. 순경이 알라를 고아원에 인계도 했고."

"기관 기록에 성혜라는 간호사 이름은 없던데요."

"간호사가 아이고 조무사였다 카이. 아마 실습을 나왔을 기다. 그래서 없을 기다."

"혹시 그분 연락처는 모르세요?"

"내가 우에 알겠노. 파출소 가보라마. 경찰관인데 와 못 찾겠노."

명수는 곧바로 다시 부산으로 갔고, 관할 경찰서 인사기록을 통해 비슷한 인물로 추정되는 사람의 부인 이름이 성혜인 것을 확인했다. 그는 이미 정년퇴직했고 주민등록지는 서울이었다.

사무실로 돌아오니 충남은 지친 모습으로 널브러져 있었다. 로펌으로부터 민사사건 증인 찾는 일을 의뢰받았지만 일주일째 그림자도 밟지 못하고 있었다.

"미안하다, 나도 손을 보태야 하는데."

"수명이한테 도움이 된다면 그것도 우리 일이다. 빨리 찾아서 레비인가 뭔가 하는 친구 한 푸는 것도 보고 싶고."

"고맙다. 아무튼 내일 서울로 이 사람들 찾아가 봐야겠다."

"간 김에 수명이도 보고 와라."

"수명이 위험해져."

명수는 고개를 가로저었지만 충남은 혀를 차는 시늉을 했다.

"서울에 수명이 만나러 가는 게 아니라 일 때문에 갔다가 만나는 거다. 일부러 부산에서는 만나면서 서울에 가서는 안 만난다면 그게 더 이상한 일이다. 요즘 세상은 언제라도 조사하면 다 알 수 있는 세상이다. 당당하고 자연스럽게 해."

충남의 생각과 계획은 이미 들었지만 수명이 사정이나 계획을 모른다는 것이 마음에 걸렸다.

"알았어. 얼굴이라도 보고 오지."

"그건 너희 둘이 알아서 하고."

보고를 들은 황 대표는 입이 함박만큼 벌어지며 엄지손가락을 세워 보였다.

"수고했어요, 한 실장. 해낼 줄 알았어. 그래, 마우로인가 그 작가는 잘 있어요?"

"런던전시회 준비하느라 바쁘더군요."

"그런데도 선뜻 작품을 내주다니, 고마워라. 지난번 우리 전시회 때도 보니까 그 화가 한 실장 보는 눈길이 은근했어."

그녀가 무슨 생각을 하는지 알 수 있었다. 얼굴에 침이라도 뱉어주고 싶지만 수명은 이미 생각해 둔 것이 있어 못 들은 척 넘겼다.

"그런데 비즈니스 클래스로 다녀오라니까 왜 이코노미를 탔어요?"

출장비 정산서를 들여다보며 황 대표는 깜짝 놀라는 시늉을 했다.

"데려갈 친구가 있었어요. 비즈니스 발권해 줄 형편은 아니어서 저도 이코노미 같이 탄 거예요. 호텔은 추가 비용 안 드는 거라서 같이 썼는데 괜찮죠?"

"응? 아, 물론이지, 그럼. 비행기 티켓도 같이 끊지 않고……."

놀란 모양이었다. 더듬거리며 마음에 없는 소리까지 하고 있었다.

"출장을 개인적인 여행으로 이용한 건 아니에요. 마우로가 끈적대는 눈치여서 보디가드로 가달라고 부탁한 거니까요."

"그럼 남자친구?"

"보디가드였다니까요. 대표님은 제가 다른 사람에게 이용당하는 거 좋으세요?"

"뭐? 아, 아니지, 내가 그럴 리가."

"그러니까요."

당황해 잠깐 허둥거렸지만 황 대표는 금방 표정을 되찾았다.

"뭐하는 사람이야? 언제 한번 소개해요."

"로펌에 나가요."

"그럼 변호사?"

"그랬으면 진작 독립했게요. 그냥 사무원이에요."

"아…… 그런데 어떻게 그동안 감쪽같이……."

"그 친구 서울에는 연고도 없고, 거의 안 와요. 로펌이 대구에 있어서 주로 영남권에서 일하지."

"그래서 한 실장이 자주 지방에 내려간 거구나."

"월요일에 쉬면서 무슨 자주예요. 가끔 만나는 정도예요."

'자주'는 찔러본 것이었고 '가끔'이라는 대답에 황 대표는 하찮아 하는 표정을 드러냈다. 수명은 그러길 바랐다. 하찮게 보여야 경계를 하지 않을 것이고, 그래야 컬렉터들과의 관계를 유지할 수 있다. 황 대표는 마우로 그림을 주문한 사람은 결코 알려주지 않을 것이다. 그래서 수명은 이미 직원들에게 런던전시회를 앞둔 마우로가 작품을 내줘 곧 들어올 것이라고 슬쩍 흘려줬고 상상은 자신의 몫이 아니었다.

퇴직한 경관과 성혜라는 여인은 신림동의 한 아파트에 살고 있었다. 명수의 이야기를 듣고 난 여인이 남편을 돌아보자 그가 나섰다.

"그 일은 내가 집사람과 만나는 계기가 된 일이라 아직도 기억이 생생하지."

파출소에서 영아유기 신고를 받고 의원으로 간 경관은 우선 아이를 관할 고아원에 인계하고 입원 서류에 기재된 산모의 주소지를 찾아 나섰다. 그러나 주소는 엉터리였고 컴퓨터도 없던 시절이라 '최정혜'라는 산모의 인적사항 확인도 불가능했다. 다시 보증인의 주소지를 찾아 서울 변두리 시흥까지 찾아갔다. 다행히 주소지는 실재했지만 주로 인접한 서울 구로와 가리봉동 공단을 직장으로 가정을 꾸린 사람들이 단칸방을 세 들어 사는 집이었다. 기재된 '조인형'이라는 사람은 없었고 비슷한 '조이혁'이라는 이름을 기억하는 사람이 있었지만 그는 이미 입대한 지 1년이 넘었고 그의 가족들도 고향인 전북으로 내려갔다고 했다. 더 추적해 볼까 생각도 했지만 낡은 슬레이트 지붕 아래에서의 고달픈 삶은 들여다보지 않아도 알 수 있었고, 일부러 이름을 달리 기재한 것이라면 설령 핏줄이 있어도 찾거나 반기지 않을 사정일 테니 거기서 중단했다는 것이다.

"동사무소에 주소 이전은 하고 살았던가요?"

"공장을 다니며 7, 8년을 살았다고 들었으니 아마 그랬겠지."

"혹시 주소 같은 건 기억 안 나세요?"

"기억이 남아 있을 리 없지. 그렇지만 요즘은 전산이 잘 돼 있는 데다 조이혁이라는 이름이 흔하지는 않은 편이니까 경찰에 협조를 얻어 봐. 얼핏 대학에 다니다가 입대했다는 말을 들은 것도 같으니 고려해서 비슷한 연령에 3, 4년 폭을 넓혀서 시흥 주소와 전북 본적으로 압축하면 어지간히 좁힐 수 있을 거야."

아내가 간호사가 되어 서울의 대학병원에서 일을 하게 되며 같이 상경해 수사부서에서 정년퇴직했다는 그는 조언을 보탰다.

대구 경찰서의 친한 민원센터 담당자에게 전산조회를 부탁하고 명수는 수명에게 전화를 걸었다.

"어디야?"

수명은 기다리고 있었던 것처럼 물었다.

"서울, 레비 일 때문에 만날 사람이 있어서."

"수고가 많네. 다 끝났으면 같이 저녁 먹자."

"그래, 신림동인데 어디로 갈까?"

"세종문화회관 뒤에 있는 커피숍에서 기다려. 나도 늦지 않게 갈게."

수명이 참 많이 달라졌다고 생각하자 명수는 설핏 기대가 일었다. 시칠리아에서의 첫날밤 입맞춤에서부터 돌아와 수명의 오피스텔까지, 그것은 기다려도 좋다는 허락 같았고 기다려 달라는 말인 것도 같기 때문이다. 그때 느닷없는 영도다리행이 제안이었다면 이제는 약속의 허락인가…….

〈키스〉 앞에서, 〈에밀리 플뢰게의 초상화〉 앞에서 그처럼 빛나는 여인이 또 있을까. 무엇을 꿈꾸는지, 어떤 빛이 되고픈 것인지, 하나하나 들어 말하지 않아도 명수는 알 수 있었다. 그래서 그 눈부신 빛만으로도 한 인생을 걸 만한 연인이고, 그 빛 때문에 가질 수 없고 언제나 함께할 수 없더라도 영원히 기다릴 수 있으니 얼마나 행복한 일인가!

"무슨 생각을 그렇게 해?"

수명의 목소리에 명수는 상념에서 깨어났다.

"일찍 끝났나 보네."

"커피 마셨으면 나가자. 뭐 먹을래, 내가 사줄게."

"너 먹고 싶은 걸로 골라. 내가 사줄게."

"그럼 얼큰한 동탯국 어때?"

"좋네."

식당에 들어가 앉자 수명은 곤이를 추가해 찌개를 주문하며 소주도 한 병 시켰다.

"얼큰한 거 먹으면서 소주 없으면 섭섭할 것 같아 시켰지만 반병만 마시고 집에 가서 와인 마셔."

"아니, 난……."

마음이야 언제라도 그러고 싶지만 조심하는 명수였다.

"오늘 간다는 말은 하지 마. 그럼 나도 다시는 부산 안 갈 거야."

"뭐? 참…… 그럼 그냥 소주 마실게."

"안 돼. 소주보다 와인 향기 남은 입맞춤이 훨씬 달콤해."

명수는 얼른 주변의 눈치를 살폈지만 수명은 입술 틈으로 혀끝을 날름 내보이고는 시침을 뗐다.

"어땠어, 찾을 수 있을 것 같아?"

"고리는 아직 끊어지지 않았는데 장담하기는 일러."

"꼭 찾아야 할 텐데……."

"오늘 만난 사람은 유기된 아기를 고아원에 인계한 경찰관인데 그의 말대로라면 레비 생부는 당시 군에 있었던 것 같아."

"그럼 여자 혼자 저지른 일이라는 거야?"

"그렇게 되는 셈이지."

"맞기는 한 것 같고?"

"레비의 중간 이름이 초라고 했지?"

"응, 씨 에이치 오우."

"생부로 추정되는 사람의 성이 조씨였어, 조이혁. 고아원에서 입원보증인의 성을 입양기록에 남겼다면 양부모가 중간 이름으로 넣은 게 아닐까 싶기도 해."

"그럴 수도 있겠다, 아니면 최씨거나."

"기록상 생모의 성은 최씨였어."

수명의 눈이 호기심으로 반짝거렸다.

"그래? 정말 그렇다면 어떤 사연일까? 버리기는 해도 흔적은 남기겠다……. 다른 건 남기지 않았고?"

"병원 간호조무사 말로는 혼자 들어와 아이를 낳고, 아이 외에는 아무런 흔적도 남기지 않고 사라졌대."

"그런데 어떻게 입원은 받아줬대?"

"병원비를 미리 내서 크게 신경 쓰지 않은 거야. 그때는 집이나 조산원에서 낳는 경우도 많았는데 병원비를 들고 왔으니 유기는 생각도 못 한 거지."

"그럼 부잣집 딸과 가난한 청년?"

"생부가 그 사람이 맞는다면 가난한 집안이기는 해."

"레비 마음 복잡해지겠다."

"그럴 테지. 어쨌거나 두 사람 다 제대로 사는 모습이면 좋겠다."

씁쓸하면서도 안타까움 가득한 명수의 표정에 수명은 마음이 포근해졌다. 누군가를 미워할 줄 모르는 성품, 그 천성을 이용한 것은 아니었지만 명수가 있어 위로받으며 버텨올 수 있었다. 도시의 빛은 화려했지만 언제나 차갑고 날카로웠다. 상처를 입고 피를 흘리는 때도 있었지만 돌아갈 수 있는 곳의 따스함으로 흉터는 남지 않았다.

수명의 오피스텔은 가까웠고 환했다. 어둠이 싫은 것보다 밝은 것이 좋아 해질 시간이면 저절로 켜지도록 집 안 등에 타이머를 달았다고 한다.

"참, 와인 안 사 왔다. 잠깐 나갔다 올게."

명수의 말에 수명은 턱짓으로 냉장고를 가리켰다.

"와인셀러가 없어서 냉장고에 넣어뒀어. 디캔터에 따라서 깨워놓을 테니까 씻고 나와."

"언제 사다둔 거야?"

"너 올 것 같아서 미리 준비해둔 거야. 속옷하고 양말도 사다뒀으니까 입은 건 세탁기에 넣어."

수명은 어제 충남을 만나고 돌아와 사둔 큰 사이즈의 샤워가운을 꺼내 욕실 앞에 두었다.

이상한 일이었다. 낯선 기분은 아니지만 조심스럽고 긴장되고 잠이 들 것 같지 않았는데 눈을 뜨니 늦겨울 아침이 훤했다. 잠을 깨운 달그락거리는 소리의 주인공은 당연히 수명이었고 아침 식사를 준비하고 있었다.

"깼네. 잘 자는 거 보기 좋았어."

꽃무늬의 홈드레스를 입은 수명은 벌써 화장까지 한 얼굴이다.

"너 일어난 것도 몰랐네. 뭐 해?"

"미역국 끓여, 인터넷에서 배워뒀어."

스스로도 익숙하지 않아 수명은 어색한 표정을 지었다.

"나 깨우지."

"아침 먹게 얼른 씻고 나와."

수명은 옷장을 열어 준비해둔 명수의 팬티와 양말을 내밀었다. 명수는 엉거주춤 속옷을 받아들고 욕실로 들어갔다.

미역국과 구운 연어 한 토막, 무생채, 계란프라이와 구운 생김이 놓인 테이블에 마주 앉았다. 수명은 쑥스러워했고 명수도 어색했다.

"네가 차려주는 아침밥상은 아무렇지도 않았는데 내가 차리니까 왜 이렇게 낯설지?"

대답 대신 국물을 한 숟가락 떠 입안에 넣던 명수가 어이없는 표정이 되었다.

"왜?"

"너 이거 양조간장으로 간했지?"

"양조간장? 몰라, 그냥 인터넷에 간장이라고 나와서 넣었는데?"

"간장 이거 하나뿐이야?"

"아니, 다른 것도 하나 있어."

"국간장을 넣어야지. 맛도 안 봤어?"

"응, 너한테 들은 대로 멸치육수로 끓였으면 맛있는 거 아니야?"

명수가 어이없는 웃음을 짓자 수명도 덩달아 웃었다. 덕분에 어색함은 사라졌다.

밥공기를 다 비운 명수는 숟가락을 내려놓으며 시간을 봤다. 9시가 가까웠다.

"설거지 내가 하고 나갈 테니 먼저 출근해."

"화랑 문도 안 열었어. 우리 10시 출근이야."

그때 명수의 핸드폰 진동이 울렸다. 대구 경찰서 민원실의 백 경위였다.

"아, 백 경위."

"야, 찾았다. 동명(同名)이 많지 않은 데다 주소, 본적으로 압축하니 딱 한 사람으로 나왔다. 너 아직 서울이야?"

"응, 지금 내려가려던 참이야."

"그래서 서둘러 전화한 거야. 조이혁 그 사람, 주소가 서울이야, 강남구 도곡동……."

통화가 이어지는 동안 수명은 설거지를 끝내고 출근할 옷차림까지 갖췄다.

"아침부터 무슨 통화가 그렇게 길어?"

“레비 생부로 추정되는 사람 신원이 확인됐어. 조이혁, 서울 도곡동에 산대. 몇 년 전까지 교수를 지냈고.”

“조이혁 교수……?”

수명은 고개를 갸웃거리며 생각을 더듬다가 눈을 크게 떴다.

“예술대학교 미학과 교수님이야!”

“어떻게 알아?”

“직접 강의를 듣지는 않았는데 그분 미학 관련 저서는 많이 읽었어. 아주 저명한 미학 교수님이야.”

“어제는 이름 듣고도 무관심하더니?”

“그러게. 내 주변이라고는 생각조차 안 해서 그랬나 봐. 잠깐, 그 선생님 제자들 몇 알아. 물어보면 연락처 알 수 있을 거야.”

수명이 전화를 하는 동안 명수는 커튼을 열고 우두커니 창밖 건너편 아파트 마당을 내려다보다가 얼굴에 스킨이라도 바를 요량으로 화장대로 갔다. 눈여겨보지 않았는데 화장대 한쪽에 레비가 선물한 시칠리아 꽃병이 놓여 있다. 명수는 수명의 스킨을 조금 덜어 얼굴에 바르면서도 꽃병에서 눈을 떼지 못했다. 수명이 그 모습을 보고 잠깐 전화를 멈췄다.

“거기에 두니 더 예쁘더라, 그 꽃병. 꽃을 꽂을까도 했는데 그대로가 더 좋을 것 같아.”

“그러네, 난 아직 포장 안 풀었어. 부산에 갖다 두려고.”

“잘 간수해, 욕심나면 내가 훔쳐올지도 몰라.”

수명은 몇 번 더 전화를 걸었고 마침내 메모지에 번호를 받아 적었다.

"번호 알아냈어. 통화해서 만나. 난 이제 출근할게."

엘리베이터 앞에서 수명을 배웅하고 돌아온 명수는 조이혁의 전화번호를 눌렀다.

마주 앉은 광수대 이 경감은 떨떠름한 표정이다.

"이제 우리 그 수사 완전히 손 뗐습니다. 그러니까 대장님에게 괜한 오해 살 말씀은 마십시오."

황 대표는 수사 중단 때문에 이 경감을 불러낸 것이 아니었다. 그러나 상대가 뭔가 확신하는 듯하자 생각을 바꿨다.

"그 젊은 형사는 여전하지 않나요?"

"왜, 그 한 실장이 또 무슨 말이라도 한 겁니까?"

"내가 그런 걸 일일이 말해야 하나요?"

다시 들은 이야기는 없지만 상대의 반응에 따라 스스로 털어놓게 하는 방법에는 익숙했다.

"이탈리아에서 언제 돌아온 겁니까?"

'역시!' 황 대표는 속으로 그럼 그렇지 했다.

"며칠 됐어요."

"남 형사가 끈질기다고 말씀드렸지 않습니까. 그렇지만 이제는 정말 끝났습니다. 한 실장 남자친구를 의심했는데 아니었어요. 사건 당일에 대구에 있었던 게 통화 발신지 조회로 확인됐어요. 여지가 없어진 거죠."

"그러게 왜 한 실장을 수사해요, 내가 의심 간다는 소리도 안 했는데."

"그거야 곽 회장 사건에 한 실장 이름이 나왔으니까 혐의를 두지 않을 수 없었죠. 그런데 조사를 해보니 둘은 같은 고향으로 통화도 잦았는데 한 실장 주변에 다른 남자는 없고……. 아무튼 확인이 되었으니 우리도 찜찜한 건 털었습니다. 남 형사 같은 젊은 친구들은 의심이 가는데 수사를 덮는 건 아주 자존심 상해하거든요. 더군다나 그렇게 같이 외국여행까지 가는 걸 보면 보통 사이가 아닌데 여자로서 자기 신변에 무슨 일이 있었다면 남자에게 털어놓을 수 있었겠어요."

위작 사건이나 오피스텔 일에 대해 한 실장이 뭔가 눈치를 챈 것인가 싶어 찜찜하던 터였다. 그런데 갑자기 남자관계를 공연히 드러내는 것이 이상해 이 경감에게 에둘러 조사를 부탁할 계획이었는데 듣고 보니 의심할 건 아닌 것 같다.

"가족같이 신임하는 직원이라도 개인사를 시시콜콜 알려고 드는 건 교양 없는 짓이라 모르는 척했는데 남자는 어때요?"

"로펌의 조사원이라고 하던데 범죄 쪽은 아닌 것 같아요. 그 로펌 대표 변호사가 경찰 출신인데 사람을 허투루 보지 않는다는 정평이 나 있어요. 아마 우리 대장님과도 친한 사이일 겁니다."

마음이 놓였다. 한 실장의 욕망에 비하면 턱도 없이 모자라는 남자 같지만 그 나이에, 더구나 성에 자유로운 요즘 세상에 그만한 이성관계는 얼마든지 있을 수 있는 일이다. 황 대표는 개운한 기분이 되어 자리에서 일어났다.

알아보기 쉽도록 메고 나오겠다던 나비넥타이는 필요도 없이 조이혁은 낯이 익었다. 레비를 닮았다. 아니, 조이혁의 얼굴에서 레비를 읽을 수 있었다. 명수가 한 손을 들며 자리에서 일어서자 그가 다가와 맞은편 의자에 앉았다. 예순일곱이 아니라 쉰일곱 살쯤으로 보였고 피부도 팽팽했다.

"내가 조이혁이오만?"

"전화 드렸던 김명수라고 합니다."

명수가 내민 명함을 들여다본 조이혁은 고개를 갸웃했다.

"나 같은 사람에게 로펌에서 무슨 일로? 더구나 난 대구와는 아무런 연고가 없는데."

"해외로 입양된 사람으로부터 생부모를 찾아달라는 의뢰를 받았습니다."

"입양? 그게 나와 무슨 상관이란 말이오?"

억울하다는 것도 어이없다는 것도 아닌 영문 모르는 정직한 눈빛이었다.

"난 군대를 제대하고 복학한 뒤에 만난 여자와 결혼하고 평생을 사랑하며 산 사람이오. 성악을 하는 사람이라 좀 통통하기는 하지만 단 한 번 바람조차 피워 본 적이 없는데 내게 무슨 다른 아이가 있겠소."

명수는 레비로부터 받아온 입양 당시와 현재의 사진 두 장을 내밀었다.

"의뢰한 사람입니다. 얼굴이 낯익지 않습니까?"

두 장의 사진을 꼼꼼히 들여다보고서도 조이혁의 표정은 아무런 변화가 없었다.

"뭐, 나와 좀 닮은 것 같기는 하네요. 그렇지만 세상엔 비슷하게 닮은 사람들이 있잖아요. 나는 정말 다른 여자와 아이를 둘 만한 관계를 가진 적이 없어요. 허허, 우리 집사람과 딸들이 알면 하늘이 무너지는 기분이겠군."

"자녀분은 따님만 있으신 모양이죠?"

"그렇소. 딸 둘이오. 괜한 헛걸음을 한 것 같은데 난 그만 일어나겠소."

그는 불쾌한 표정이었다. 그렇지만 무엇을 감추기 위한 것은 아닌 듯 보였다.

"혹시 최정혜라는 사람을 모르세요? 입대 전후에 인연이 있었을지도 모르는데."

명수의 말에 조이혁은 주춤하며 잠시 생각을 더듬는 듯 고개를 갸웃거리더니 다시 앉았다.

"최정혜가 아니라 최혜정이라면……."

이름 두 글자를 바꿔놓은 것이다.

"최혜정 씨는 아십니까?"

"내가 어릴 때 살던 집주인의 딸이었소."

고향에서 가난한 소작농으로 살던 조이혁의 아버지는 총명한 큰아들이 초등학교를 졸업하자 그의 미래를 위해 가족을 데리고 무작정 상경했다. 이렇다 할 기술 하나 없는 그가 할 수 있는 일이라고는 막노동뿐이었고 아내도 벌이에 나서 가리봉동에 있는 봉제공장에 취업하며 가까운 시흥에 방 한 칸을 세 얻어 살았다. 집주인에게는 자식이 여럿이었는데 큰 딸이 조이혁보다 두 살 어린 최혜정이었다. 부모는 모두 일을 나가고, 조이혁은 학교에서 돌아오면 단칸방에 틀어박혀 공부만 했지만 아무래도 집주인의 눈치를 볼 수밖에 없는 처지였으니 최혜정이 찾아오면 숙제를 도와주고는 했다. 그렇게 살다가 대학에 들어가자 조이혁은 핑계 삼아 지방에서 온 친구와 같이 학교 근처에 방을 얻어 자취를 하다가 징집영장이 나오자 휴학하고 입대했다. 그가 군대에 있는 동안에 아버지는 공사판에서 몸을 크게 다쳐 가족들을 데리고 귀향했고 최혜정과의 인연도 끝이 났다.

"뭐 인연이랄 것도 없는 사이지. 아, 한 번 부대에 면회를 온 적은 있었소. 아버지가 몸을 다치기 얼마 전이었는데 아마 내가 집으로 보낸 편지로 부대를 찾은 것 같았소. 맹랑한 친구였지. 핑계는 대학에 막 입학했다며 내 덕분이라서 인사차 왔다는데, 거 참……."

멋쩍은 듯 그는 입을 다물며 이미 식은 차로 목을 축였다.

"별일은 없었습니까?"

그의 얼굴에 난처한 기색이 떠올랐다.

"부대는 어디 있었습니까?"

"강원도 고성에서도 좀 더 들어간 전방부대였소."

"서울에서 당일에 다녀가긴 어려웠겠네요. 요즘도 거긴 직접 차를 가져가지 않으면 쉽지 않은데요."

"뭐 그런 편이지. 그래서 하룻밤 같이 보내기는 했소. 그렇지만 그 하룻밤의 일로 아이가 들어서지는 않았을 거고, 만약 그런 일이 있었다면 내게 말을 하지 않았을 리 없잖소."

"그 뒤로는 연락이 없었습니까?"

"한 번 편지가 오기는 했소. 그 무렵 아버지가 다쳐서 병원에 있었는데 퇴원하면 귀향한다기에 나도 냉정하게 답장을 보냈고, 다시 연락이 오지 않았소. 정말 그뿐이오."

"최혜정 씨나 그 집안 소식은 들은 적이 있습니까?"

"복학하고 우연히 길에서 또래의 그 동네 사람을 만난 적이 있었는데 얼핏 듣기로는 집주인이 간경화로 병치레를 해서 집을 팔고 낙향했다는 것 같았소. 다 쓰러져가는 집 한 채 있다고 유세도 등등했고 날마다 술에 절어 살더니 결국……."

안타까운 것이 아니라 비아냥거리는 말투였다.

"그분들 고향은 어디였습니까?"

"그걸 내가 어떻게 알겠소."

"혹시 집주인 이름이나 최혜정 씨가 다니던 대학교는 아십니까?"

"주인 이름은 모르고 혜정인 숭인여대였어요, 국문과였지 아마. 내가 아는 건 그뿐이니 이제 끝냅시다, 약속도 있어서."

조이혁은 거침없이 일어나 커피숍을 나갔다. 하룻밤 인연에 미련 따위야 있을 리 없겠지만 자신과 닮았다는 사람의 사진 앞에서도 그는 절대 그럴 리 없다는 확신에 차 있었다. 명수는 뭔가 씁쓸한 기분이 들었다.

14. 신산한 생의 여인

개인정보보호 강화로 학교의 협조를 얻기가 쉽지 않았다. 결국 경찰서의 공식적인 협조공문을 가지고서야 조회를 할 수 있었는데 이미 전산화되어 있어 금방 최혜정의 학적기록을 볼 수 있었다. 그녀는 1학년 첫 학기를 마치고 휴학했다가 1년 후 다시 복학하여 졸업했다. 임신과 출산으로 인한 휴학인 듯싶었다. 그밖에 가족사항 등의 기록은 전산입력이 되어 있지 않아 그녀의 주민등록번호만 확인할 수 있었다.

"수고했어. 주소는 나왔어?"

서울에서 내려오는 길로 경찰서에 들렀던 명수가 들어서자 충남이 물었다.

"삶이 평탄치 않았던 모양이야. 줄곧 이사를 다녔는데 7년 전부터 삼척에 주소를 두고 있어."

"예순이 넘었으니 정착할 때도 된 거겠지. 아버지 고향은 충청도고 본인은 서울이 주 터전이었는데 삼척이라니 좀 뜻밖이기는 하네."

"출산을 부산에서 한 것도 예사롭지는 않지."

"계속 돌아다녀 힘들 텐데 삼척은 내가 갔다 올까?"

충남은 마음이 쓰이는 기색이지만 명수는 고개를 저었다.

"괜찮아. 아무래도 사정을 잘 아는 내가 가야 설득하거나 대처하기 쉬울 거야."

명수는 곧바로 자동차를 운전해 삼척으로 향했다.

마음이 바빴다. 레비와의 약속이 수명에게 도움이 되는 일이기도 하지만 곽 회장이 마음에 걸렸다. 죄를 짓는다는 것이 이런 것이구나, 새삼스러웠다. 남의 뒤를 캐고 사람을 찾는 일을 해오면서 예상되는 변수를 소홀히 하지 않았다. 그러나 막상 자신의 일이 되자 빈틈이 너무 많았다. 당한 사람이 원인과 상대를 찾으려고 모든 상상을 다할 것은 인지상정이고 수명이 그 첫 번째 대상이 될 것은 당연한 일이었다. 그런데도 대비는커녕 생각조차 못 했으니 죄의 첫 번째 벌은 아둔함인가 싶기도 했다. 그래도 충남은 한발 떨어져 있는 셈이니 뭔가 더 나은 대비책을 생각하고 있을 텐데 아직 말을 하지는 않고 있다. 지금으로서는 충남에게 의지할 수밖에 없기도 하지만 생각할수록 고마운 친구이고 인연이다.

삼척 주소지는 작은 포구 근처의 단층 주택으로 성수기에는 민박을 하는 듯했다. 인기척에도 대답이 없어 이웃을 살펴봤지만 모두 빈집 같다. 자동차 안에서 사람이 오기를 기다리는데 해가 떨어지자 동네 여인들이 무리를 지어 돌아왔다. 주소지의 집으로 들어가는 여인을 따라가 인기척을 내자 여인은 반색했다.

"민박하려고요?"

"아닙니다. 죄송한데 저는 최혜정 씨를 찾아왔는데 혹시 본인이신가요?"

여인은 화들짝 놀라 뒤로 몇 걸음 물러서며 경계의 빛을 드러냈다.

"혜정이는 왜요? 몇 년을 뜸하기에 이제는 끝났나 했더니 또 무슨 일이래요?"

"저는 로펌이라고 변호사 사무실에서 나왔습니다. 미국에 사는 한 젊은 사람이 최혜정 씨를 만나고 싶어 해서요."

"변호사요?"

명함과 명수의 얼굴을 번갈아 보던 여인은 경계의 빛은 풀었지만 고개를 저었다.

"그래 봐야 소용없어요. 주소만 여기에 뒀지 혜정이 사라진 지 벌써 8년인가 됐어요."

여인이 들려준 최혜정의 사연은 참으로 신산했다.

10년 전쯤 늦가을에 달랑 가방 하나를 들고 나타나 민박으로 며칠 묵은 그녀는 혹시 흉한 생각이라도 품은 것이 아닐까 생각한 주인의 염려에 눈물을 쏟으며 먹고 잘 곳이 필요하다는 사정을 털어놓았다. 쉰 살이 넘은 나이이기는 했지만 선한 눈매에 인물도 반듯하고 행동도 바지런해서 남편을 여의고 혼자 사는 처지인 주인은 그녀를 동생 삼아 눌러 살게 했다. 인근에는 포구가 있어 생선 만지는 잡일을 하면 몸은 고되어도 하루벌이로는 괜찮았으니 연중 봄·가을·겨울 세 철은 그 일을 하고, 여름

성수기에는 주로 민박 손님들의 뒤치다꺼리를 했다.

평생을 그 얼굴이 그 얼굴인 사람들로 어울리던 작은 포구 마을에 갑자기 인물 반반한 도회지의 여인이 나타났으니 처음 한동안은 소란이 작지 않았다. 거친 풍랑에 익숙한 사내들은 말도 표현도 거칠었으니 보드라운 손만큼 익숙하지 않았을 텐데 슬기롭게 받아넘겼고, 그 슬기가 다른 여인들에게는 교태로 오해받기도 해 민박집 주인까지 이웃의 따돌림을 받았다. 그러나 최혜정은 사내들의 짓궂거나 끈질긴 유혹에도 틈을 보이지 않으며 마을 여인들에게 살가움을 더해 결국은 이웃이 되었다. 그렇게 두어 해를 지냈을 때 한 중년의 사내가 찾아와 며칠을 묵으며 뭔가를 호소했지만 최혜정은 보인 적 없는 냉정함으로 그를 돌려보내고 비로소 주인에게 자신의 사연을 털어놓았다.

대학을 다녔는데 술에 절어 살던 아버지가 간경화로 병원을 다니면서 그다지 풍족하지도 않던 살림이 쪼그라들어 가족은 모두 고향인 충청도로 귀향했다. 혼자 서울에 남아 자취를 하며 학교생활을 계속했지만 부모는 그녀만을 바라봤다. 딸 다섯과 막내로 아들 하나를 둔 집에서 맏이인 그녀에게는 대학 문을 열어줬으니 졸업하면 가족을 책임지라는 뜻이었다. 선의로만 해석하자면 직장을 잡아 동생들의 학업도 도우라는 뜻이라 하겠지만 그녀가 대학을 졸업하던 해 이미 둘째와 셋째는 고등학교를 졸업하고 고향 소도시에서 직장 생활을 하고 있었다. 결국 속뜻은 인물도 반반하고 대학 졸업장이라는 간판도 있으니 풍족한 집안 남자와 결혼해 아비의 삶을 펴게 하라는 것이었다.

물려받은 논밭을 팔아 서울 변두리 시흥에 방 여럿 딸린 집 한 채를 사 그 월세로 거들먹거리며 살았던 아비였다. 땀 흘려 땅을 일군다는 것은 생각조차 하지 않았겠지만 이미 병이 깊은 몸이었고 여전히 술을 끊지 못했다. 어미 역시 그런 남편 곁에서 평생을 살았으니 자신의 육신을 움직여야 한다는 의지는 조금도 없이 게으르고 굼떴다. 그래도 말은 번지르르해 자식들의 의식과 손발을 얽매어 고등학교를 졸업하면 직장을 구하고 월급을 받으면 내놓게 했으니 모두가 청운의 꿈같은 것은 꾸어본 적조차 없었다.

최혜정은 졸업하고 그렇게 6개월 만에 결혼했다. 상대는 운수업을 하는 집안의 장남이었고 대학은커녕 고등학교마저 싸움박질로 중퇴한 사내였다. 돈은 있어도 갖추지 못한 간판을 아내와 며느리로 보충할 수 있었으니 처음에는 남편과 시부모 모두 살가웠다. 그렇지만 매달 부쳐주는 생활비가 양에 차지 않던 아비는 기어이 병든 몸을 끌고 서울까지 찾아와 마땅찮은 기색이 역력한 사돈과 마주 앉아 술상을 받았고, 취해서는 남편에게 이놈 저놈의 상소리까지 내뱉으며 배은망덕 운운했다. 술이 깨고서는 사위를 앉혀놓고 은근히 목돈을 요구했다.

몇 차례 그런 일이 반복되자 마침내 친정에 보내주라고 내놓던 생활비는 끊어졌고, 아비의 전화 등쌀에 사정을 할 때마다 욕설과 주먹질 발길질이 이어졌다. 결국 남편에게 다른 여자가 생기며 그나마 자식이 생기지 않은 것이 다행이라는 소리를 들으며 쫓겨나듯 7년의 결혼 생활을 끝냈다.

아비와 어미는 자책 따위는 기대하지도 않았지만 위로가 아니라 딸의 어리석음을 질책했다. 처음부터 남자를 잘못 본 것이니 네 탓이라며 이번에는 자신들이 찾아보겠다는 것이었다. 그리고 몇 달 뒤 도청 소재지에서 큰 나이트클럽을 경영한다는 그녀보다 열 살 위의, 이혼을 했고 딸이 있는 남자를 데려왔다. 아비와 어미는 그녀의 집과 가까운 곳의 아파트로 옮겨왔다. 아비의 술 걱정도 사라졌다, 언제라도 사위가 경영하는 나이트클럽으로 가면 웨이터가 룸으로 안내해 술과 여자를 제공했으니.

그녀는 그게 자식의 길, 여자의 길인 줄 알았다. 가끔 기막히고 억울하다는 생각도 들었지만 새엄마에 대한 딸의 어깃장만 아니면 그런대로 평온한 삶이 3년쯤 지속됐다. 어느 해 10월, 텔레비전에 대통령이 나와 '범죄와의 전쟁'을 선포하자 갑자기 집안이 뒤숭숭해졌다. 오래지 않아 남편은 급하게 집을 나가 가끔 전화만 할 뿐 돌아오지 않더니 6개월 만에 경찰에 잡혀 구속되었다는 연락이 왔다. 면회를 가자 누군가를 만나라고 했고, 그는 안면이 있는 남편의 부하였다. 깍듯이 '형수님'이라는 호칭으로 그녀를 대한 부하는 남편이 경영하던 나이트클럽과 몇 군데 모텔의 주인이 되었고 남편의 변호사 비용이며 그녀의 생활비 일체를 감당했다.

변호사는 길어야 7, 8년이라고 했지만 남편은 사형을 구형받고 무기징역이 선고됐다. 뒤늦게 부하는 '범죄단체 수괴'를 벗어나지 못해 그리된 것이라고 했지만 그녀는 '수괴'라는 소리만으로 섬뜩했고 면회실 투명창 너머 남편의 눈을 온전히 마주 볼 수 없었다. 그래도 살을 섞고 산 사람이었으니 옥바라지를 소홀히 할 수는 없었다.

아비는 사위가 감옥에 들어간 뒤에도 나이트클럽을 출입하려 했지만 욕설과 조롱을 받으며 문전박대 당했고, 그 분을 삭이지 못해 또 그녀를 들볶았다. 그러나 어이없게도 아비보다 어미가 먼저 세상을 버렸고, 오래지 않아 아비마저 명줄을 놓으므로 그때서야 그녀를 옥죄었던 자식의 멍에를 벗어 던질 수 있었었다.

남편의 딸은 커 가며 더욱 반항적이었다. 그보다 더한 문제는 부하의 달라진 행동이었다. 당장 생활비 액수가 줄어들었다. 그야말로 생활비일 뿐 남편의 옥바라지를 제대로 할 수 없었다. 남편은 교도소 안에서도 지출이 컸다. 그 안에서 자신이 쓰는 것이 아니라 밖의 사람들에게 갖다 주고 보내주라는 것이었다. 얼핏 출소 후의 재기를 위한 사람 관리라는 것은 알았지만 그녀는 그럴 가능성은 믿지 않았다. 그럼에도 시키는 대로 따랐다. 돈 요청이 간절해지자 결국 부하는 '형수님'이 아니라 이름을 부르며 잠자리를 요구했다. 어리석은 일이고 내키지 않았지만 교도소에 있어도 여전히 남편이었다. 의리 같은 것은 알지도 못했지만 호적으로도 남편이고 그의 딸도 기르고 있으니 어떻게든 따라야 한다는 생각이었다.

더러운 것은 몸뚱이였다. 마흔 살이 가까워지는 여인에게 남자의 들끓는 몸은 기름이 되었고 불길은 점점 거세졌다. 남편의 딸까지 눈치를 챘지만 남편을 위해서라는 명분은 위로가 됐다. 다행히 딸은 면회를 가서도 남편에게 그 일에 대해서는 입을 다물었고 대신 손 벌리는 횟수가 잦아졌고 금액도 커졌다.

자책하면서도 벗어나지 못하는, 열락에 까무러치는 추한 삶은 기어이 그녀를 나락으로 내몰았다. 여자를 정복한 부하는 마침내 남편의 뜻을 따라줄 돈을 내놓지 않았다. 그것이 무엇을 의미하는지 그녀는 전혀 몰랐고 남편은 면회실에서 길길이 뛰었다. 그리고 마침내 생활비까지 줄어들며 더 이상 원하는 돈을 받아낼 수 없다는 것을 알게 된 딸은 남편에게 그녀의 일을 일러바치고 집을 나갔다. 분노한 남편을 다시 면회할 엄두도 나지 않았고 부하도 발길을 끊었다. 얼마 뒤 남편이 출소할 것 같다는 소리가 들려왔고 겁이 난 그녀는 집을 나왔다.

할 줄 아는 일이 없었다. 얼굴을 들고 찾아갈 집도 없었다. 피붙이 자매와 남동생이 있기는 했지만 남편이 구속되고 더는 내어줄 것이 없다는 것을 알게 된 뒤부터 발길을 끊은 지 오래였다. 나이는 이미 마흔 중반을 넘었지만 아직 반반한 얼굴이라 서울의 식당도 술집도 아닌 어정쩡한 곳에 몸을 의탁할 수 있었다. 화려한 네온사인에 기대하거나 삶의 재생을 꿈꾼 것은 아니었다. 다만 사람이 많은 곳이라야 혹시 모를 남편의 눈길을 피할 수 있을 것 같아서였다.

정말 남편은 출소했다. 오래지 않아 어떻게 알았는지 낯선 사내들이 들이닥쳐 그녀를 남편 앞으로 끌고 갔다. 남편은 이를 갈았지만 그녀에게 손을 대지는 않았다. 대신 배신한 부하를 잡아와 발가벗긴 뒤 그녀의 옷을 벗기고 덮치라고 했지만 당연히 하지 못할 일이었다. 그녀의 앞에서 부하는 잔인한 린치를 당하고 다시 일어서지 못할 앉은뱅이가 되어 개처럼 끌려 나갔다.

남편은 재기를 도모했지만 사람들은 빈손인 그를 따르지 않았다. 한

동안 그의 곁을 지키던 사람들도 하나둘 떠나갔다. 남편은 점점 술에 찌들었고 구타를 하지는 않았지만 잠자리는 폭력적인 학대였다. 견딜 수 없어서 도망쳤고 오래지 않아 잡혀 오는 일이 반복되었다. 서울, 인천, 수원……. 그녀는 뒤늦게 휘황한 밤의 세계에서는 남편의 눈길을 벗어날 수 없다는 것을 알았고 한적한 바닷가로 찾아들게 된 것이었다.

"찾아온 사람은 남편이었나요?"

"나도 그런 줄 알았는데 아니래요. 도망치는 생활 중에 만난 남자래요. 남편이었으면 사정이 아니라 끌고 갔겠지요."

그 와중에 또 다른 남자라니, 명수는 어처구니가 없었다.

"그 일로 여길 떠난 겁니까?"

"아니에요. 그 뒤로도 한 반년쯤 더 있었는데 어느 날 우락부락한 사내 둘이 찾아왔더라고요. 다행히 그때 혜정이가 목욕을 가서 동네 다른 아줌마를 시켜 살그머니 알려줬더니 그 길로 사라졌어요. 남편이 보낸 사람들인 모양이었어요."

뭔가 앞뒤가 맞지 않아 명수는 주인의 눈치를 살폈지만 거짓말을 하는 것 같지는 않았다.

"그렇게 사라졌는데 어떻게 그분의 주민등록은 여태껏 여기로 돼 있는 거죠?"

주인은 허탈한 웃음부터 지었다.

"그렇잖아도 그것 때문에 한동안 시달렸어요. 혜정이가 떠나고 몇 달이 지났는데 불쑥 전화가 온 겁니다. 일자리를 구했는데 주민등록증을 잃어버렸다면서 남편이 있는 도시는 도무지 갈 엄두가 나지 않으니 여기로 주소를 옮기도록 허락해달라는 부탁이었어요. 사정도 아는 처지이고 여기 살기도 했으니 그래라 했지요."

"그럼 다시 만났겠네요?"

"예, 주민 등록하러 온다고 연락이 와서 면사무소에서 잠깐 봤어요. 부산에서 고아들 돌보는 일을 하게 됐다고 해서 나이 들어 얼굴 파는 일 안 하는 거 잘된 일이고, 자식도 없는데 그렇게라도 의지하고 위로받으며 잘살라고 했지요."

"부산 어느 고아원인지는 물어보지 않았습니까?"

"물어봤지요. 그런데 말을 안 해주더라고요. 그 마음 모르는 것도 아니라 더 묻지 않았어요."

"그 뒤로는 연락이 오지 않았습니까?"

"가끔 1, 2년에 한 번쯤 전화로 고맙다고, 잘 지낸다고 소식을 주기는 하지만……."

한숨을 내뱉는 주인의 눈가에 눈물이 그렁거렸다.

"찾아오는 사람은 더 없었고요?"

"왜요, 주소 옮기고 나서 곧바로 깡패 같은 놈들이 찾아왔지요. 그렇지만 여기 없고, 내가 모르는데 어쩌겠어요. 그 뒤로도 몇 번 더 찾아오더니 포기했는지 안 찾아온 지 이제 3, 4년 됐어요."

명수는 저절로 한숨이 나왔다. 가엾고 서글픈 인생이기도 했지만 그 넓은 부산에서 어떻게 찾아야 할지 막막했다.

"무슨 그런 인생이 다 있냐. 파란만장이라고 해야 하나, 기구한 팔자라고 해야 하나."

이야기를 다 듣고 난 충남은 제 인생이라도 되는 양 허탈해했다.

"민박집 주인도 연신 눈물을 찔끔거리더라."

"완전 소설이네. 만날 당신 인생 소설 한 권이라고 자탄하는 우리 엄마, 이제 다시는 소설 소리 못 하겠다."

"그런데 친자식이 없다는 건 좀 뜻밖이었어."

"그러게. 하룻밤에 임신한 여자가……, 혹시 우리가 잘못 판단한 거 아닐까?"

"아니야. 조이혁이라는 사람, 책임 의식은 없었지만 거짓말 할 사람은 아니었어. 최혜정이 병원 서류에 이름 비튼 것도 그렇고. 틀림없어."

명수도 잠시 의심했지만 다시 몸을 숨기고 고아들을 돌보는 곳이 하필 부산이라는 점에서 확신했다.

"그런데 왜 하필 아무런 연고도 없는 부산일까?"

"아이를 버린 곳이 부산이잖아."

충남도 고개를 끄덕였지만 다시 고개를 갸웃했다.

"고아들을 돌보는 건 그런 까닭이라 해도 하필 부산까지 와서 아이를 낳은 건?"

명수가 의심을 가졌던 부분이기도 했다.

"아무튼 찾아서 물어보면 알겠지."

"그나저나 부산이 손바닥만 한 것도 아니고, 아무튼 넌 당분간 부산에

상주해야겠다."

"상주할 것 까지는 없지만 아무튼 그래서 걱정이다."

"뭐가?"

"곽, 곧 퇴원한다면서?"

"어제 퇴원했어."

말문이 막힌 듯 두 눈만 동그래진 명수와 달리 충남은 태연했다.

"너무 걱정하지 마. 안테나 하나 꽂아뒀어."

"안테나?"

"강력팀 형사들 좀 구워삶았지. 곽 같은 치가 쓸 수 있는 주먹은 용역하는 놈들일 거야. 형사들이 곽이 개발사업에 동원했던 용역들 파악했고, 그 대가리 한 놈의 목을 움켜쥐었어."

"돈 많이 들었겠다."

"소주로 회식 한 번 한 정도야. 니케 대표가 경찰 출신이라 요즘 아주 협조적이야."

"로펌 너무 파는 거 아니야."

"범죄만 아니면 마음대로 팔아도 좋다고 하더라. 우린 특전사 의리가 있잖아. 네 일 처리 방식도 마음에 들어 하고. 한 가지, 로펌에서 손 내밀 건 아니지만 레비에게 의뢰 받으면서 계약조건 확실히 하지 않은 건 너무 마음이 여린 거 아니냐고 걱정하더라."

"네 생각은?"

"넌 우리 집사람 의뢰도 계약으로 할 거야!"

충남은 터무니없이 큰 소리로 대꾸하고 웃었다.

터진 고환은 적출하고 실리콘 인공물로 대체했지만 욕망이 전처럼 솟구치지는 않았다. 의사의 말로는 테스토스테론이 생성되지 않기 때문인데 수염이나 목소리 같은 남성적 성징에도 영향을 미친다고 했다. 쉽게 말하자면 역사 드라마에서 봤던 옛날 환관과 유사해진다는 것인데 정기적인 의학적 치료를 받으면 남성적 성징도 유지하고, 전과 같지는 않아도 성생활도 어느 정도 가능하다고는 했다. 그렇더라도 환관이라니……! 곽 회장은 생각할수록 울화통이 터지고 이가 갈렸다. 마누라와 자식들에게 너무 창피해 일부러 퇴원을 늦추고 특실에서 빈둥거렸지만 영원히 병실 생활을 할 수도 없고 반드시 보복해야겠다는 생각에 마음을 다잡았다.

한 실장, 분명 그년과 관련이 있다. 평생토록 숱한 계집질을 해왔지만 언제나 넉넉한 대가를 치렀기에 연락만 하면 기다렸다는 듯 달려 나오는 것이 대부분이었다. 설령 그렇지 않은 년이라 해도 원한을 비친 적은 없었다. 특히 그날 와인 바에서 감히 희롱하듯 날을 세운 것은 뒤에 뭔가가 있기에 할 수 있는 짓이었다. 그렇지만 이미 그림으로 소문이 나 있고, 겉과 달리 독한 속이 있는 년이니 죽일 것이 아니라면 무턱대고 끌어다 족칠 수는 없었다. 결국 주변의 사내를 찾아 자백을 받아내는 것이 먼저라는 판단이다.

두어 달 만에 회장이 출근하자 사장과 전무를 비롯한 여러 중역과 비서들이 줄지어 기다리다가 고개를 허리까지 숙였다. 곽 회장은 안부를 묻는 그들에게 못마땅한 인상을 쓰며 한 팔을 내저어 모두 나가게 하고 불러놓은 놈들을 들어오게 했다. '건강' '걱정' 같은 입에 발린 소리도 귀찮았지만 실은 쪽팔리고 창피해서였다.

흔히 말하는 깍두기 스타일의 덩치 세 녀석을 병풍처럼 세운 삼진용역 장용식 대표가 걸걸한 목소리로 인사했다.

"불러주셔서 감사합니다, 회장님."

곽 회장은 맞은편 소파에 앉으라는 고갯짓을 하고 명함 한 장을 던지듯 건네주었다.

"유인화랑 기획실장 한수명이라…… 이거 여자 아닙니까?"

"맞아. 그년 뒤를 철저히 조사해서 남자를 찾아, 특히 주먹질할 만한 놈으로."

"찾아서 어떻게 합니까?"

"반쯤 죽여서 나한테 끌고 와. 미리 연락주면 창고 알려줄 테니까."

"계집은 어떻게 할까요?"

장용식은 비릿한 웃음을 지었다.

"허튼 생각! 사내놈 잡아서 끌고 올 때까지 눈치 못 채도록 뒤만 밟아둬."

곽 회장은 씹어 뱉듯 소리쳤다.

"알겠습니다."

곽 회장은 이미 준비해 두라고 시킨 쇼핑백을 그에게 밀어줬다. 장용식은 안에 든 5만 원권 다발들을 보며 흡족한 웃음을 지었다.
"서둘러."
장용식 일행이 나가자 곽 회장은 핸드폰을 꺼내 황 대표의 번호를 눌렀다.

마우로의 검은빛 시리즈 한 점이 도착했다. 예상한 대로 황 대표는 수명에게 컬렉터가 누구인지 알려주지 않고 은밀히 넘겼다. 하지만 소식은 이미 손 큰 컬렉터들에게 퍼졌고 황 대표에게 연락이 오는 눈치다.
호출을 받고 들어가니 대표는 환한 표정으로 반기며 봉투부터 내밀었다.
"정말 잘했어요. 그분은 부탁은 했지만 어려울 거라고 생각하고 있었대. 덕분에 내 체면이 아주 섰어. 섭섭지 않게 넣었으니 다음에도 잘 부탁해요."
"고맙습니다. 대표님께 그렇게 도움이 되었다니 다행이네요."
"마우로 런던전시회는 어떻게 될 것 같아요?"
"유럽의 전 미술계와 관련 미디어가 오픈을 기대하고 있답니다."
"한 실장이 런던으로 가면 작품을 구입할 수 있지 않을까?"
수명은 속으로 코웃음을 쳤다.
"이미 전 작품에 수장가들이 줄을 서 있다니 불가능할 겁니다."
"그래도 한 실장에게 특별한 관심이 있을 테니 한번 가보기라도 하지."
"헛걸음하러 런던까지 가는 건 내키지 않습니다."

수명은 일부러 분명하게 거절했다.

"그래? 그러면 서울에서 전시회를 열도록 추진해 보는 건 어떨까?"

"국내 화랑 여러 곳에서 전시회 제안을 받았지만 이미 잡힌 전시회가 많아 모두 거절했답니다."

아쉬운 입맛을 다시던 대표는 핸드폰 벨이 울리자 발신자를 확인하고 수명에게 얼른 나가라는 손짓을 했다. 문을 닫는 등 뒤로 대표의 목소리가 들렸다.

"퇴원하셨어요?"

곽 회장일 것이다. 수명은 망설이지 않고 핸드폰에서 충남의 번호를 찾았다.

명수는 생각하던 것보다 막막한 현실에 머리를 썩였다. 처음에는 부산 시내에 있는 보육과 복지 관련 기관에 일단 협조공문을 발송할 생각이었다. 그러나 최혜정이 알게 되면 몸을 숨기려 하지 않겠느냐는 충남의 우려에 생각을 접었다. 결국 모든 관련 기관을 일일이 직접 찾아가 보는 수밖에 없다.

"무엇보다 당분간 로펌 일에 내가 아무런 손을 보태지 못하게 될 게 걱정이다."

"그러니까 하루라도 빨리 찾아서 끝내. 다른 방법이 없잖아."

명수가 뭐라고 대꾸를 하려는데 충남의 핸드폰이 진동했다. 발신자를 확인한 충남은 명수의 눈치를 살피며 밖으로 나갔다. 명수는 별일이다 생각했지만 부산시에 등록된 보육과 복지 관련 기관들의 명단을 훑어보며 움직일 동선을 생각했다.

한참 시간이 흘러서 충남이 들어오자 이번에는 명수의 핸드폰이 진동했다. 수명이었다.

"응, 나야."

"이제 부산 바닥을 전부 뒤져야 하는 거야?"

"그 수밖에 없을 것 같아."

"토요일 일요일에도 찾아다닐 거야?"

"행정직원은 출근하지 않아도 직접 보살피는 사람들은 있을 테니까."

"그래도 이번 주에는 시간 좀 비워. 아니다, 나도 같이 다니면 되겠구나."

"무슨 소리야?"

"마우로 그림 도착해서 생색 좀 났어. 그래서 이번 주 토요일 일요일 연가 냈어. 금요일 밤에 내려갈게."

"내일?"

"응."

전화를 끊자 충남은 한쪽 눈을 찡끗하며 엄지손가락을 세워보였다.

먼저 〈진주귀걸이 소녀〉를 떼어내고 수명이 선물해 준 〈키스〉를 걸었다. 레비가 선물해 준 도자기 꽃병은 거실장 침대 반대편 벽 쪽에 두었다. 창문을 열어 환기를 시키며 청소를 하고 침대와 이불 커버를 바꿨다. 냉장고를 열고 무엇을 준비할까 생각하는데 핸드폰이 진동했다. 수명이다.

"차 부산에 있지?"

"응, 계속 다녀야 하는데 있어야지."

"9시 54분 도착이야. 차 가지고 역으로 나와."

거의 없는 경우다.

"알았어."

"명령이야, 냉장고에 뭐 채워두지 마."

"와인하고 물밖에 없는데?"

"그럴 테지. 나 먹고 싶은 거 있으니까 말 들어. 아니면 화날 것 같아."

귀여운 협박까지, 명수는 그녀의 밝음에 점점 익숙해져 가고 있었다.

열차는 정시에 도착했고 수명은 여전히 크지 않은 가죽가방 하나만 어깨에 메고 나왔다.

"곰장어 포장해서 가져가자."

고등학교 시절 그때 자갈치시장 방파제에서 먹은 뒤로 수명은 한 번도 입에 담지 않았었다. 명수는 반신반의하며 눈이 다 휘둥그레졌지만 수명은 태연하다.

자갈치시장 입구 곰장어식당 아주머니는 다 익혀서 가져가면 식어서 맛이 떨어진다며 반쯤 익혀 포장해줬고 수명은 양념과 여러 야채를, 특별히 오이를 더 넉넉히 챙겼다. 아주머니는 서울말을 쓰는 마른 체형인 수명의 어울리지 않는 욕심이 귀여웠던지 엉덩이를 토닥여 보고 "삐쩍 마른 줄 알았디만 궁디는 탱탱하네. 신랑아, 더 늦기 전에 퍼뜩 알라 맹글

어라."라며 농을 했다.

"아침은?"

명수가 묻자 수명은 잠시 고개를 갸웃했다.

"몇 시에 나갈 건데?"

"글쎄, 휴일에 너무 일찍 찾아가기는 그렇고 10시쯤 나갈까?"

"그럼 새우젓으로 간 맞춰서 계란찜 해줘. 그걸로 속만 달래고 나가면서 복국 먹을 거야."

"갑자기 먹고 싶은 게 많아졌네."

대답 대신 수명은 명수의 팔짱을 끼고 불 켜진 식품점으로 이끌었다.

포장해 온 곰장어를 마저 익히는 동안 샤워를 하고 나온 수명은 방 한가운데에 서서 벽에 걸어둔 〈키스〉를 물끄러미 들여다봤다.

"뭐 해?"

"역시 〈키스〉는 좋다. 지붕이 높으면 더 큰 걸 샀을 텐데. 도자기꽃병은 오른쪽에 뒀네, 내 건 왼쪽에 있는데. 일부러 맞춘 거야, 서울 부산으로 떨어져 있더라도?"

"아니야. 침대 쪽에 뒀다가 혹시 이불에 쓸려 넘어지면 깨질까 봐."

"에이, 그게 아닌 것 같은데."

그때 곰장어가 다 익자 명수는 접시에 담아 야채와 같이 탁자 위에 차린 뒤 옷장에서 제 샤워가운을 꺼냈다.

"먹고 씻지."

"금방 나와. 식기 전에 먼저 먹고 있어."

"그동안 다 먹을지도 몰라."

"그럼 훌륭하지."

명수가 간단히 샤워를 하고 나오니 그새 접시의 곰장어는 반이나 비어 있다.

"맛있어?"

"응."

대답하며 상추와 깻잎으로 쌈 싼 곰장어를 수명은 또 입안에 밀어 넣었다.

"옛날에 방파제에서 곰장어 먹고 나서 그다음부터 안 먹었잖아."

"사실 다음 날 곰장어가 뱀처럼 생긴 걸 보고 속으로 얼마나 놀랐는지 몰라. 아마 먹은 뒤 곧바로 알았으면 다 토했을 거야."

"그런데 오늘은 어쩐 일이야?"

"몰라, 갑자기 생각이 나더라고. 나 아직도 더 먹어야 하는데 어떡하지?"

수명이 반 남은 접시의 곰장어를 가리키며 엄살을 부렸다. 명수는 혹시 몰라 들어오며 1층 편의점에서 사 온 캔 맥주를 하나 꺼냈다.

"난 별 생각 없어. 그냥 맥주나 한잔 하고 잘래."

"좋아, 그럼 내가 쌈 하나 싸 줄 테니까 그것만 먹어."

명수가 싸준 쌈을 삼키고 맥주를 한 모금 마시고 나자 수명은 말간 눈빛으로 물었다.

"조 교수는 어땠어?"

"뭐 좀 실망이었어. 아무리 그럴 리 없다고 확신하더라도 자신과 닮은 사진을 보고서도 그처럼 무심할 수 있는 것인지. 참 무섭도록 차갑더라."

"완벽주의자로 정평이 난 사람이야. 잉꼬부부, 단란한 가정, 성공적인 자식 교육까지. 방송에도 자주 출연하고 저서도 나오면 베스트셀러야."

"레비에게도 그런 피가 흐르는 것 같아."

"아마 조 교수, 레비가 친자식으로 밝혀지더라도 인정하지 않을걸."

"디엔에이 검사로 확인돼도?"

"그런 사람에게 과학은 과학일 뿐이야. 밑바닥 가난에서 그만한 명성을 얻기까지 얼마나 자기통제에 철저했겠어. 더구나 미학을 공부하고 가르친 사람인데, 아마 자신의 삶도 미학적으로 완벽하기를 추구했을 거야. 그러니 생물학적인 결과가 그에게 무슨 의미가 있겠어. 레비가 많이 아프겠다."

"그건 위선이다, 그것도 아주 염치없고 뻔뻔한."

"그런 사람이 어디 한둘이야. 더 문제인 건 그런 사람들은 자신의 위선과 거짓을 인식하지도 받아들이지도 않고 여전히 고고하다고 생각한다는 거야. 또 사람들은 그런 이들의 말과 외양에 빠져 추종하고."

"잘났다는 사람들의 그 잘남이 도대체 뭔지. 그나저나 정말 레비에게 뭐라고 말해야 할지 걱정이다. 차라리 그 사람들이 아니었으면 하는 마음이 들기도 해."

접시가 비고 상추도 남아 있지 않자 수명은 기지개를 켰다.

"나 졸려, 자야겠다."

"그래, 늦었다."

명수가 그릇들을 치우고 침대로 오자 수명은 벌써 곤한 숨을 내쉬고 있었다.

느긋하게 시작되는 아침. 수명은 세수와 화장을 하고 나와서도 샤워 가운 차림 그대로 침대에 엎드려 계란찜을 만드는 명수를 말가니 지켜보고 있다. 창가로 향한 두 발을 연신 까딱거리며, 손으로는 턱을 괸 채 콧소리까지 흥얼거리는……. 명수는 그 나른하고 미지근한 일상이 품었던 꿈인 것 같아 마음 가득 행복했다.

"최혜정 씨 사진은 있어?"

"차에 있어. 7년 전 주민등록증 재발급 받을 때 등록된 사진이야."

"예쁠 것 같아."

"응, 고와."

수명은 계란찜 한 공기를 맛있게 비우고 최혜정의 사진이 보고 싶다며 서둘렀다.

"정말 네 말대로 곱다. 그래 중년의 여인은 고운 거지."

차에 타자 사진부터 찾은 수명은 감탄한 듯 말했다.

"그 얼굴에 그런 파란의 삶이 있으리라고 누가 생각하겠어."

"난 전화로 얘기 들으면서 우리 엄마한테 얼마나 감사했는지 몰라. 사실 자식 입장에서는 자신의 사랑이 시작되면 부모는 그만 놓아주고 지켜봐주는 게 더 고마운데 우리 사회에서는 대부분 그렇지 않잖아. 사랑이라는 이름으로 여전히 품안에 두고 당신의 뜻을 세우려 하잖아."

"난 세상에 그런 부모가 있을 줄 상상도 못 했어."

"종류가 달라서 그렇지 모든 자식은 부모의 바람에서 그리 자유롭지 못한 거 아닐까. 태어나서 처음으로 만나는 울타리고, 그 울타리에서 성장하는 거니까 그 사람에게는 아마 세상의 절반은 될 거야. 더욱이 우리의 사회 문화에서 효는 부정할 수 없는 가치인데 그게 자식의 마음에 앞서 부모의 요구가 된다면 무게만큼 주체성이랄까, 정체성을 잃게 되겠지. 특히 별것도 아닌 우월의식에 젖은 부모가 어릴 적부터 주입한다면 말할 것도 없고."

"그래도 깨고 나와야 하는 거 아니야?"

"그건 너나 나같이 선택에 자유로울 수 있는 사람들의 한가한 소리일 거야. 세상 모든 사람이 선하지 않은 것처럼 모든 부모가 희생을 감내하는 건 아니니까. 사실 부모에게도 그런 희생을 강요할 수만은 없는 거잖아. 누구나 자신이 추구하는 삶이 있는 건데."

"그래도 최혜정 씨의 경우는 너무 안타깝다."

"맞아. 그 아버지라는 사람, 자신뿐 아니라 가족 모두의 인생을 망친 사람인데, 불행한 건 그런 사람이 적지 않았고 지금도 있다는 거야."

수명의 말은 자식이 부모의 인생에 걸림돌이 될 수 있다는 뜻이기도 하고 부모로서 자식의 인생에 짐이나 걸림돌이 되어서는 안 된다는 말이기도 했다. 명수는 결혼에 대한 수명의 생각을 듣는 듯했다.

"지금 어디 가는 거야?"

"복국으로 아침 먹겠다며."

"계란찜을 먹었더니 아직 생각 없어. 먼저 복지관들 돌아보다가 이른 점심으로 먹자."

"그래. 해운대구부터 뒤져볼 생각인데 그쪽에 복국 잘하는 식당도 있어."

부모에게 버림받아도 의탁할 누군가는 있는 세상이니 고아만 따로 수용하는 시설보다는 결손가정 아동이나 가출아동까지 보살피는 '복지'라는 이름의 시설이 대부분이었다. 오전에 해운대구의 시설 두 곳을 찾아보았지만 최혜정의 흔적은 찾을 수 없었다.

점심으로 해수욕장 인근의 이름난 식당에서 복국을 먹고 다시 해운대구의 남은 시설 모두를 찾아보았지만 소득은 없었다. 해가 떨어지자 수명은 저녁으로 회를 먹겠다고 했고, 일요일 아침에도 복국을 찾더니 점심에는 엉뚱하게 순댓국을 먹었고 저녁에는 피자를 사서 오피스텔로 가져갔다. 월요일에는 아침으로 순두부찌개를 먹고 전날 다 찾아보지 못한 동래구의 남은 시설들을 돌아보다가 길거리 입간판을 보고 들어가 도가니탕으로 늦은 점심을 먹었다. 다양해진 식성에 명수는 줄곧 어리둥절했지만 수명은 의식하지 못하는 것 같았다.

"계속 돌아다녀서 힘들겠어. 그만 서울 가서 쉬고 내일 출근하는 게 좋겠다."

수명도 피곤했던지 그러겠다고 해 부산역으로 갔다.

열차표를 사고 30여 분 남은 시간 동안에도 수명은 명수의 팔짱을 낀 채 역 광장을 거닐며 유쾌한 이야기와 웃음을 이어갔다. 시칠리아에서 돌아와 서울에서부터 시작된 긴장 없는 헤어짐에 명수는 슬슬 익숙해지고 있다.

15. 역습

"실장님, 건너편 커피숍으로 가보세요."

점심을 먹고 돌아오자 데스크의 미스 윤이 은근한 목소리로 말했다.

"왜?"

"가보세요. 아시는 분이 기다리세요."

누구인지는 몰라도 용건은 짐작이 갔다. 마우로의 작품 때문에 찾아오거나 전화하는 컬렉터가 벌써 여럿이다.

수명이 커피숍으로 들어가자 손을 들어 보이는 사람이 있었다. 삼청동 서 여사였다. 남편은 법조가문 출신의 국회의원이었고 부부는 드러나지 않은 예술품 수장가다.

"요즘 한 실장이 핫이슈던데."

"무슨 말씀이세요?"

수명은 시침을 뗐지만 서 여사는 은근한 웃음을 지었다.

"마우로 작가 런던전시회 소식 들었어. 푸른빛 시리즈가 각광을 받았다면서?"

"예, 저도 들었어요."

이미 예상했던 일이지만 그의 푸른빛 시리즈는 호평 속에 전작인 검은빛 시리즈를 뛰어넘는 가격을 기록했다. 당연히 국내 컬렉터들도 술렁거렸고 알 만한 사람들 사이에서는 수명의 이름이 거론되고 있었다.

"한 실장이 마우로 작가와 인연이 있다면서?"

"서울에서 전시회를 연 게 벌써 몇 년 전인데 무슨 인연까지요."

"그럴 것 없어. 사실 얼마 전 검은빛 시리즈, 내가 부탁했던 거야."

수명은 깜짝 놀라 두 눈이 휘둥그레졌다. 그 반응에 서 여사는 의자를 당겨 앉으며 목소리를 낮췄다.

"전시회도 한 실장 안목으로 기획했던 거잖아. 그런데 황 대표가 이번에 국내에 있는 작품이 아니라 작가한테서 직접 받아왔다고 하면서도 한 실장 말은 하지 않더라고. 그래서 뭔가 있구나, 생각했지."

"뭐가 있기는요. 저는 대표님 심부름만 한 건데요."

"한 실장도 이제 독립해야지. 난 그 안목 믿어. 푸른빛, 나도 한 점 구해 주면 앞으로 한 실장이 추천하는 신예작가 작품도 고려해 볼게. 물론 황 대표에게는 비밀로 하고."

파격적인 제안이었고 쉽게 잡을 수 없는 기회다. 수명은 가슴이 두근거렸지만 드러내지 않으려고 애썼다.

"배려해 주시는 건 고맙지만……."

서 여사는 한 손을 들어 수명의 말을 가로막았다.

"솔직하게 말할게. 이번 검은빛은 원하는 분이 있어서 부탁했던 건데, 직접 작품을 보니까 내가 소장하고 싶어서 얼마나 망설였는지 몰라, 꼭 한 점 더 구해야겠다 싶어서 알아보다가 런던전시회 소식도 들었고. 그런데 황 대표 속은 나도 좀 알잖아. 그래서 품위 떨어지는 일인 줄 알면서도 미스 윤에게 슬쩍 물어봤어. 기다릴 테니까 잘 해서 날 발판으로 삼아."

"알겠습니다, 최선을 다해 볼게요."

"다른 사람들 제안도 있는 거 알아. 이번에는 내가 부탁하는 입장이지만, 나 부탁받는 입장에서도 신세는 반드시 갚아."

품위 있고 평도 좋은 수장가다. 뱉은 말의 신의를 지킬 것이다. 관건은 최혜정을 찾는 것이다. 그렇지만 명수를 재촉할 생각은 없다. 말하지 않아도 이미 온 힘을 다하고 있고 어떻게든 찾아낼 것이다. 이제 명수에게 그 일은 오직 수명을 위한 것만이 아니라 레비와 최혜정을 위한 일이기도 했다. 기대의 긴장으로 찾아갔다가 번번이 허탈한 결과에 낙망하며 안타까워하는 모습은 목적을 위한 것이 아니라 사람에 대한 간절함이다. 그랬기에 수명은 반드시 만나는 인연으로 이어질 것이라 믿고 있다.

"희한한 연놈들입니다. 서울 살고 대구 사는 것들이 꼭 부산에서 만나 돌아다닙니다. 아예 오피스텔까지 얻어놓고서요."

"만나면 뭐해?"

"글쎄요, 집 나간 어미를 찾는 건지 어떤 여자 사진을 들고 부산 시내

복지시설을 다 뒤지고 있습니다."

"계집은 월요일에나 내려갈 거 아니야?"

"예."

"그런데도 매번 그러고 다닌다는 거야?"

"우리 애들이 한 달째 뒤를 밟았는데 항상 같습니다."

장용식의 보고를 들은 곽 회장은 떨떠름한 인상을 펴지 않았다.

"로펌 소속이라며?"

"대표가 경찰 출신 변호사인데 두 놈은 사무실을 따로 씁니다. 뭐 하나 정상적인 게 없습니다."

"그건 계약으로 무슨 일을 할 수도 있는 거니 오히려 우리가 손대기는 편한 조건이네. 그까짓 계약으로 일하는 놈들이야 사라져도 큰 관심 두지 않을 거 아니야."

"그럴 수도 있겠습니다."

"힘은 좀 쓸 것 같아?"

장용식이 사진을 건네며 대답했다.

"보시면 알겠지만 같이 일하는 다른 놈은 근육이 탄탄한데 김명수라는 놈은 뭐 일반적입니다."

곽 회장은 사진을 들여다보았지만 감이 잡히지 않았다. 어두웠던 데다 워낙 기습적으로 당해 그놈에 대한 기억이 거의 없다. 그러나 근육이 탄탄하다는 놈의 덩치는 분명히 아니었다.

"김명수라는 놈은 계속 부산에 있는 거야?"

"일주일에 사나흘은 부산에 있는 편입니다."

"좋아. 다음 주에 계집이 서울로 오고 나면 곧바로 잡아."

지시를 받은 장용식은 주먹을 불끈 쥐어 보이고 회장실을 나갔다.

어디에도 없었다. 부산 시내의 모든 시설을 찾았지만 최혜정과 비슷한 이도 아는 사람도 없었다. 자원봉사자일지도 모른다는 수명의 생각을 좇아 다시 시설을 돌고 있었지만 마찬가지다. 혹시 그사이 다른 지역으로 옮기고 삼척에 연락하지 않았을까 싶어 확인해 보았지만 그도 아니었다. 남편에게 붙잡혀 간 것은 아닌지 충남이 찾아가 수소문해 봤지만 그는 진작 다른 여자와 동거하고 있었다.

충남의 전화를 받고 대구로 온 명수는 맥이 빠진 모습이다.

"마저 돌아보려면 얼마나 더 걸릴 것 같아?"

"동래와 해운대만 남았으니 사나흘이면 될 거야."

"기왕 시작했으니 월요일까지 끝내고 방향을 바꿔보자."

"어떻게?"

"신 변호사 조언인데 종교기관도 아이들을 많이 돌본대. 정부의 지원을 받는 곳은 모두 시설로 신고나 등록을 하지만 자체 재정으로 돌보는 곳은 오히려 행정기관의 간섭이 싫어서 신고하지 않는다는 거야."

"천주교 같은 곳?"

"응, 천주교 원불교도 있고 일부 사찰에서도."

명수의 얼굴에 다시 생기가 살아났다. 염두에 두지 않았는데 듣고 보니 쫓기는 것이나 다름없는 최혜정이라면 오히려 그런 시설이 더 적합할 것 같았다.

"그래. 토요일 일요일 부지런히 돌고 월요일에 수명이와 같이 돌면 끝낼 수 있을 거야."

"나는 그사이 아는 신부님과 스님들 통해서 그럴 만한 종교단체 명단을 뽑아 볼게. 월요일 오후에 부산에서 보자."

"너도 같이 찾게?"

충남은 씁쓸한 웃음을 지었다.

"너 좀 맞을 일이 생겼다."

"무슨 소리야?"

"곽이 다음 주에 널 잡으려는 것 같대."

"뭐? 수명이는?"

"우선 너만 잡으려는 것 같아."

명수는 수명은 대상이 아니라는 데에 우선 마음이 놓여 안도의 숨을 내쉬었다. 충남이 비장한 낯빛으로 말을 이었다.

"한 번에 끝내지 않으면 수명이한테도 손을 뻗칠 수 있어. 그러니까 다음 주는 내가 계속 네 뒤를 밟을 거야. 아무래도 어두워져야 일을 벌일 테니 해가 지면 어둑한 곳으로 유인해 봐. 나타나면 일단 좀 맞아가면서 대항해, 심한 부상은 입지 않도록 조심하면서. 그럼 내가 자연스럽게 끼어들 테니까."

"계획대로 될까?"

"부산 강력팀 형사 두어 명 소개받았어. 내가 끼어들기 전에 전화하면 금방 달려올 거야."

"경찰을 개입시키자고?"

"그러니까 도착하기 전에 끝내야지. 단단히 각오하고."

"그런 다음에는?"

"나한테 시나리오가 있으니까 걱정하지 마."

무슨 생각이 있는 것인지 충남은 자신하며 주먹을 불끈 쥐어 보였다.

두 달째 생리가 없다. 생리불순은 거의 없었으니 이미 짐작했지만 가슴을 졸이며 들여다본 임신테스터 액정에 빨간 두 줄이 선명하게 드러나는 순간 수명은 눈물이 맺혔다. 생명이라니! 가슴 뭉클한 감동이다.

생명을 가질 수 있는 몸이니 진작부터 소망은 있었다. 그렇지만 자신의 꿈이 소중했고 태어날 생명에 대한 책임에 자신이 없었다. 꿈을 접어야 하고, 소중한 생명에게 한순간의 슬픔이라도 줄 것이라면 자신의 꿈만 생각하리라 마음을 굳혔었다. 그럼에도 다른 관계에서는 반드시 콘돔을 썼지만 명수에게는 처음부터 그러지 않았다. 별다른 까닭은 없었고 마음을 둔 것도 아니었다. 왠지 콘돔은 명수에게 상처가 될 것 같아 모르는 척하며 배란기를 피했다. 몇 번 배란기가 의심스러웠을 때는 섹스 뒤 아무런 거리낌 없이 피임약을 먹었다.

곽 회장의 일을 당하고 몹시 서러웠다. 털어놓지는 못해도 누군가의 앞에서 펑펑 눈물이라도 쏟을 수 있으면 상처를 달랠 수 있을 것 같다는 생각이 들며 생명을 떠올렸지만 슬픔을 주지 않겠다면서 무슨! 소스라치며 더욱 마음을 굳혔다. 명수의 오피스텔은 위로의 공간이 되었고 뜨거운 몸은 상처를 어루만져 달래주었지만 그 아스라함에 발목을 잡혀서는 모든 것을 잃어버리게 된다는 생각에 매번 모질게 헤어졌다.

명수의 과격함은 실로 충격이었다. 하고 있는 일은 알았어도 거칠지 않다는 것을 알고 있었기에 더욱 그랬다. 얼마만 한 분노이기에……, 문득 모든 것을 걸고 사랑한다는 것을, 영원히 포기하지 않을 기다림이라는 것을 깨달았다. 더구나 그런 명수가 자수를 입에 담았을 때 기다림마저 빼앗을 수는 없다는 생각이 번쩍 들었다. 하지만 그뿐이었고 꿈은 변함이 없었다.

레비의 슬픈 사연에 어이없는 생각이 떠올랐다. 생명을 버리는 것이 아니라 지켜줄 사람이 있다면, 명수는 순간의 슬픔도 주지 않을 것이라는 말도 안 되고 염치도 없는 뻔뻔한……. 그럼에도 시칠리아에서 배란기가 시작된다는 것에 생각이 미치자 마음을 굳혔다. 기왕이면 오스트리아에서, 〈키스〉가 있는 빈에서 생명을 품고 싶었다. 〈키스〉의 마력이 자신의 에밀리 플뢰게에게도 미칠 것 같았고.

얼마나 어이없고 위험한 짓인지 또렷이 인식하고 있었다. 그래도 포기하지 않고 저지를 생각이었다. 슬픔은 모두 떠맡길 것이고 명수는 그 모든 것을 감당해 줄 것이다. 결코 자신은 그 알지 못할 미래의 두려움에 발을 들이지 않을 것이다. 명수에게 생명의 한쪽 주인을 밝히지 않으려는 것도 그 때문이다.

"축하해요. 8주 되었고 아기는 건강해요. 초산이 늦었는데 정기적인 검사 빠트리지 말고 잘 먹도록 해요."

여의사의 말은 그저 귓전을 맴돌았고 태아의 초음파 사진을 들여다보는 수명의 두 눈에서는 따뜻한 눈물이 샘처럼 솟아났다. 어서 명수를 보고 싶다. 뜨겁게 껴안아 몸으로나마 생명을 공유하고 싶다.

수명의 몸은 마음 가득한 행복으로 불처럼 뜨거웠지만 긴장한 명수의 몸은 부드럽지 않았다.

"무슨 일이야, 오늘 왜 이렇게 몸이 뻣뻣해?"

명수의 가슴에 손가락으로 그림을 그리듯 장난치며 수명이 물었다.

"최혜정 씨 일이 안 풀려 그런가 봐."

"찾을 수 있을 거야. 충남이 말대로 종교단체 시설에 있을 가능성이 높아. 그런 곳은 아픈 사연을 가진 사람들을 껴안아 보호해주기도 하잖아. 처음부터 그쪽으로 찾아봐야 했는데."

"우리도 그렇게 기대하고 있어."

갑자기 수명이 벌떡 일어나 앉았다.

"우리 나가자! 매운 닭발 먹고 싶다."

명수는 황당해 저절로 입이 벌어지는데 수명은 군침까지 삼켰다.

"너 그런 거 안 먹잖아."

"그게 콜라겐이 많아서 피부에도 엄청 좋대, 뼈도 튼튼하게 해주고."

"새벽 1시가 넘었는데?"

"그래? 아, 아쉽다. 그럼 내일 점심에 먹자, 아침은 돼지국밥 먹고."

갈수록 기가 막혀 명수는 그만 허허 웃고 말았고 수명은 다시 품에 안겨 눈을 감았다.

너무 갑자기 많은 것이 변하고 있었지만 명수는 수명의 천성을 믿었다. 어린 시절 이름 때문에 마을 또래들로부터 놀림을 당할 때 명수는 대부분 무시하고 넘겼지만 수명은 파르르 떨며 거칠게 덤벼들어 손을 들게 했다. 욕심을 내거나 오기를 품으면 어떻게든 손에 거머쥐고 이뤄내야 했다. 끝없이 밝았다가 금세 새치름해지기도 했지만 그런 때도 본래의 모습을 잃지는 않았다. 그래서 남다른 꿈을 품었고 포기하지 않고 있는 것이니 변화는 변화대로 어떤 의미와 까닭이 있을 것이다.

수명을 배웅하고 나자 기다렸다는 듯 충남으로부터 전화가 걸려왔다.

"네 뒤에 따르는 놈들 있으니까 모르는 척하고 곰장어 집으로 와."

"부산이야? 언제 왔어?"

"오전부터 너희 뒤 지켰어."

"수명이 뒤는 안 따라갔어?"

"처음부터 네 놈이었는데 그대로야. 곰장어집에 내가 먼저 도착해 있을 테니까 자연스럽게 행동해."

명수는 전신의 근육이 뻐근해지는 긴장감을 느끼며 걸음을 옮겼다. 상대가 넷이고 충남과 함께라면 겁먹을 것은 아니지만 맞아줘야 할 역이 있다는 것은 역시 긴장되었다.

충남이 기다리고 있는 식당으로 들어가자 벌써 곰장어와 소주를 시켜 놓고 있었다.

"술까지 마시게?"

"둘이 있을 때 일을 벌이게 하려면 흐트러진 모습을 보여줘야지. 술을 여러 병 시킬 거니까 몇 잔 마시면서 요령껏 물컵에 버려."

충남은 한쪽 눈을 찡긋하며 자신 있다는 웃음을 짓고 잔에 술을 따르더니 문득 생각난 듯 물었다.

"그런데 넌 점심으로 무슨 매운 닭발을 먹어?"

"봤어?"

"오전부터 뒤에 있었다고 했잖아. 아침 돼지국밥은 그렇다고 해도, 술도 없이 무슨."

"수명이가 콜라겐이 많아서 피부에 좋다나, 뭐 그러기에."

"피부? 참, 나이 든다고 별짓을 다 한다. 깨가 아니라 주책으로 닭살 돋겠다."

문밖에서 유리문 안으로 동정을 살피며 한 시간여를 보낸 장용식은 핸드폰을 꺼내 곽 회장을 연결했다.

"벌써 잡은 거야?"

전화기 너머 곽 회장의 목소리가 급했다.

"아직입니다만 놈이 동료와 같이 있습니다. 어떻게 할까요?"

"장 사장이 직접 내려간 모양인데도 자신이 없어?"

"무슨 말씀을요. 술까지 퍼마시고 있으니 일도 아닙니다."

잠시 생각한 곽 회장은 결정을 내렸다.

"두 놈 다 잡아서 이천 창고로 끌고 와. 큰일 치를지 모르니까 데려올 때 눈 가려서 오고."

전화를 끊은 장용식은 어깨를 들썩여 몸 푸는 시늉을 하며 일행들을 가까이 불렀다.

"두 놈 다 잡는다. 나오면 뒤따르다가 적당한 곳에서 내가 신호를 주면 덩치 큰 놈부터 뒤에서 까."

장용식과 일행들은 다시 어둠 속으로 몸을 숨겼다.

명수와 충남은 벌써 소주를 다섯 병째 비우고 있다.

"아까 얼핏 보니 모여서 힐끔거리는 꼴이 확실히 오늘 칠 것 같다. 형사들에게는 연락할 일 없을 것 같고, 든든히 먹었으면 우리도 슬슬 나가 볼까."

"그러자."

명수와 충남은 비틀거리며 일어나 유리문을 열었다. 조금 떨어진 어둠 속에서 사내들의 모습이 어른거렸다. 둘은 염두에 둔 장소를 향해 휘청거리는 걸음을 옮겼다. 부산은, 더욱이 자갈치는 명수에게 익숙한 곳이다. 한바탕 푸닥거리할 장소 근처에 충남의 자동차를 세워두도록 해 놈들을 제압했을 때 곧바로 싣고 이동할 수 있게 준비했고, 여의치 않을 경우 도망칠 길도 정해놓았다.

거리를 두었던 놈들이 앞서 가는 둘의 앞에 어둠이 질자 거리를 좁혀 왔다. 방뇨할 곳을 찾는 것처럼 힐끔 고개를 돌렸던 충남은 정박한 어선들을 향해 돌아서며 속삭였다.

"한 놈이 뭘 들었다. 나부터 칠 것 같은데 네가 대신 맞아야겠다."

바지 지퍼를 내리는 척하는 충남을 따라 명수도 나란히 서 같은 시늉을 했다.

짧은 휘파람 소리가 들리자 성큼 내딛는 발소리에 이어 무엇인가 바람을 갈랐다. 명수는 비틀거리는 척 충남의 등을 가렸고 둔탁한 소리와 함께 강한 충격이 등짝을 뻐근하게 했다. 기다리고 있던 충남은 놀란 듯 명수를 밀어 떼어놓고 야구배트를 들고 있는 놈의 팔을 붙잡아 어선 사이의 바다로 메꽂았다. 주춤하던 남은 셋 중 앞쪽의 두 놈이 한꺼번에 배트를 휘둘렀지만 충남은 한 놈을 더 바다로 내던지고 다른 한 놈의 명치를 구둣발로 올려붙였다. 컥, 하는 밭은 신음과 함께 웅크려 주저앉는 놈에게 명수의 발길질이 더해지자 장용식은 품에서 회칼을 꺼내들었다.

충남은 바닥에 떨어진 배트 하나를 주워 명수에게 던져주며 빠르게 말했다.

"저 새끼 묶고 바다에서 기어 나오는 순서대로 대갈통을 박살내 줘라!"

순식간에 셋을 해치우는 것을 보고서도 장용식은 잔인한 웃음을 머금으며 여유 있게 손목을 풀 듯 칼을 휘둘러 보였다. 많이 써 본 현란한 솜씨였다.

"뭐하는 놈들이야?"

충남은 바닥을 구르는 남은 배트들을 발길로 멀리 밀어내고 느긋하게 물었다.

"적당히 끌고 가려고 했는데 바람구멍부터 내 줘야겠구나."

씹어뱉듯 이죽거린 장용식이 먼저 칼끝을 날려 왔다. 빠르고 매서운 기세였다. 충남은 연신 칼을 피하며 공격의 기회를 잡지 못했다.

아직 제대로 숨을 되돌리지 못한 놈의 허리띠를 풀어 결박한 명수는 배트를 들고 바다를 내려다봤다. 겨우 정신을 차려 배 위로 올라오려던 두 놈은 명수의 기세에 어쩔 줄 몰라 바다에 몸뚱이를 담근 채 눈치만 살폈다.

칼바람이 매서웠지만 충남은 공격의 흐름을 파악하며 기회를 노렸다. 다수가 뒤엉킨 육박전에서 적의 총칼에 맞서는 훈련이 여전히 본능으로 남아 있는 충남이다. 드디어 틈이 보이자 바람 같은 발길질로 놈의 손목을 걷어찼고 장용식은 회칼을 놓쳤다. 그 순간 무릎을 접은 충남의 한 발이 놈의 두 종아리를 한꺼번에 걷어차자 장용식은 그대로 벌러덩 나자빠졌다. 구둣발이 강하고 빠르게 양쪽 허벅지를 짓이기기를 여러 차례, 장용식은 마침내 널브러졌다.

바다에 빠졌던 두 놈은 묶어 자동차 트렁크에 구겨 넣고, 다른 한 놈도 묶어 뒷좌석에 처박은 충남은 장용식의 주머니를 뒤져 핸드폰을 꺼냈다. 마지막 통화기록은 역시 곽 회장이었다. 충남이 통화 버튼을 누르자 기다렸다는 듯 목소리가 들려왔다.

"잡았어?"

"야, 이 새끼야! 너 최혜정 씨 남편 놈이지! 감방에서 그렇게 썩었으면 정신을 차려야지, 불쌍한 여자 찾아서 보호하려는 우리를 쳐!"

엉뚱한 소리에 명수부터 눈이 휘둥그레졌다.

"다, 당신 누구야? 무슨 소리야?"

허둥거리는 상대의 대꾸에도 충남은 여전히 식식거리며 목청을 높였다.

"그렇게 시침 뗀다고 우리가 모를 것 같아! 너 아니면 어떤 놈이 이딴 짓을 해! 우리 로펌 소속이야. 이 새끼들 전부 경찰에 넘겨서 너까지 다시 감방에 처넣어 줄 테니까 딱 기다려!"

당장 전화를 끊을 기세에 곽 회장의 목소리가 다급해졌다.

"이, 이보시오. 최혜정이라니 그게 누구요? 난 모르는, 처음 듣는 이름이오."

"뭐? 그럼 무슨 일로 이따위 양아치 놈들을 보낸 거야!"

"그, 그게 무슨 오해가 있나 본데……."

엉겁결에 자백까지 한 셈이다.

"시끄러워 새끼야! 지금 통화, 녹음까지 했으니 같이 경찰에 넘겨줄 테니까 오리발은 경찰에서 내밀어!"

충남은 여지없이 전화를 끊고 뒷자리 놈들이 보이지 않게 명수에게 한쪽 눈을 찡끗해 보였다. 명수는 비로소 시나리오를 이해했다.

"경찰서로 가자!"

그러나 충남의 말이 채 끝나기도 전에 핸드폰이 다시 진동했다. 곽 회장이다. 충남은 망설이는 척하다가 통화 버튼을 밀었다.

"뭐야!"

"정말 오해가 있었습니다. 경찰에 넘기지 말고 우리 만납시다. 피해보상은 넉넉히 하겠습니다."

"야! 제 마누라 제가 간수 못 해놓고 개 패듯 하는 너 같은 놈하고 말 섞을 우리가 아니야!"

"아, 이봐요. 그게 아니라니까요. 난 정말 모르는 사람이고 그런 사람도 아닙니다."

"그럼 우리한테 왜 양아치들을 보낸 거야?"

"그건 뭔가 착오가 있었습니다. 우리 일단 만납시다."

돌아보는 충남을 향해 명수는 고개를 끄덕였다.

"뭐 하는 놈인지 그놈 사무실로 가보자."

뒷자리의 놈들도 그제야 살았다 싶은지 개처럼 낑낑거리며 꿈틀대던 요동을 멈췄다.

굴비 엮듯 등산용 로프로 결박해 줄을 세운 깡패 넷을 앞세우고 충남이 먼저 회장실에 들어서자 곽 회장의 입이 딱 벌어졌다.

"아, 아니, 사람을 이렇게…… 무슨 짓이오."

기어이 사무실로 찾아오겠다는 바람에 기다리며 어느 정도 각오는 했지만 예상치 못한 광경에 놀라 더듬거렸다. 뒤이어 들어선 명수는 그들이 휘둘렀던 야구배트와 회칼을 곽 회장 발아래로 던졌다.

"보시오, 저게 이 양아치 놈들이 우리에게 휘둘렀던 흉기요. 그런데 이렇게라도 묶지 않으면 어떻게 끌고 오겠소. 아까 저놈은 우리한테 먼저 바람구멍을 내서 데려가겠다고 하던데 우리도 그랬어야 했소!"

뭔가 이상했다. 엉망으로 당한 건 장용식 일행이고 뒤따라 들어온 자만 조금 상처가 보일 뿐인데 이자는 완전히 피해자 행세를 하고 있다.

"다친 건 이쪽인 것 같은데 어떻게……."

"그럼, 캄캄한 밤 부두에서 흉기에 기습을 당했는데 칼 맞아 죽으란 말이오? 그렇잖아도 조폭 놈이 십여 년 만에 감방에서 나와 떠나간 제 마누라 잡아 죽이겠다고 길길이 날뛰는 통에 숨은 여자 찾아서 외국으로 보내달라는 가족 의뢰를 받아 긴장하고 있었는데. 게다가 내가 특전사 출신이라 위험이 닥치면 몸이 저절로 반응한단 말이오. 아무튼 이런 걸 정당방위라고 하는 건데 뭐, 찜찜하면 당신도 우리와 같이 경찰서로 갑시다. 당신은 폭력을 청부했고, 저놈들은 내 친구에게 먼저 흉기를 휘두른 데다 우리는 선량한 로펌 조사원이고, 저것들은 조직폭력배니까 법이 알아서 판단해 주겠지."

곽 회장은 말문이 막혔다.

"자, 이제 들어봅시다. 당신은 우리를 언제 봤고 무슨 원한으로 이따위 짓을 사주한 거요?"

"아, 그게…… 제가 얼마 전에 테러를 당했는데……."

충남은 깜짝 놀라는 시늉을 했다.

"테러? 언제, 어디서요."

"서너 달 전에 서울에서……."

"뭐, 서울? 이보쇼. 우린 대구에 사무실이 있고 주로 경상도에서 일을 해요. 서울은 평생 서너 번이나 와 봤나? 몸뚱이는 대구에 있는데 어떻게 서울에서 테러를 한다는 거요!"

"그러니까 그게 오해……."

"안 되겠소, 당신 큰일 낼 사람이군. 돈은 좀 있나 본데 앞뒤 가리지도 않고 아무나 찍어서 칼을 휘두르게 하다니 경찰 부릅시다."

충남이 핸드폰을 꺼내 들자 곽 회장은 다급하게 충남의 손을 붙잡았다.

"내 실수라고 하지 않소. 일단 진정하시고."

"실수? 우린 서울이라면 동서남북 구분도 못 하는 촌놈들이오. 오해도 무슨 근거가 있어야 될 거 아니오. 당신 같은 사람은 감옥에 있어야지 아니면 또 생사람 여럿 잡을 거요."

"미안합니다. 제가 보고를 잘못 받아서 그런 거니……."

충남은 명수를 돌아봤다.

"명수야, 이 사람들 어떡할까?"

"나이도 드셨고 사업하는 양반 같은데, 청부에 대한 자인서나 받고 가자. 또 우리 주변에서 무슨 일 있으면 그때 잡아넣고."

"넌 매사에 왜 그렇게 모질지 못하고 물러 터졌냐, 맞은 것도 넌데."

충남은 혀를 찼고 명수는 뒤통수를 긁적이며 민망한 웃음으로 나약한 척했다.

센바람처럼 밀어붙이니 목줄이 움켜잡힌 자는 허우적거릴 수밖에 없다. 곽 회장은 수명에 대한 의심 따위는 이미 깨끗이 털어버렸다. 여자가 연인에게 자신이 당한 일을 털어놓고도 태연하게 붙어 다닐 리는 없고, 남자는 서울이 낯선 데다 결기도 없어 보이니 자신이 잘못 짚은 것이 분명한 듯했다. 사실 따져보면 이리저리 원한 살 일이 어디 한둘이던가.

곽 회장의 자인서를 받고, 묶어놓은 놈들 앞에 저들이 쓴 야구배트와 회칼을 진열해 사진까지 찍은 충남과 명수는 유유히 사무실을 나왔다. 이제 다시 그 일로 마음 쓸 일은 없을 것이다. 가진 힘만 과신한 채 앞뒤 가리지 않은 우악스러운 판단이 가져온 뒤집힌 결과였다.

대구로 돌아와 해가 밝자 충남은 수명의 번호를 눌렀다.

"명수 많이 다쳤어?"

"걱정 마, 명수도 만만찮게 날래. 뼈는 상하지 않은 것 같으니 파스 며칠 붙이면 돼."

"무슨 소리야, 당장 병원 데려가."

"어이쿠! 예, 예, 알아 모시겠습니다. 그러니까 너도 이제 더는 마음 쓰지 마."

"고마워."

오랜만에 친구로 돌아온 것 같아 충남은 마음이 가벼웠다.

16. 엄마의 눈물

명수는 주로 사찰과 원불교 쪽을 맡아 찾아다녔고 성당은 충남이 수시로 내려와 돌아다녔다. 천주교 신자이기도 한 충남은 친분 있는 신부님들이 있어 협조를 얻기가 수월했다. 수명도 매주말마다 부산으로 내려와 명수와 함께했다. 최혜정 씨를 찾게 되더라도 남자 혼자보다는 여자가 함께 있으면 마음을 여는 데 도움이 될 것이라는 뜻이었다.

세상이 많이 나아졌다고 하는데도 종교기관에서 보살피는 아이들은 적지 않았다. 모두가 고아인 것은 아니지만 가정의 결손이나 가난은 아이들에게 그늘이 되었고 따뜻한 마음과 손길이 필요했다. 잠시 지나치는 걸음이기는 하지만 그런 아이들을 향한 수명의 마음과 손길은 진심이 담겨 더욱 따뜻했다. 명수는 마음이 바쁘기는 했지만 힘들다는 생각은 들지 않았다.

금정산은 부산에서 가장 큰 산이고 이 산줄기 저 골짜기마다 크고 작은 사찰이 있다. 나흘째 금정산 사찰을 찾아나서는 월요일에는 수명도 함께였다. 등산객과 불교 신자들의 발길이 많았던 일요일과 달리 산길은 한적하다. 찾아가고 있는 길목에 앞서 자동차를 세워두고 가벼운 등산이라도 하는 기분으로 손을 잡고 걷는데 수명이 걸음을 멈췄다.

"저기……."

손이 가리키는 쪽 산자락에 크지 않은 규모의 절이 보였다. 공양주로 있는 보살이 아이 몇을 키우고 있다고 들은 비구니 스님들의 그 절이다.

"우리가 찾는 절이 맞는 것 같네."

"절 말고 그 아래."

여전히 가리키고 있는 손끝에는 절에 딸린 것으로 보이는 작은 채마밭이 있고, 그 고랑 사이에 잿빛 승복 차림을 한 사람의 등이 보였다.

"머리카락이 긴 걸 보니 공양주인 것 같아."

"그러네, 가보자."

"아니, 내가 먼저 가서 말을 붙여 볼게."

수명은 대답도 듣지 않고 잡았던 손을 놓고 빠른 걸음으로 앞서 갔다.

"안녕하세요?"

인기척에 허리를 펴고 돌아서는 여인의 낯이 익다. 사진 속 그 여인, 최혜정이다. 수명은 마른침을 삼켰다.

"무슨 일이세요?"

"남자친구와 등산을 왔는데 점심 공양을 좀 할 수 있을까요?"

여인은 수명을 아래위로 훑어보고 나서 말없이 고개를 끄덕였지만 이어서 다가온 명수에게는 긴장하는 기색이다.

"공양 때까지는 좀 기다려야 하니 시간 맞춰 오세요."

여인은 호미를 내려놓고 절을 향해 몸을 돌렸다.

"저희도 같이 갈게요, 보살님."

수명의 말에 여인은 고개를 돌려 가로저었다.

"비구니 스님들만 계신 곳이에요."

명수는 여인이 숨어버릴 것 같다는 생각이 들었다.

"최혜정 씨죠?"

"아니에요."

여인은 등 뒤로 대답하며 걸음을 재촉했다.

"남편이 보낸 게 아닙니다. 아드님이, 최혜정 씨를 아드님이 찾고 있습니다."

명수의 말에 여인은 얼어붙은 듯 멈춰 잠시 있더니 비틀거리며 다시 걸음을 떼었다.

"나는 자식이 없습니다."

"76년에 부산진 산부인과에서 출산하신 아이 말입니다. 훌륭한 중년이 되었습니다."

다시 멈춰 머뭇거리던 여인이 돌아섰다. 명수는 레비의 사진 두 장을 내밀었지만 여인은 받지 않았다. 두 손이 벌벌 떨리고 있었다. 감히 어떻게…….

"조이혁 씨도 만났습니다."

여인은 허물어지듯 풀썩 땅바닥에 주저앉더니 두 손으로 얼굴을 감싸고 고개를 떨구었다. 꺼억 꺼억, 짐승의 거친 신음 같은 울음과 함께 여인의 어깨가 폭풍 앞의 나뭇잎처럼 마구 떨렸다.

멈추지 않을 것 같은 울음은 30여 분이 흐른 뒤 잦아들었다.

"간절히 그리워하면서도 머뭇거립니다. 만나서 위로해 주지 않으면 영원히 상처를 안고 살 겁니다. 어머니만이 해 주실 수 있는 일입니다."

수명이 명수에게 고개를 저어 보이고 나섰다.

"여기서 아이들 보살피는 마음 저는 알아요. 하필 부산인 것도요. 아드님 이름은 레비 조 밀러예요. 몇 년 전 서울에 온 적이 있는데 그때 알게 됐어요. 따뜻한 사람이고 얼마 전 결혼했어요. 부인은 아기를 가졌고요."

울음소리에 법당 마당에 나와 서 있던 스님이 부엌을 향해 돌아서는 게 보였다.

"레비…… 조……."

"예, 입양기관에서 입원서류 보증인의 성으로 이름을 지었고 양부모가 그 성을 지켜준 모양입니다."

여인은 비로소 손을 내밀어 사진을 받아 들여다보더니 다시 흐느꼈다.

가난해도 똑똑한 단칸방 큰아들이 그냥 좋았다. 술에 젖어 사는 자신의 아버지와는 다른, 성실하고 겸손한 그의 아버지와 바지런한 어머니도 좋았다. 버젓이 최고 대학에 합격해 자취방으로 나간 뒤에도 몇 번이나 근처를 배회하며 얼굴을 훔쳐보았지만 차마 말을 붙이지는 못했다. 입대했다는 이야기를 들었고, 자신도 대학에 입학한 뒤에서야 비로소 찾아볼 용기가 났다. 면회를 갔고, 서울까지 돌아오는 버스는 일찍 끊겼다. 혼자서 여관방을 잡는 것도 무서워 둘이서 밤을 보냈다. 그의 품에 안겼다는 것만으로도 세상을 다 가진 듯 행복했다. 아이가 들어선 것은 생리가 세 달이나 끊어지고서야 알았다. 그에게 알리고 싶었지만 아이를 지우라고 할 것 같아 망설였다. 얼마 뒤 그의 부모는 고향으로 내려갔고 배도 불러왔다. 세 들어 사는 사람 모두를 비렁뱅이 취급하며 거들먹거리던 아버지가 알면 무슨 일이 벌어질지 겁이 났다. 몰래 학교를 휴학하고서도 등록금을 받아내고, 집의 돈까지 훔쳐 나왔다. 먼 곳이라야 붙잡히지 않을 것 같아 무작정 부산으로 내려와 단칸방을 세 얻어 살았는데 아버지의 병이 깊어 집을 팔고 고향으로 내려갈 것이라는 소식을 들었다. 눈앞이 캄캄했다. 아이로 그를 붙잡을 수도 없을 것 같았지만 아버지가 그에게 무슨 요구를 할지, 그의 앞길을 가로막을 것 같아 더 두려웠다. 진통이 밀려들어 의원으로 갔지만 온전히 제 이름을 밝히지는 않았다. 태어난 아기를 보자 더욱 겁이 났다. 아무것도 책임질 수 없고 누구도 기뻐하지 않을 테니 손톱만큼의 행복도 없었다. 무작정 도망쳐 그길로 서울행 열차를 탔고 시간이 흐를수록 되돌릴 수 없었다. 잊으려 했지만 잊어지지 않았다. 다시 아이를 낳기가 두려워 아무도 모르게 피임에 철저했다.

"내가 어떻게 그 아이의 눈을 보고 얼굴을 마주해요. 찾지 못했다고, 나쁜 엄마였을 테니 그냥 잊으라고 해주세요."

내내 마르지 않는 눈물 속에 여인은 요지부동이다. 명수와 수명이 지친 듯 입을 다물자 곁을 지키던 스님이 끼어들었다.

"보살님, 죄는 이미 다 씻으셨는데 또 죄를 지으시게요. 저분들에게 아드님에게 뜻을 전하라 하고, 그래도 보겠다면 한 번은 만나주세요. 아직 남은 인연이 있는데 외면한다고 끊어질까요."

여인은 여전히 대답이 없지만 스님은 수명과 명수에게 고개를 끄덕여 보였다. 다시 숨어버릴까 걱정하는 눈치를 보이자 스님은 고개를 저었다.

"염려 마세요. 보살피는 아이들에게 지금 엄마인데 다시 버리지는 않을 겁니다."

"엄마! 스님!"

학교에서 돌아오는 아이들 소리가 들리자 여인은 눈물을 훔치며 문 밖으로 나갔다. 명수와 수명은 스님에게 전화번호를 물은 뒤 산을 내려왔다.

레비는 런던전시회가 끝나고 마우로와 같이 미국으로 돌아가 있었다. 뉴욕에 아침이 밝으려면 밤 9시는 되어야 한다. 수명은 아침 일찍 서울에 가겠다며 충남에게도 알릴 겸 대구로 가자고 했다. 고등학교를 졸업한 뒤 세 사람이 마주 앉기는 처음이지만 공유했던 일과 결과를 이야기하느라 스스럼이 없다.

마침내 시간이 되자 명수는 레비의 번호를 눌렀다. 신호가 가고, 이내 레비의 영어가 들렸다.

"김명수입니다."

"아, 명수 씨……."

자연스러운 한국말이었는데 더 잇지는 못했다. 숨이 막힐 것이다.

"찾았어요, 두 분 모두. 그런데……."

이번에는 명수가 말을 잇지 못했다.

"아무에게도 내가 한국으로 간다는 말은 하지 마세요. 서울에서 들을게요. 비행기 좌석 알아보고 곧바로 전화할게요."

전화가 끊겼고 세 사람도 침묵했다.

30분이 채 지나지 않아 전화가 걸려 왔다.

"오늘 케네디공항에서 오후 2시에 출발해요. 인천공항 도착은 서울 시간으로 내일 오후 5시 20분이에요."

얼마나 간절했으면……, 덩달아 마음이 조급해진 명수와 수명은 그길로 차를 몰아 서울로 향했다.

출국장을 나오는 레비의 얼굴에 긴장의 빛이 가득했다. 악수를 하면서도 웃음기를 비치거나 말을 하지 않았고 차를 타고 수명과 뒷좌석에 나란히 앉아서도 말이 없었다. 명수도 묵묵히 예약해 둔 호텔로 차를 몰았다.

호텔방에 가방을 두고 내려온 레비는 여전히 무표정한 얼굴로 말했다.

"소주 마시고 싶어요."

수명이 앞장서 한정식 식당에 자리를 잡자 레비는 소주부터 마셨다. 음식이 나와도 젓가락을 들지 않은 채 일정한 간격으로 잔을 비웠다. 깊은 생각에 잠긴 그를 깨울 수 없어 명수는 잔을 채워주며 덩달아 마셨고 수명은 지켜보고만 있었다.

소주 두 병이 비고 나자 레비는 막힌 숨을 터트리듯 큰 한숨을 길게 토해내고 무표정한 그대로 입을 열었다.

"살아있어요, 두 사람 모두?"

"예."

"같이 살아요?"

"그렇지는 않아요."

빈 잔을 내미는 손이 떨렸지만 표정은 여전했다.

"다 가정이 있어요?"

"어머니는 혼자예요."

레비의 눈살이 잠깐 찌푸려졌다.

"엄마는 뭐 해요?"

"절에서 고아들을 돌보고 있어요, 부산에서."

"들려줘요, 어떻게 살았는지, 짧게."

수명이 나서서 먼저 그녀의 아버지와 불행했던 두 번의 결혼을 말하는 동안 레비의 얼굴에 점점 분노가 이글거리다가 기어이 주먹으로 탁자를 내리쳤다.

"왜, 날 버렸대요?"

"무서웠대요. 어린 나이였고, 모두가 불행해질 것 같아서요. 그때…… 한국 사회는……."

수명은 변명할 말을 찾지 못해 더듬거리는데 레비가 또 물었다.

"불행, 그런데 왜 날 가졌대요?"

"레비 씨 아버지가 좋았대요, 그냥."

"아버지는 왜 엄마와 결혼하지 않았대요?"

"그러고 나서 엄마가 다시 찾지 않았어요."

"아버지는 왜 안 찾았어요?"

"군대에 있었고 하룻밤의 일이라 알지 못했어요."

레비는 또 한참 동안 생각했다. 그사이 분노는 사그라지고 그리움이 비쳤다.

"엄마가 나 보겠대요?"

"무슨 낯으로 보느냐고……."

레비는 자리에서 일어섰다.

"다시 전화할게요."

돌아서 나가는 그의 어깨는 처져 있었고 걸음은 몹시도 무거워 보였다.

레비는 사흘 후 아침 일찍 명수에게 전화를 걸어 지금 어머니를 보러 갈 수 있는지 물었고 미리 연락하지 말라고 부탁했다. 곁에 있던 수명은 함께 가겠다며 화랑 직원에게 전화를 걸어 연가를 부탁하고 서둘렀다.

호텔 입구에 들어서자 현관에 나와 있는 레비의 모습이 보였고 그 옆에는 아이를 안은 백인 여인이 있다. 잠깐 고개를 갸웃거린 수명이 반색했다.

"저 여자 에바(Eva), 레비 여자친구, 아니 이제 아내야."

"그래? 아내와 아기를 부르느라 시간이 걸렸구나."

"생각할 시간도 필요했을 거야."

말한 수명이 차문을 열고 내리자 여인은 환한 웃음을 지으며 아기를 레비에게 건네주고 수명을 반갑게 껴안았다.

간단한 인사를 나누고 모두가 차에 타자 명수가 말했다.

"아기도 있으니까 서울역에 차 세워두고 열차로 가요. 두 시간 반이면 돼요."

"자동차로 가면 얼마나 걸려요?"

레비가 물었다.

"뭐, 대략 다섯 시간쯤."

"그럼 명수 씨가 피곤하겠지만 차로 가 줘요. 생각을 좀 하고 싶어요."

"그래요, 난 괜찮아요."

아직도 망설여지는 것인지 부산으로 가는 동안 레비는 가끔 아내와 아기를 챙겼을 뿐 명수나 수명에게는 아무런 말이 없었다.

최혜정은 그날 이후 하루 세끼 공양을 준비하는 일 말고는 줄곧 법당에 있었다. 아이들이 학교에 가거나 다녀올 때 잠깐 나와 얼굴을 비치기는 했지만 얼굴에 웃음기조차 담지 못했다. 누가 뭐라 말하지 않아도 아이들은 아무런 감정도 담기지 않은 멍한 엄마의 표정에 알아서 조심하며 조용했다. 스님들도 아무것도 입에 대지 않는 보살을 염려해 우린 차나 소금물을 법당에 들여 줄 때 말고는 출입을 자제했다. 새벽예불을 드리려고 법당에 들어가면 밤새 배(拜)를 올리다 쓰러진 모습을 보이기도 했지만 스님의 독경이 시작되면 다시 일어나 절을 이어갔다.

점심 공양을 하고 설거지를 마친 스님들은 혜정을 배려해 모두 법당에서 멀어져 제각각 할 일을 했다. 밭을 매던 주지 묘연(妙連)은 2시가 넘어서자 승방(僧房)으로 들어가 차를 우려 보온병에 담고 당과(糖菓) 몇 개를 챙겨 법당으로 가져갔다. 오전에 들여 준 당과는 손도 대지 않았고 보온병의 찻물만 절반쯤 비어 있다. 저절로 새 나오는 한숨을 누르고 보온병을 바꿔들고 나오려는데 절을 하던 혜정이 비틀거리며 주저앉았다. 곁으로 다가가 양 어깨를 붙잡아 일으켜 세우려 했지만 혜정은 고개를 저어 거부하며 눈을 맞춰왔다. 눈물도 메말라 건조한 눈동자에는 무념하면서도 어떤 의지가 어른거렸다. 스스로를 괴롭히려는 것은 아니었기에 스님은 어깨에서 손을 떼고 돌아섰다.

법당을 나온 묘연은 어서 일요일이라도 돼서 신도나 등산객이라도 찾아들면 그만 멈추려나, 생각하는데 산을 올라온 자동차가 주차장에 멈춰서는 것이 보였다. 문이 열리고 내려서는 사람들은 월요일에 왔던 두 남녀였고, 뒤이어 또 다른 남자도 차에서 내렸다. 미국에 있다더니 그새 왔구나 생각하며 묘연은 밭으로 걸음을 옮겼다.

내려가고 올라오며 마주치자 찾아왔던 두 사람이 합장하며 인사를 했다. 합장으로 인사를 받고 묘연은 고개를 돌려 법당으로 눈길을 보내 혜정이 있는 곳을 알려줬다. 늦게 내린 남자는 머뭇거리는 걸음으로 뒤처져 있어 마주치기 전에 밭으로 들어갔다.

명수와 수명이 법당 앞에 이르자 반쯤 열린 문 안으로 배를 올리는 여인의 뒷모습이 보였다. 그 며칠 사이에 몸이 반쪽이 되기라도 한 것처럼 왜소해 보였고 일어서는 두 다리는 후들거렸다. 다시 무릎을 접고 이마를 바닥에 대었다가 떼고는 숨을 몰아쉬며 움직임을 멈췄다. 수명은 조용히 문 앞으로 다가갔다.

"보살님."

귀에 익은 목소리였던지 여인은 움직이는 기척을 보였다.

"아드님이 오셨습니다."

움찔한 여인의 어깨가 눈에 띄게 떨리기 시작했다.

"레비입니다, 이름이……."

최혜정은 숨이 막히다가…… 다른 발걸음이 법당 가까이로 다가오는 기척이 느껴지자 정신마저 아득했다.

명수의 옆에서 걸음을 멈춘 레비는 법당 안으로 눈길을 준 채 목석처럼 서 있다. 쓰러진 듯 엎드린 잿빛의 작은 어깨, 등…… 너무 작았다. 그 끝이…… 겨우 저처럼 보잘것없는 모습이라니! 화가 치밀었다. 보기 싫었다. 잘못한 생각이었다. 홱 돌아서는 레비의 팔을 명수가 붙잡았다. 레비의 두 눈에 눈물이 그렁그렁했다. 명수는 가만히 고개를 가로저어 보였다.

수명이 법당 앞에서 내려와 명수의 옆에 서자 레비는 다시 돌아서 머뭇머뭇 법당 앞으로 가 멈췄다가 돌 턱에 등을 돌리고 앉았다. 산사는 새소리 하나 없이 적막했고, 명수와 수명은 오도 가도 못한 채 어정쩡하게 서 있었다. 햇볕 내리쬐는 아래쪽 채마밭에서 김을 매던 스님은 허리를 펴 법당 쪽으로 눈길을 돌리고 망연히 지켜보고 있다.

얼마나 흘렀을까, 문득 법당 안에서 웅얼웅얼, 울음 섞인 목소리가 가늘게 흘러나왔다.

"잘못했습니다…… 용서하지 마세요…… 죽는 날까지…… 벌 받겠습니다."

레비의 어깨가 떨리며 눈물이 볼을 타고 흘러내렸다.

아래쪽 주차장에서 에바가 차에서 내려 아기를 안고 법당으로 올라오고 있다. 수명은 얼른 에바를 향해 걸음을 옮겼다.

레비는 여전히 눈물만 흘렸고, 얼마 뒤 법당 안의 여인이 다시 웅얼거리는 목소리를 내보냈다.

"볼 면목이 없습니다…… 그만 돌아가…… 행복하세요."

정말 이대로 가려는 것인지 레비가 일어나 법당 아래에 내려섰을 때 에바가 수명과 같이 마당에 이르렀다. 에바는 수명에게 아기를 맡기고 레비에게 다가가 흘러내리는 눈물을 손으로 닦아줬다. 다시 아기를 받아 품에 안은 에바는 법당 문 앞으로 갔다.

"마미, 나 에바. 오, 노, 엄마. 엄마, 나 에바. 아들 부인. 아기, 크리스, 레비 아들……."

여인의 등이 움찔거리기는 했지만 선뜻 용기를 내지는 못했다.

"엄마, 아기, 아들."

벌떡, 허리만 세운 여인은 무릎을 꿇은 그대로 뒤돌아 엉금엉금 기어 문으로 다가왔다.

에바는 허리를 숙여 양팔로 안은 초롱초롱한 눈빛의 아기를 보여줬다. 여인은 솜털 같이 부드러운 아기의 작은 손에 자신의 손을 살포시 대 보더니 왈칵 목쉰 울음을 토해냈다. 고개를 돌려 도움을 청하는 눈길에 수명이 달려가 아기를 받아 안자 에바는 여인의 어깨를 부드럽게 안았다.

레비와 에바는 열흘 뒤 서울에 왔다며 수명에게 전화를 걸어왔다. 급하게 케이티엑스로 올라온 명수와 같이 약속 장소인 도착한 날의 한정식 식당으로 가자 레비 혼자 나와 있었다. 에바는 아기 때문에 나올 수 없었다며 양해를 구했고 그동안은 금정산 절에서 어머니와 같이 지냈다고 했다. 낯빛은 환했고 줄곧 밝은 웃음을 지었다.

"어머니는 그대로 절에 계신대요?"

"에바도 함께 가기를 원했지만 돌보는 아이들을 버릴 수 없다 하셔서 우리도 동의했어요. 그렇지만 아이들 방학 때는 우리가 모시러 오면 같이 뉴욕도 가고 여행도 다니기로 했어요."

"잘됐네요, 축하해요."

"모두 두 분 덕분이에요. 그 충남 씨라는 분께도 감사를 드려야 하는데 오지 않아서 아쉽네요."

"다음에 보면 되죠. 언제 돌아가실 겁니까?"

"더 머물고 싶지만 아기 때문에 모레 돌아가는 비행기를 예약했어요. 그리고 명수 씨."

명수는 이제 조이혁을 만나려나 보다 생각했다.

"예, 말씀하세요."

"마우로의 푸른빛, 한 실장님 드리는 건 아니겠죠?"

레비는 수명을 향해 짓궂은 표정을 지었다.

"예? 아니, 전 그림에 대해서 잘 알지도 못하고 그만한 돈도……."

레비가 유쾌한 웃음을 터트렸다.

"하하하, 농담입니다. 자, 그럼 이제 한 실장님과 거래를 해야겠네요."

수명은 앉은 채 고개를 숙여 감사 인사를 했다.

"고마워요."

"고마움은 제가 더 큽니다. 약속대로 푸른빛 한 점은 한 실장님에게 보내드리겠습니다. 금액은 런던 가격에서 십 퍼센트 덜 받는 걸로요."

"굳이 그러지 않아도 돼요. 귀한 작품을 얻을 수 있는 것도 감사한데 두 분에게 그런 폐를 끼칠 순 없죠."

"아닙니다. 이미 마우로도 동의했습니다."

"적지 않은 금액인데……."

"나도 처음에는 그림을 그렸어요. 그런데 재주가 아니더라고요. 다른 진로를 고민하는데 아버지가 은퇴하시면서 부동산 일부를 유산으로 주셨어요. 그 돈으로 마우로를 비롯한 몇몇 유망한 화가들을 지원하며 이 길로 들어섰어요. 그림 그리는 재주가 아니라 보는 재주가 있었던 것 같아요. 제가 지원한 화가들이 모두 나름 성공했어요. 물론 그중에서도 마우로는 으뜸이고요. 그러니 부담 갖지 않아도 돼요. 참, 명수 씨는 계약금으로 받으신 거 나눠 드렸죠?"

수명은 알아듣지 못했지만 명수는 고개를 끄덕였다.

"물론이죠."

레비가 주머니 속에서 봉투를 꺼내 명수 앞에 놓았다.

"계약금은 명수 씨 마음대로 정했으니까 잔금은 내 마음입니다. 여행자수표니까 은행에서 곧바로 현금으로 바꿀 수 있습니다."

명수는 손사래를 쳤다.

"처음부터 받을 생각 없었어요. 우리 수명이에게 푸른빛 주신 것만으로도 충분하고요."

"우리라……. 듣기 좋네요."

레비의 눈길을 받은 명수와 수명은 멋쩍게 웃었다.

"잔금을 안 받으시면 푸른빛도 안 드릴 겁니다. 이미 말했잖아요, 한 실장과 거래하겠다고요."

부드러운 것 같아도 단호했다. 어쩔 수 없이 명수는 인사를 하고 봉투를 집었다.

"한 실장님은, 아니 언제든지 두 분 제게 연락하고 오세요. 그림도, 화가도 신중하게 소개하겠습니다."

수명은 다시 고개 숙여 인사했다.

다시 화제가 바뀌어 이야기가 이어지는 동안 눈치를 살피던 명수가 어렵게 입을 뗐다.

"레비…… 한국의 아버지는……."

레비는 수저를 내려놓고 두 눈을 감은 채 잠시 생각에 잠겼다. 생각하지 않았다. 아니, 개운치 않은 느낌에 생각하지 않으려 한 것이다. 그러나 말이 나왔으니 마음을 정해야 했다.

눈을 뜬 레비는 무겁게 입을 열었다.

"만나기를 원치 않을 것 같은 생각이 드네요."

명수도 정직하게 대답했다.

"한 번 만났지만 저도 그런 느낌이었어요."

"그런데 왜?"

"어머니 입장은 다르지 않을까요? 언제라도 그 말씀을 꺼내실 수 있으니 미리 만나두는 게 편하지 않을까 싶어요."

"그러네요. 좋습니다, 연락을 좀 취해주세요."

명수는 레비가 한국에 왔다는 말은 하지 않고 그저 잠깐 만나자고 했다. 조이혁은 내키지 않아 했지만 결국 약속을 잡았다.

30분 앞서 조이혁을 만난 명수는 그간의 일을 들려주었지만 그는 시큰둥했다.

"괜한 일을 했소이다. 그리고 내가 원하지 않는데 굳이 내게 그런 걸 들려주는 이유가 뭐요?"

"아드님이 한국에 와서 어머니를 만났습니다. 아버님도 한 번은 봐야 하지 않겠습니까?"

조이혁은 곤혹스러운 듯 인상을 찌푸렸다.

"난 잊고 살던 사람들이 뒤늦게 만나 부둥켜안고 우는 걸 보면 너무 억지스럽게 느껴져요. 과연 그처럼 간절했을까요? 결국은 서로의 현실을 흔들고 부담을 주고 하면서 다시 서먹해져 만나지 말 것을 하고 후회하는 사람들도 여럿 봤고요."

명수도 예상은 했지만 너무 실망스러웠다.

"아드님, 잘살고 있습니다. 양부의 유산을 받아서 뉴욕의 몇몇 유명한 화가들의 에이전트를 하고 있습니다. 교수님께 어떤 부담도 드리지 않을 겁니다."

"그렇다면 굳이 왜 이렇게 번거로운 일을, 참……."

당장이라도 일어나고 싶어 하는 기색이 역력했다. 명수는 쐐기를 박듯이 말했다.

"아드님 곧 도착합니다. 사과는 기대하지 않습니다만 다독여주지는 못하더라도 피하는 모습으로 비참하게까지 만들지는 말아 주시죠."

"뭐요? 허, 거 참……."

헛기침을 하며 허공으로 고개를 향한 그는 쓴 입맛을 다셨다.

레비가 들어서고 있었다. 망설임 없이 뚜벅뚜벅 걸어와 아버지를 마주 보는 명수의 옆자리에 앉았다. 반듯하게 고개를 든 채 당당하게 얼굴을 마주하자 조이혁도 눈을 맞췄다. 레비는 무슨 말이든 해보라는 듯 미동 없이 침묵했다.

머뭇거리던 조이혁이 입술을 뗐다.

"난 몰랐던 일이었소. 원하지도 않았소. 그래서 혜정이도 내게 아무 말 안 했을 거요. 우린 인연도 아니었소. 어차피 모르고 살았던 일, 이제 와서 무슨 소용이 있겠소. 잘살고 있다니까 날 찾지 않은 걸로 해주시오."

움찔, 그가 일어나려는 듯 등받이에 기댔던 등을 떼자 레비가 먼저 벌떡 자리에서 일어섰다. 그리고 다시 들어올 때처럼 뚜벅뚜벅 걸어서 나갔다. 어이없다는 표정으로 지켜보던 조이혁은 레비의 모습이 사라지자 일어나 문으로 향하며 혼잣말로 중얼거렸다.

"인사도 할 줄 모르는군. 참……."

명수는 쫓아가 멱살이라도 잡아 흔들고 싶었다. 제 핏줄을 눈앞에 두고 반말도 존대도 아닌 어정쩡한 말투하며, 안쓰럽거나 염려하는 마음 한 조각 없이 오직 자신의 입장만 생각하는 이기심이라니. 사람의 탈을 쓰고 어떻게 저럴 수 있을까 싶으면서도 그보다 더한 일도 있는 세상이기에 목구멍까지 치밀어 오르는 무엇인가를 억눌렀다. 그의 대단하다는 학식이며 쌓은 명성은 도무지 무엇인지, 결국 번드르르한 가면에 불과한 것이 아니었던가. 그럼에도 인사라도 기대한 것 같은 그 염치 모르는 이율배반에 분노와 체념이 함께 일었다.

레비와 에바가 출국하고 명수도 대구로 내려가고 나자 수명은 정리를 준비했다. 삼청동 서 여사는 푸른빛 시리즈를 곧 만날 수 있을 것이라고 하자 계약금부터 내놓아 작품 값 지급을 위해 생각했던 융자는 받지 않아도 됐다. 오피스텔은 월세를 내놓자 금방 나갔고, 가구랄 것도 없는 침대며 화장대는 세를 들어오는 사람이 사용하겠다니 남은 짐은 책과 옷가지 정도였다. 캐리어에 당장 필요한 것을 넣고 나머지는 박스에 담아 이

삿짐센터에 보관시켰다. 명수가 준 시칠리아 도자기 꽃병이 마음에 걸려 몇 가지 장신구와 함께 은행 대여금고를 빌렸다. 스스로 생각해도 오버인 것 같지만 그렇게라도 존중해주고 싶었다.

수명의 사표를 받아 든 황 대표는 황당해했다.

"한 실장, 뭐가 섭섭해서 이래? 원하는 걸 말해요."

따지고 싶은 것은 쌓여 있지만 그럴 계제는 아니었다. 화랑가를 아주 떠난다 해도 눈덩이처럼 살이 붙어가며 떠돌 뒷말이 끔찍한데 어차피 다시 돌아와야 할 무대다. 서운함을 털어놓다가 말실수라도 하게 되면 또 명수가 위험해 질 수도 있다.

"좀 쉬고 싶어서 그래요. 여행을 갈 거예요."

"여행? 그러면 휴가로 처리하면 되는 걸 무슨 사표까지 내요."

당장의 속내는 마우로의 작품일 것이다. 삼청동 서 여사가 비밀을 지켜준다 해도 과시하고 싶은 욕망을 오래 참지는 못할 테니 푸른빛 이야기가 들리면 당장 말을 퍼트릴 것이다. 쐐기를 박아둘 필요가 있다.

수명은 낯빛을 차갑게 했다.

"제가 겪은 일을 아주 모른다고는 못하실 테고, 저도 마음에 담아두지 않으려고 합니다. 그렇지만 다시 모시기 어렵다는 건 대표님도 아실 테니 저에 대한 말은 가려 해주세요. 언제든 다시 돌아오면 무슨 이야기가 있었는지 금방 알게 된다는 것도 잘 아실 테고요."

황 대표의 얼굴에서도 웃음기가 사라졌다. 자신이 한 짓이 있고, 그게 무슨 뜻인지는 알아들을 사람이었으니.

"뭐, 그렇게까지 말한다면……. 퇴직금은 넉넉히 입금해줄게."

"고맙습니다."

후련했다. 상처는 있었지만 많이 배웠고, 꿈의 무대에 기둥은 세워놓은 셈이니 못내 삭이지 못할 분도 아니다. 상처 없는 성과가 어디 쉬운 일인가, 더구나 누가 있어 벌써 상처의 딱지도 거의 아물었는데.

오피스텔을 비워주기 전날 밤, 수명은 샤워를 하고 거울에 전신을 비춰 돌아봤다. 배가 불러오고 있었다. 아무래도 내일 밤에는 전등을 끄도록 해야겠다.

오전, 캐리어는 서울역 물품보관함에 넣어두고 가죽가방만 메고 열차에 올랐다.

"어쩐 일로 이렇게 이른 시간에 내려왔어?"

명수는 싱글벙글 함박웃음으로 맞았다.

"내일 올라가야 돼."

"그렇게 빨리?"

서운한 낯빛이었지만 명수는 금세 지우며 말했다.

"그래, 뭐하고 싶어?"

"영화 안 본 지 오래됐다. 영화 보자, 너 좋아하는 팝콘 먹으면서."

영화를 보고 광복동 거리를 걷다가 프랑스 레스토랑을 찾아 들어가 안심스테이크를 주문하고 와인도 시켰다. 명수는 눈이 휘둥그레졌다.

"어쩐 일이야?"

"네 덕분에 푸른빛 받기로 했잖아. 엄청 큰 목돈 들어오는데 내가 한턱 쏴야지."

"그거 말고, 너 기름진 거 잘 안 먹잖아? 최근에는 술도."

"이런 바보, 나 닭발도 먹은 여자야."

명수는 생각난 듯 제 손으로 이마를 치는 시늉을 했다.

"맞다. 놀라운 변화였다."

"그래도 술은 안 마실 거야. 나 살찐 것 같지?"

명수는 새삼스럽게 이리저리 뜯어보고 대답했다.

"난 별로 모르겠는데."

"쪘어. 나 살찌는 거 싫지?"

"나이 들면 조금 통통해야 보기 좋아. 그게 건강에도 좋대."

"그럼 너부터 많이 먹고 통통해져."

명수는 유쾌하게 와인 한 병과 스테이크 접시를 비웠다.

레스토랑을 나와서는 부평동 깡통시장까지 돌아다녔다. 이것저것 군것질하는 수명의 모습에 명수는 어렸을 적의 한 시절처럼 티 없이 즐거워했다. 수명은 죄를 짓는 기분이 들기도 했지만 지금 명수에게 해줄 수 있는 일은 그게 전부였다.

오피스텔로 돌아와 먼저 샤워를 하고 나온 수명은 명수가 나오기 전에 전등을 모두 껐다. 명수는 이상한 느낌이 없는지 무심하게 침대에 올라와 누웠다.

수명은 명수의 팔을 베며 물었다.

"최혜정 씨 어떻게 생각해?"

"가여운 인생이었지만 그래도 이제는 마음 편할 수 있을 것 같아서 나도 마음이 편해. 부모가 된다는 거, 가장 기쁜 일이겠지만 무거운 일이기도 하다는 생각도 들었어. 세상 많은 부모들이 자신의 목숨보다 더 소중한 게 자식이라고 하는 말, 정말 그래야 되겠구나 생각하지만 그런 사람이 과연 얼마나 될까 하는 데는 의구심이 들어."

"조이혁 교수는?"

"입에 담기도 싫어. 환경만 다르다뿐이지 어떤 사람이 생각나더라."

"최혜정 씨 부모?"

"뭐……."

"레비는?"

"출국할 때 보니까 지금껏 지고 있던 무거운 짐은 내려놓은 것 같더라, 조이혁 씨 앞에서 당당하게 돌아설 때 상처를 입지 않았구나 하는 생각도 들었고. 이제부터는 정말 행복할 수 있을 거야."

"명수 넌 언제라도 아빠가 되면 잘할 것 같아."

명수는 풀썩 웃었다.

"뭘 보고?"

"너 이 미친 짓, 영도다리에서부터 시작됐잖아."

명수는 대답하지 않았다.

"뒤늦게 알고 솔직히 나 소름 돋았어. 내가 너한테 무슨 짓을 한 건가. 그렇지만 나 너한테 이렇게 오래 기다리라고 한 거 아니었어."

"무슨 상관이야."

"아니야, 어쩌면 그 마음이었을지 몰라. 그런 게 지켜지리라고 생각하지 않았기 때문에 잊어버렸던 거지. 아무튼 나 되게 뻔뻔하지? 나 왜 이렇게 나쁘지."

명수는 또 풀썩 웃고 나서 말했다.

"그런 소리 하지 마. 너한테는 그런 말 안 어울려."

"너 앞으로도 변하지 않을 바본데, 그래서 아빠가 되면 누구보다 잘할 것 같아."

명수는 아빠가 되는 일은 없을 거라는 생각에 쓸쓸했다.

수명이 몸을 돌려 입술을 맞춰왔다. 명수는 그 입술을 받으며 아주 깊은 사랑의 밤이 될 것을 예감했다.

수명은 살며시 몸을 빼 침대를 내려왔다. 명수의 숨소리는 깊고 곤했다. 물소리에 잠이 깰까 봐 세수도 하지 않고 오피스텔을 빠져나왔다. 택시 안에서 머리를 묶고 핸드폰의 전원을 껐다. 뉴욕으로 가는 비행기는 오후였으니 서울에 도착해 잠깐 미용실에 들를 생각이다. 명수는 또 긴 기다림을 시작하겠지만 미안해하지 않으려 했다. 이미 오랫동안 그래 왔으니까.

17. 사랑의 탄생

수명이 사라졌다!

눈을 떠 부재를 알았을 때는 출근 때문이려니 생각했다. 핸드폰의 전원이 꺼진 것을 확인하고는 배터리가 없는 것이려니 생각했다. 종일 꺼져 있어 다음 날 화랑에 전화했더니 사표를 냈다는 난데없는 대답이 돌아왔다. 허둥지둥 달려간 서울 오피스텔은 도어 록의 번호가 바뀌어 있었고 저녁에 돌아온 여자는 세를 들어왔다고 했다. 충남을 시켜 고향에 간 것은 아닌지 확인해 봤지만 그도 아니었다. 딱 거기까지였다. 오래 기다렸고 목숨처럼 사랑하지만 아는 것은 그뿐이었다. 꿈을 꾸었던 것인가 싶기는 했지만 뭔가 속았다는 생각은 들지 않았다. 미우면 밉고 싫으면 싫은 것이지 속이고 속을 일은 없었다. 무엇이 또 화나게 한 것인지, 무슨 큰 잘못을 했던 것인지 아무리 생각해 봐도 알 수 없었다. 레비가 떠오르기는 했지만 수명의 꿈을 위한 유일한 끈인데 흠을 낼 수는 없었다. 결국 마지막 할 수 있는 일이라고는 매일 저녁 퇴근하듯 부산으로 내려가 영도다리 어름을 헤매다가 오피스텔을 확인하고 돌아오는 것뿐이었다.

일주일이 지나고 한 달이 지나고……, 계절이 바뀌자 말없이 지켜보던 충남은 '그렇게 펄펄 끓어서는 오래 기다릴 수 없다'며 맥주잔에 얼음 몇 조각을 넣고 소주를 가득 따라줬다. 그렇게 죽도록 마시고 눈을 뜨니 불이 꺼진 것처럼 마음이 가라앉아 있었다.

기다리라 말하지 않았는데도 스스로 기다리며 살아왔다. 기다리면 돌아올 것을 믿었던 것처럼 정말 돌아오기도 했다. 때로는 몇 달이 아니라 해를 넘기기도 했지만 아무런 일 없었던 것처럼 태연했고, 그저 제 일을 했던 것뿐이었다. 또 기다리면 돌아올 것이다. 그저 제 일을 하다가 퇴근하는 것처럼 돌아와 고단한 몸을 눕힐 것이다, 영도다리가 무너지지 않는 한, 영도가 보이는 오피스텔의 도어 록 번호가 달라지지 않는 한.

다시 일상에 열중했다. 로펌 니케 대표의 신뢰가 커지는 만큼 의뢰도 늘어나 눈코 뜰 새 없는 날이 많았다. 그래도 수명이 내려오던 일요일 오후에는 부산으로 가 오피스텔을 청소하고 침대와 이불커버를 바꾸고 간단한 먹거리를 준비해 두는 일은 빠뜨리지 않았다.

레비의 도움으로 여행은 내내 유익했다. 가는 곳마다 저명한 작가와 수명이 알지 못하는 전망 밝은 신예작가들을 소개하고 연결해줘 교분을 쌓고 직접 작품을 보며 그들의 세계를 들을 수 있었다. 더불어 그들은 또 다른 작가를 소개하고 연결해 줬으니 만남은 끊임없이 이어졌다.

하지만 이제는 더 돌아다닐 수 없을 만큼 배가 불렀다. 수명은 뱃속의 아기에게 언제나 감사했다, 임산부는 세상 어디를 가도 최소한 문화와 예술을 아끼는 세상이라면 위험으로부터 보호받고 우대를 누릴 수 있어 안전했으니. 아마 명수도 임신 사실은 몰라도 안전을 염려하지는 않을 것 같았다.

출산 예정일을 한 달여 앞두고 귀국한 수명은 서울의 레지던스에 가방을 풀고 병원을 찾아 검진부터 받았다. 다행히 아기는 건강하고 자연분만에도 별 무리는 없을 것 같다고 했다. 몸도 무거웠지만 미술가 사람들의 눈에 띄면 무슨 소문이 제멋대로 번질지 몰라 외출은 거의 삼가고 레지던스 안에서 운동을 하며 지냈다. 될수록 생각은 하지 않았다. 닥치는 대로 부딪쳐 보자는 무모함이 아니라 가야할 길은 이미 정해졌고 한두 가지 선택만 남아 있기 때문이다.

3주가 지나고 출산을 1주일여 앞둔 월요일에 수명은 캐리어를 레지던스에 맡기고 서울역에서 부산행 케이티엑스를 탔다. 오피스텔은 청소가 되어 있을 것이고 간단한 먹거리도 마련되어 있을 것이다.

과연 그랬다. 번호도 그대로고 문을 열고 들어가니 따스한 훈기가 퇴근길처럼 익숙하게 반겼다. 옷을 벗고, 옷장 그 자리에서 가운을 꺼내 욕실로 들어가 샤워를 하고 나와 냉장고를 열었다. 샐러드가 있고 굴국을 끓일 수 있게 손질한 굴과 육수가 있었다. 냄비에서 육수가 끓는 동안 샐러드와 김치를 꺼내 접시에 담고 싱크대 위쪽 수납장에서 즉석밥을 꺼내 전자레인지로 데웠다. 굴국의 간이 좀 심심했지만 아직 익지 않은 김장

김치가 있어 괜찮았다.

설거지를 하고 무거운 몸을 침대 위에 눕히자 나른했다. 깜빡 눈을 붙였다가 뜨니 자정이 가까웠다. 일어나 옷장에 등을 기대고 〈키스〉를 보는데 주르륵 눈물이 흘러내렸다. 명수가 보고 싶었다. 마주 앉아 눈을 맞추고 와인 잔을 부딪치고 싶었다. 맨몸으로 품에 안겨 사랑을 나누고 나른하게 잠들고 싶었다.

예정일은 토요일이니 그동안 병원을 알아보고 진통이 없으면 금요일에 입원할 생각이다. 하필 부산인가 하며 최혜정을 떠올리기도 했지만 그녀의 부산과 자신의 부산은, 영도다리는 엄연히 다르다. 다르지 않더라도 이제 레비가 행복한 날들이니 그녀의 슬픔은 끝난 것이다. 다만 아기가 태어난 뒤 어떻게 할지는 아직 결정하지 못했다.

병원은 깨끗했고 며칠 산후 조리도 할 수 있었다. 도우미로 소개받은 중년의 여인은 출산경험이 있어 준비할 것들을 모두 부탁했다. 입원서류에는 한수명이라는 이름을 정확하게 기재했고 보증인은 김명수로 주민등록번호와 전화번호까지 써넣었다. 가족이 없느냐는 물음에는 양가 부모는 모두 외국에 거주하고 출장 중인 남편은 며칠 내로 귀국한다고 했다.

금요일 아침, 수명은 방 안을 말끔하게 정리하고 오피스텔을 나왔다.

일요일 오후, 일상처럼 부산에 내려온 명수는 먼저 자갈치시장에 들러 몇 가지 먹거리를 사서 오피스텔로 향했다. 언제라도 오면 먹을 수 있도록 매주 준비해두던 그대로다. 비닐봉투를 한 손에 들고 문을 열고 들어선 명수는 신발을 벗다가 멈칫했다. 기운이 달랐다. 봉투를 팽개치고 들어가 냉장고부터 열었다. 지난주 준비해두었던 굴이며 먹거리들이 없다. 싱크대 수납장을 열어보니 즉석밥도 없다. 욕실의 문을 열었다. 그곳에는 흔적이 없다. 옷장을 열었다. 가운이 보이지 않았고 속옷도 다른 것이다. 가운은 세탁기 안에 들어 있다. 핑 하고 눈물이 돌았다. 이불을 들치자 수명의 흔적이 있다. 긴 머리카락, 구겨진 시트……. 눈물보다 먼저 긴 숨이 토해졌다. 비로소 숨이 쉬어지는 기분이었고 사는 것처럼 사는 것 같았다.

무슨 일이었을까 궁금해 하지 않았다. 다시 주차장으로 내려가 차를 운전해 시장과 백화점을 돌아다녔다. 양손이 무겁도록 사 들고 온 먹거리들을 냉장고와 수납장에 차곡차곡 정리했다. 시트와 이불커버를 갈고 청소까지 끝낸 뒤 명수는 오피스텔을 나왔다. 연락을 하지 않은 것은 뭔가 생각이 있는 것이니 전화가 올 때까지 오피스텔에 머물지 않을 생각이었다. 왔으니 전화를 할 것이다. 기다리면 되는 일에 초조할 까닭이 없다.

명수는 다시 날마다 부산으로 퇴근했다. 도착하면 영도다리 언저리를 서성대며 전화를 기다렸다. 바람이 불어도 부산이라 춥지 않았다. 그러다가 자정이 가까워지면 다시 대구로 돌아와 원룸에서 눈을 붙였다.

수명은 일요일 오후에 사내아이를 출산했다. 상상 이상의 고통이었지만 견뎌냈고 기쁨은 그 몇 배였다. 아직 눈도 뜨지 못한 쪼글쪼글한 아기 얼굴과의 첫 대면이 낯설지 않았고 행복한 눈물이 얼굴을 흥건하게 적셨다.

사흘이 지났다. 이제 결정을 내려야 했다. 딴마음을 먹으면 잠시 동안이나마 아기에게 레비의 아픔을 심어줄 것이 분명하다. 선택은 오직 하나. 다만 명수가 당장의 모습을 어떻게 받아들일지, 미안하고 걱정됐다. 그래도 용기를 내 핸드폰의 전원을 켰다. 일요일 오후에는 오피스텔에 들렀을 테고 그러면 알았을 텐데 전화를 한 기록은 없다. 무슨 생각인지 알기에 마음이 놓였다.

신호가 가자 단번에 목소리가 들려왔다.

"응, 나야."

여전했다, 아침에 얼굴을 보고 저녁에 통화하는 것처럼.

"어디야?"

"부산."

"오피스텔?"

"아니, 영도다리 근처."

"춥지 않아?"

"괜찮아."

"문자로 주소 보낼 테니까 와."

"곧바로 갈 수 있어."

병원? 문자를 확인하고 명수는 가슴이 철렁 내려앉았지만 태연하던 목소리를 떠올리며 마음을 다독였다.

멀지 않은 곳이었고 금방 도착했다. 문자의 병실 문을 열자 수명은 피식 웃었다. 병실 안의 풍경에 명수는 멍한 모습으로 엉거주춤 멈춰 서야 했다.

“아기한테 안 좋아, 문 닫아.”

명수는 대답도 못 하고 등 뒤로 문을 닫았지만 여전히 멍한 채 서 있다.

“내가 아기 낳으면 기르고 아빠 해준댔지?”

“어? 으, 응.”

“그럼 아기 얼굴부터 보고 인사해야지. 남자는 네가 처음이야. 그래야 아빠로 각인될 것 같아서 의사도 여자로 찾았어.”

말문도 막혔고 기도 막혔다. 그래도 그래야 할 것 같아 신발을 벗고 들어가 잠든 아기와 눈을 맞추자 숨이 막혔다.

“예뻐?”

“어? 응.”

“네 숨소리도 느끼게 뺨도 맞춰줘.”

“아침에 씻어서 지저분한데?”

“맞다.”

수명은 놀라며 얼른 물티슈를 통째 건네줬다.

명수는 어정쩡하게 얼굴과 손을 닦고 시키는 대로 아기의 볼에 뺨을 비볐다.

"됐어, 이제."

"나, 가?"

물음에 수명은 천연덕스럽게 고개를 끄덕였다.

"도우미 아줌마 있어. 가서 자고 내일 와. 퇴원해서 오피스텔로 갈 거니까 묻고 싶은 건 거기서 물어."

"그래도……."

"너 지금 안 태연해. 놀랐을 테니까 너도 생각 좀 해야 할 거 아니야."

"그래, 그건 그런데……."

"퇴원은 할 거니까 마음 정리 안 되면 내일 오지 않아도 돼. 일단 빨리 가."

갈수록 기가 막혔지만 그래서 익숙해지고 있었다. 명수는 어색한 웃음을 지어 보이며 머뭇머뭇 뒷걸음으로 병실을 나왔다.

자동차에 오르자 미역을 사야 한다는 생각부터 들었다.

다음 날 명수가 병실 문을 열자 도우미로 보이는 중년 여인이 짐을 꾸리며 퇴원준비를 하고 있었다. 수명은 환한 웃음으로 한 손을 흔들어 반겼다.

"일찍 왔네."

수명의 익숙한 인사에 중년 여인도 웃음을 지었다.

"아빠가 이제 오셨네요. 산모가 서운한 기색도 없이 얼마나 씩씩하던지. 이런 듬직하고 잘생긴 서방님이 있어서 그랬구나. 아기 보셨죠? 아빠를 그대로 쏙 빼닮았어요."

"아, 예…… 수고하셨습니다, 고맙습니다."

명수는 여전히 얼떨떨한 채 허리를 숙여 인사했다.

"아기 깼어. 눈 맞춰줘."

명수는 다가가 수명의 품에 안긴 아기와 눈을 맞췄다. 동그랗고 맑은 눈동자, 무심한 듯 웃는 듯 실룩거리는 눈두덩이, 오물거리는 작은 입술……. 가슴이 뭉클하고 눈자위가 시렸다. 나도 이렇게 태어나고 수명도 이런 모습으로 세상을, 엄마를, 아빠를 만났을 것이다. 와락 껴안고 입이라도 맞추고 싶지만 너무 떨렸다.

"짐부터 차에 실어두고 와. 새 생명을 맞으려니 준비할 게 엄청 많았어."

정말 그랬다. 무슨 소품 같은 앙증맞은 이불이며, 옷가지, 기저귀에, 분유를 비롯한 여러 가지 용품들……. 도우미가 꾸려주는 대로 모두 자동차에 실어두고 퇴원수속을 밟으러 원무과에 갔다. 세상에! 입원보증인란에 버젓이 수명의 글씨체로 버티고 있는 '김명수'라는 이름, 주민등록번호, 핸드폰번호, 그리고 관계란의 '남편'에 맥없이 입술이 실룩이며 웃음이 비어져 나왔다.

오피스텔에 들어서자 수명은 코를 실룩거렸다.

"미역국 냄새 같은데?"

"응, 아침에 끓여뒀어. 쇠고기로 끓일까 하다가 전복하고 굴만 넣어 끓였어."

명수가 아기를 침대에 눕히며 대답하는 동안 수명은 가스레인지 위에 놓인 큰 냄비 뚜껑을 열고 냄새를 깊이 들이마셨다.

"으음…… 맛있는 냄새. 잘했어. 나 이제 육류는 별로야. 이거 다 먹고 나면 광어나 도다리 사다가 미역국 끓여주라. 요즘 갈치 제철인가? 언제 제주도에서 갈치미역국 먹었는데 되게 맛있었던 기억 있어."

"그래, 뭐든 먹고 싶은 거 말해."

"출근 안 해도 돼?"

"어, 이제 전화할 거야."

"충남이한테 뭐랄 건데?"

명수는 잠시 머뭇했다.

"뭐…… 며칠 어디 갈 데가 있다고 할게."

"나 찾으러?"

"어, 뭐……."

"그렇게 해. 넌 다른 핑계 댈 거도 없는 사람이잖아."

수명이 침대 위로 올라 등을 기대며 말했다. 명수는 편하도록 베개를 받쳐주고 이불을 갈무리해준 뒤 싱크대로 가 가스레인지 불을 켜고 욕실로 들어가 충남과 통화를 했다.

"생각은 했어?"

명수가 통화를 끝내고 나오자 수명은 기다렸다는 듯 물었다.

"별로…… 생각할 것도 없더라."

"그럴 줄 알았어."

대꾸가 없자 수명도 침묵했다. 명수는 하릴없이 싱크대로 등을 돌려 선 채 냄비 뚜껑을 열었다 닫았다 하기를 한참, 수명이 다시 말을 꺼냈다.

"나 이제 길을 찾은 것 같아. 아주 오래 걸리지는 않을 거야. 한 달 전에 귀국해서 서울 레지던스에 3주 동안 있었어. 엄마 오빠하고만 통화했고."

"외국에 나갔던 거야?"

"뉴욕 가서 레비부터 만나고, 소개받은 작가들 만나며 여러 나라. 그래도 오스트리아는 안 갔어, 너하고 다시 가려고."

"아기가 보디가드를 했겠네."

"맞아, 든든했어."

"여긴 얼마나 있을 거야?"

"몸 가뿐해지면 서울 갈 거야."

"2, 3주는 있어야겠구나?"

"그래야겠지?"

다시 명수의 대꾸가 없자 수명이 물었다.

"아기 아빠 누군지 안 물어?"

"묻지 않기로 했잖아."

"미워하지 않을 거지?"

"널 어떻게 미워해, 아기는 천사고."

"그래, 고마워."

"서울 가서는 계획 있어?"

"응. 뭐라나, 일본말로 나까마? 뭐 일종의 비공식 거간인데, 처음에는 그렇게라도 시작할까 생각했지만 이젠 아니야. 적당한 곳에 화랑 할 자리부터 알아볼 거야."

"돈 많이 필요하겠다. 이 오피스텔이라도 팔아서 줄게."

수명이 쿡, 웃음을 흘렸다.

"여긴 언제라도 내가, 아니 우리 셋이 돌아올 수 있는 둥지로 남아 있어야 해. 걱정 마. 큰돈은 없지만 빛나게 시작할 수 있어. 여행하며 만난 작가들과 전시 계획 잡아둔 게 줄줄이야. 아직 큰 명성은 없지만 블루칩으로 주목받을 만한 작가들. 우리 풍토에서 나 혼자서는 소리도 못 내고 묻혀버리겠지만 삼청동 서 여사라는 사람이 있어. 예술품 수장에 관심을 둘 재력도 되지만 그 집안도 막강해. 지난번 푸른빛, 그 사람이 가져갔어. 그때 서로 약속한 게 있어서 힘이 되 줄 거야. 묻히지 않는 것은 물론이고 부풀려서 퍼질 루머까지."

명수는 수명을 마주하고 고개를 끄덕였다.

"대단하다. 기어이 해내고 마는구나, 난 절반쯤 믿었는데. 진짜 축하해."

"나 혼자서 한 거 아니야. 너, 너희 없었으면 불가능했어."

"아니야, 꿈이 있었기에 이뤄낼 수 있었던 거야. 꿈은 꾸지 않으면 아무것도 없는 거잖아. 그저 나처럼 사는 거지."

"꿈……."

그렇게 한 음절의 '꿈'을 말하고 멈춘 수명은 마주한 명수의 두 눈을 그윽하게 바라봤다. 명수는 문득 가슴이 설렜지만 설핏 느껴지는 낯섦에 긴장하며 숨소리를 죽였다. 한참 만에 수명의 두 눈에 사무친 듯 그렁그렁 눈물이 맺혔고, 말을 이었다.

"어릴 적엔 아무것도 모르고 그저 꿈이라고 품었어. 그런데 언제부터인가 두려워졌어, 내가 꾸는 꿈이라는 게 과연 실체가 있기는 한 것인지. 화려하다는 건 그만큼 가면이고 거짓이기도 하니까 눈부신 빛이라는 것도 결국은 잡히지 않는 허상 아닌가. 그럼에도 내려놓을 수가 없었어. 내려놓으면 아무것도, 살 수조차 없을 것 같았어. 설령 실체가 있어서 잡는다 해도 그 화려한 빛 다음을 생각하면 더 무서웠고. 가득 찬 희열이 아니라 갈망 끝의 허탈일 것 같아서. 그래도 꿈은 한번 품으면 절대 내려놓을 수 없는 건가 봐. 설령 그 끝이 나락이라 해도 끝까지 가보고 싶었어. 미안해."

"나한테 뭐가 미안해. 나는 간절히 소망하는 꿈을 가진 널 지켜보는 것만으로도 얼마나 좋았는데."

"난 네 꿈이 훨씬 좋고 부럽다."

"내가? 무슨?"

"넌 사랑이라는 꿈을 꿨고, 지금도 그 사랑 온전하잖아."

"그게 무슨 꿈이야?"

"바보. 네가 꾸는 그 꿈이 내 꿈을 지켜주고 계속되게 했어."

명수는 입술을 삐죽이며 피식 웃었다. 그러나 수명은 진심이었다. 꿈은 품었지만 무시로 부닥치는 좌절은 포기를 종용했다. 너에게는 불가능한 꿈, 너와는 다른 세상, 그렇게 눈물만 흘리다가 끝내 포기하고 말 예정된 미래. 운명을 거스르는 것은 어리석음이고 복종하지 않는 것은 불경이니 버둥거릴수록 아픔만 커질 뿐. 너희의 꿈을 꾸어라, 너희의 세상으로 돌아가라, 너희의 사람 아닌 사람을 감히 뛰어넘으려 하지 마라! 너와 나, 너희와 우리는 같지 아니 하니……. 오기가 힘이 되기는 했지만 그저 허상일지 모를 꿈의 끝자락이 점점 두려워졌다.

돌아갈 곳이 있어야 했고 눈물을 씻고 상처를 아물게 할 아늑함이 있어야 했다. 섣부른 위로의 말 따위는 없이 묵묵히 지켜주는 침묵이 필요했고 설움으로 발버둥 칠 때 따뜻한 차 한 잔 들고 기다려주는 사람이 있어야 했다. 그리고 가면을 벗기고 가야 할 꿈의 길에 등불을 들어줄 사랑이 있어야 했다.

이제는 두렵지 않다. 무엇을 어떻게 얼마나 할지는 아직 몰라도 이름을 '수(秀)'로 정한 화랑으로 할 일은 실체다. 내내 지켜주던 사랑은 여전히 지켜줄 것이고 태어난 생명은 새로운 꿈을 품을 것이니.

"이리 와, 키스해줘."

수명의 말에 명수는 침대로 다가가 입술을 맞췄다. 따스하고 촉촉한 입맞춤을 하고 수명은 벽에 걸린 〈키스〉에 눈길을 보냈다.

"너 나중에 천장 높은 집 가져라. 저 〈키스〉, 원작 사이즈로 걸어두게."

"가로 세로가 다 1.8미터라고 했나?"

"맞아."

"그럼 최소한 4미터는 넘어야 할 텐데, 아파트로는 안 되겠다."

"그때 부르고뉴 와인 마실까? 아니다, 우리 오늘 저녁에 부르고뉴 마시자. 새 생명이 태어났으니 얼마나 좋은 일이야."

"너 술 안 마신다고 했잖아."

명수의 말에 수명은 기가 막힌다는 표정이다.

"너 진짜 바보야?"

"뭐가?"

정말 어이없다는 표정의 수명이 짜증 섞인 투로 소리 지른다 .

"그건 아기 때문이었잖아!"

"그랬던 거야? 인정, 나 바보. 안주는 뭘 준비해 드릴까요, 훌륭한 엄마님?"

"몰라!"

수명은 소리치고 토라진 듯 이불 속에 머리를 묻었다.

아기는 미리 마련해 둔 뒷좌석 유아용 안전시트에 눕히고 수명은 그 옆에 앉아 안전벨트를 맸다.

"우리 잠깐 영도다리 좀 보고 가자."

"영도다리는 왜?"

"그냥."

명수는 수명이 원하는 대로 영도다리 가까운 주차장에 차를 세웠다. 수명은 바깥바람이 그리 차지 않은 데도 담요를 두 겹이나 두르고도 명수의 파카까지 벗겨 아기를 감쌌다. 아직 익숙하지 않은 손길에 허둥거렸지만 천생 엄마의 모습이라 명수는 흐뭇하고 가슴 뭉클했다. 제 몸피의 세 배쯤이 된 아기를 명수가 받아 안자 수명은 바짝 팔짱을 끼고 다리가 가까이 보이는 광장으로 갔다.

회상의 눈빛으로 한참 동안 다리를 바라보던 수명이 혼잣말처럼 중얼거렸다.

"너…… 참, 오래 기다렸다."

못 들은 척, 모르는 척, 명수의 대꾸가 없자 수명은 또렷하게 말했다.

"이젠 여기서 기다리지 마."

"왜?"

"오늘은 동대구역에서 헤어지겠지만 앞으로는 내가 대구로 갈 거니까."

"그럼 부산은 안 올 거야?"

"얘기했잖아, 우리 셋이 같이 올 거라고. 그러니까 이제 여기서 기다릴 필요 없다는 거야."

"하긴 그러네. 그래도 가끔 오자."

"그래야지. 아니, 영원히 오게 될지도 모르지."

"영원히? 왜?"

"그때 내가 널 여기 데려오는 바람에 오늘까지 오게 된 건데, 병원에서 전화했을 때도 너 여기서 받았잖아."

잊지 않았던 것이다. 그날의 의미를 수명이도 내내 가슴에 담고 있었던 모양이다. 명수는 뭐라 대꾸할 말이 떠오르지 않았다.

다시 수명이, 이번에는 장난기 담긴 말투다.

"그런데 여기 광장 이름이 뭐야? 기다림의 광장? 약속의 광장? 사랑의 광장? 만남의 광장?"

"다 아니야. 유라리광장이래."

"유라리? 그게 무슨 뜻이야?"

"뭐, 유라시아 대륙의 종점이라는 뜻이라나."

"헐~ 참 멋대가리 없다. 그럼 우리라도 앞으로 약속의 광장이라 부를까? 아니면 사랑의 광장?"

수명의 맑은 눈은 유쾌하고 장난기 가득했다.

동대구역에서 수명은 아기의 볼에 맞춘 입술을 오랫동안 떼지 못했다. 그래도 눈물을 비치지는 않고 씩씩하게 플랫폼으로 내려가며 한 손을 흔들어 보였다. 그 모습에 명수도 가벼운 걸음으로 돌아설 수 있었다.

미리 가겠다는 전화는 했지만 3주 만에 아기를 안고 나타난 명수의 모습에 충남과 그의 처는 입만 벌린 채 말을 꺼내지 못했다.

"내 휴가가 너무 길었지, 미안."

"아기, 아기잖아요."

그래도 충남의 처가 먼저 덥석 아기를 받아 안으며 물었다.

"예, 아기 맞아요."

"어떻게 된 거예요? 혼자 사는 늙은 총각이라고 누가 업둥이 보낸 것도 아닐 테고."

"뭐, 그런가 봐요."

명수는 멋쩍게 뒤통수나 긁적일 수밖에 없다.

"그래서 어쩌려고요? 기르게요?"

"그래야죠."

"뭐요? 남자 혼자서 어떻게……."

"우선 이 옆으로 이사부터 올 테니까 제수씨가 낮에 엄마 좀 해줘요. 밤에는 제가 데려 가고요."

"뭐, 우리 애들은 다 컸으니 못 할 일은 아니지만……."

처는 충남의 눈치를 살폈다. 지켜보고 있던 충남은 명수의 팔을 잡아 방 안으로 끌고 갔다.

"수명이 만났어?"

"뭐……."

"어쩐지 돼지국밥에 닭발까지 먹더라니……."

"그게 뭐?"

명수의 대꾸에 충남은 손바닥으로 명수의 뒤통수를 철썩 소리가 나도록 후려쳤다.

"왜 이래!"

충남은 한심하다는 표정으로 혀를 찼다.

"됐다, 그렇게 해라. 우리 집사람은 낮에 보모 하고 너는 저녁에 아빠 하고."

"엄마처럼 보살펴 달라는 건데 무슨 보모야."

명수의 볼멘 반응에 충남은 또 혀를 찼다.

"치아라! 우리 집사람이 엄마고 니가 아빠면 족보가 우예 되는데? 그라고 알라한테 엄마가 둘이면 헛갈려 제대로 크겄나! 보모는 보모, 엄마는 엄마다."

"그렇기는 하지만 당장 사정이……."

"엄마가 일 때문에 바쁘면 그럴 수도 있다. 자주나 와서 봐라 캐라! 아참, 사투리 쓰지 말라 캤는데 내가 헛갈려가 자꾸 나오네."

충남은 명수가 알아듣지 못할 말로 투덜거리며 먼저 방을 나갔다.

알았다. 어찌 알지 못하겠는가. 눈도 뜨지 못하는 그 얼굴을 처음 마주하는 순간 알 수 있었다. 저절로 알게 되는 그것이면 되었지, 굳이 말로 들어 알아야 하는 것은 아니었다. 말이 없어도 약속이었고 긴 기다림으로 지켜왔음에 찾아온 선물이자 보석이었다. 덥석 껴안아 고맙다 말하며 으스러지도록 힘주고 싶었지만 정말 으스러질까 봐, 지켜온 꿈을 으스러진 듯 놓아버릴까 봐 아둔한 기다림인 양 이어서 사랑을 지켜내기로 했다. 오래지 않아 올 것이다. 모든 것의 제자리를 찾아올 수명이다. 이제 길을 찾아 오래 걸리지 않을 것이라는 그 말보다도 꿈과 빛이 아주 두렵지 않을 것 같다고 했으니.

"여보야, 당신 아르바이트라 여기지 말고 진짜 자식이라 생각하고 좀 봐 줘야겠다. 그렇지만 당신이 엄마는 아니야, 절대. 그 아기, 엄마 있다."

충남의 말에 처는 누가 뭐래라는 표정이다.

"그럼 엄마 없는 아기가 있어?"

"그러니까."

소란 탓에 잠을 깬 아기는 충남과 그의 처를 향해 방긋 웃었다.

<끝>

키스

초판1쇄 발행 2019년 01월 11일
초판2쇄 발행 2019년 01월 31일

지은이 김정현
펴낸이 박경미
펴낸곳 도서출판 황금물고기

총괄이사 이광우
책임편집 안승철
디자인 남상원
마케팅부 박 연
제작처 한영문화사

등록일자 2003년 12월 5일
등록번호 제2013-000213호
주소 서울시 마포구 모래내로 83(성산동 한올빌딩 6층)
전화 02-326-3336
팩스 02-325-3339
이메일 okpk@hanmail.net

ISBN 978-89-94154-74-9 03810

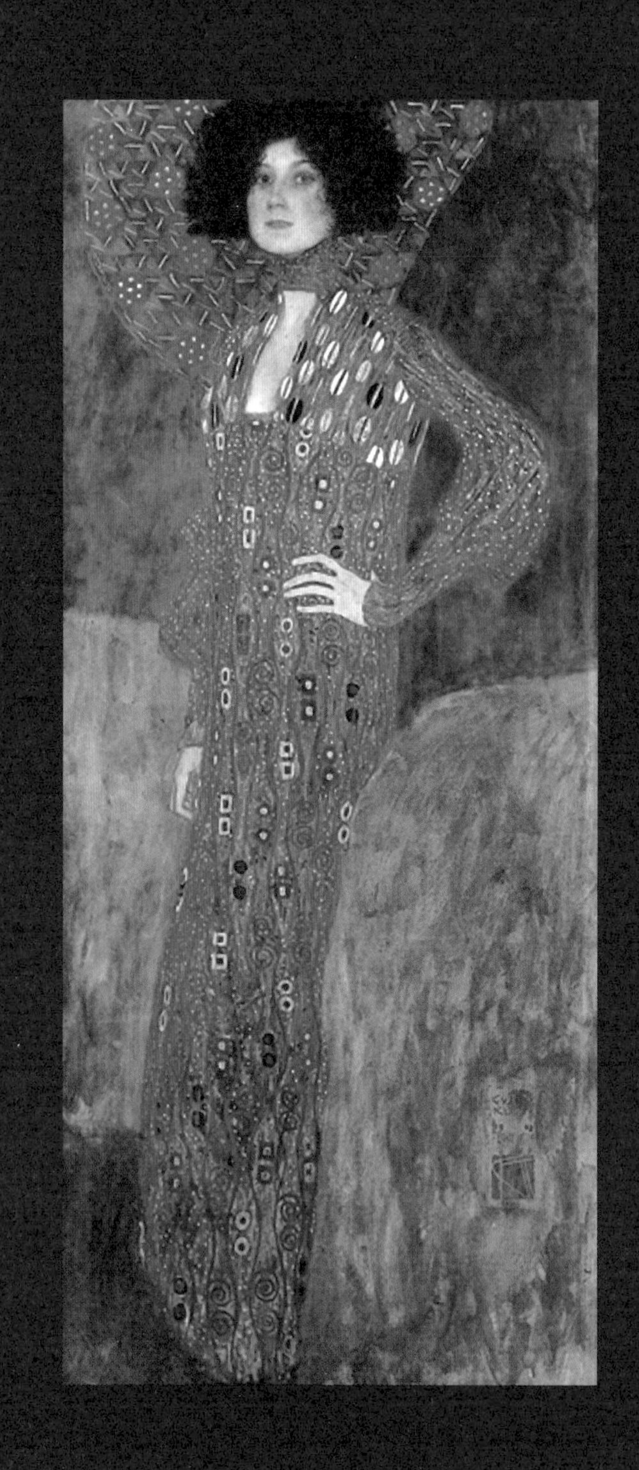